Karen Foxlee

Annabelle

und die unglaubliche Reise
nach Unter-London

Karen Foxlee

Annabelle

und die unglaubliche Reise nach Unter-London

Roman

Aus dem Englischen
von Katharina Diestelmeier

BELTZ
& Gelberg

Karen Foxlee, geboren 1971 in Queensland/Australien, arbeitete viele Jahre als Krankenschwester, bevor sie sich dem Schreiben zuwandte und Creative Writing studierte. Sie lebt als freie Autorin in Gympie/Queensland in Australien. Bei Beltz & Gelberg erschienen bereits ihr deutschsprachiges Debüt »Das nachtblaue Kleid« und »Ophelia und das Geheimnis des magischen Museums«.

MIX
Papier aus verantwortungsvollen Quellen
FSC® C089473
FSC www.fsc.org

Dieses Buch ist erhältlich als:
ISBN 978-3-407-75428-8 Print
ISBN 978-3-407-74674-0 E-Book (EPUB)

in der Verlagsgruppe Beltz • Weinheim Basel
Werderstraße 10, 69469 Weinheim

Die Originalausgabe erschien unter dem Titel
A most Magical Girl bei Alfred A. Knopf, New York

Übersetzung: Katharina Diestelmeier
Die Übersetzerin dankt dem Freundeskreis Literaturübersetzer e. V. für ein Arbeitsstipendium, das vom Ministerium für Wissenschaft, Forschung und Kunst Baden-Württemberg ermöglicht wurde.
Einbandgestaltung und Illustrationen im Innenteil: Irmela Schautz
Herstellung: Elisabeth Werner
Satz: Publikations Atelier, Dreieich
Druck und Bindung: Beltz Bad Langensalza GmbH, Bad Langensalza
Printed in Germany
2 3 4 5 22 21 20 19 18

Weitere Informationen zu unseren Autor_innen und Titeln finden Sie unter:
www.beltz.de

Für die zaubermächtigsten Mädchen, die ich kenne:
Julia Elizabeth, Chloe Rose, April Maria und Alice May

Es ist einer dieser Tage, an denen sie Dinge sieht. Das weiß Annabelle, aber es hält sie nicht davon ab, hinauszugehen. Ihr Verstand rät ihr, besser drinzubleiben, aber die Welt da draußen ruft: die grauen Häuser und tropfenden Dächer, die nassen Steine und die glänzenden, regensauberen Straßen. Wolken ziehen vorbei und der Wind rüttelt an den Fenstern. Bevor Mercy sie erwischt und dazu zwingen kann, ihre Hausaufgaben zu machen, ist Annabelle hinausgeschlüpft.

Es hat so stark geregnet, dass die Straße voller Pfützen ist. Sie darf nicht hinsehen. *Sieh nicht hin*, sagt sie sich. *Sieh nicht hin*. Der Wind zerrt an den Schirmen. Er zieht an Annabelles Röcken, zerzaust ihr die Haare. Sie sollte wieder ins Haus gehen. Ihre Mutter wird die Treppe herunterkommen. Sie wird Annabelle einen Abschnitt aus dem Lateinbuch aufsagen lassen. Dann werden sie ihre Plätze einnehmen, hübsch und zart wie Blumen, ihre Stickereien zur Hand nehmen und auf Besuch warten.

Aber Annabelle geht nicht ins Haus.

Dieses Gefühl kann keine ihrer Lektionen erklären, keine der Unterrichtsstunden, in denen sie lernen soll, wie sie zu gehen und zu reden, zu singen und zu tanzen hat. Es gibt eine Art Band, das sie mit Tagen wie diesem verknüpft, wie ein Seil, das sich von ihrem Bauch bis hinauf zu den wilden Wolken erstreckt. Und dieses Seil zieht an ihr, als würde es sie jeden Moment in den Himmel reißen. Annabelle muss sich anstrengen, den Bürgersteig nicht unter den Füßen zu verlieren. Genau so fühlt es sich an und das macht ihr Angst, aber ein Teil von ihr findet es auch aufregend.

Da ... jetzt hat sie doch hingesehen.

Sie hat direkt in die Pfütze zu ihren Füßen geblickt.

Es ist bloß eine gewöhnliche Pfütze, trübes Regenwasser, vom Wind gekräuselt. Sie sollte sich nicht bücken. Was, wenn ihre Mutter sie hier auf der Straße knien sieht, sobald sie die Treppe herunterkommt? Was für eine Schande! Es ist bereits vorgekommen und ihre Mutter war entsetzt. Sie hat Annabelles Gesicht zwischen die Hände genommen und aufgebracht, auf eine Art, die Annabelle noch nie erlebt hatte, gesagt: »Das darf nicht sein!«

Aber nichts kann sie davon abhalten, sich mit den Händen aufs Pflaster fallen zu lassen. Etwas zieht sie magisch an. Annabelle beugt sich vor. Durch die Schleier in der Pfütze entdeckt sie etwas Dunkles. Da ist ein Fenster. Ein Fenster voller Finsternis, vor dem sich ein Vorhang bauscht. Annabelle will gleichzeitig hineinsehen und den Blick abwenden. Sie beugt sich weiter vor, berührt mit der Nasenspitze fast das Wasser und schaut hinein.

Sie sieht ein großes Zimmer voller Schatten und einen Mann, der ihr den Rücken zugekehrt hat. Sein Anblick macht ihr Angst. Todesangst, als wäre ihr das Herz stehen geblieben. Sie bekommt keine Luft. *Sieh weg,* sagt sie sich. In diesem Augenblick dreht sich der Mann um, er ist groß, dunkel und entsetzlich dünn. Er dreht sich um, aber sie will sein Gesicht nicht sehen. Sie will die Schatten auf seinen Wangen und die Schatten in seinen Augen nicht sehen.

Da hört sie jemanden aufschreien, weiß nicht, dass sie selbst es ist, und dann wird sie von Armen umschlungen und hochgehoben.

Der Tag wird wieder sichtbar, die Wolken, die über den Himmel ziehen. Vor ihr verschwimmen Gesichter, verblassen und erscheinen erneut: das Hausmädchen Mercy, eindeutig, mit grimmiger Miene und ausgestreckten Armen, und oben auf der Treppe, dunkel und schön, ihre zitternde Mutter.

I

Füllstand der schwarzen Magie: ⅓ voll

Es war dunkel in Mr Angels Ballsaal, aber die kleinen Buchstaben, die seine Erfindung zierten, leuchteten. MASCHINE ZUR GEWINNUNG SCHWARZER MAGIE. Es herrschte eisige Stille. Die große Maschine gab leise Geräusche von sich. Sie zischte und seufzte in der Dunkelheit. Das Treiben in ihrem Innern ließ den Boden des Raumes, in dem sie stand, erzittern. Der Blasebalg öffnete und schloss sich, saugte Luft an und stieß sie wieder aus. Der zunehmende Mond warf seinen Schimmer auf den Mondtrichter, ein großes Messinghorn, das oben aus der Maschine wuchs und beinahe das gezackte Loch in der Decke berührte. Mr Angel stand ganz still da und bewunderte seine entsetzliche Erfindung. Es war jetzt fast dreizehn Jahre her, dass er ihr seltsames, dunkles Herz mit dem ersten tränennassen Taschentuch gefüttert hatte.

Heute brachte er ihr Blumen, die er von einem frischen Grab gestohlen hatte. Die schwarze Feder eines großen Vogels, der in einem winzigen Käfig gehalten wurde. Die Maschine entriss ihm diese Dinge mit großer Kraft, saugte sie durch den ganzen Raum hinweg an und verschlang sie durch einen Schlitz in der Lederverkleidung.

Sie war hungrig und wurde immer kräftiger. Sie wollte mehr. Sie wollte unvollendete Stickereien, stehen gebliebene Uhren, von einer Liebenden verschmähte Rosen. Trauerschmuck und schwarz geränderte Taschentücher, die den noch Weinenden entrissen worden waren. Sie wollte die Hauben längst gestorbener Babys. Beim Anblick der Maschine musste Mr Angel lächeln. Der Blasebalg schnaufte und seufzte.

Kummervolle Dinge verschwanden durch den Lederschlitz. Verlorene Dinge. Zurückgelassene Dinge. Der Trichter an der Decke fing das Mondlicht ein. Je stärker Mr Angel die Maschine fütterte, desto schneller bewegten sich die Zahnräder, desto schneller drehte sich ihr schwarzes Herz. Sie war fast fertig.

Mr Angel durchquerte den Raum und musterte den Füllstand der schwarzen Magie. Er wischte den Wasserdampf von der Glasscheibe und beugte seinen gekrümmten Körper vor, das Monokel aufs Auge gedrückt.

Ein Drittel voll.

Sein Atem beschleunigte sich. Es funktionierte. Die Maschine füllte sich. Er konnte beginnen.

Er nahm seinen Schwarzen Zauberstab. Den Schwarzen Zauberstab. Den einzigen Zauberstab, mit dem man schwarze Magie beherrschen konnte. Den einzigen Zauberstab, der die Schattenwesen heraufbeschwor. Mr Angel hielt ihn an ein kleines Ventil an der Seite der Maschine. Es war ein gewöhnlicher Messinghahn, aber als Mr Angel ihn aufdrehte, schoss ein Energiestrahl heraus, schlug einen Bogen zur Spitze des Schwarzen Zauberstabs und schleuderte Mr Angel rückwärts gegen die Wand. Die Maschine brummte laut. Das Haus wackelte. Mr Angel hielt den Zauberstab hoch und staunte über die Macht, die er spürte. Wozu wäre die Maschine dann erst bei Vollmond fä-

hig? Vollmondlicht aus dreizehn Jahren. Kummervolle Gegenstände aus dreizehn Jahren. Reine schwarze Magie.

Der ältliche Butler erschien an der Tür.

»Ich habe Aufruhr gehört, Mr Angel, und wollte nachsehen …«

Aber er hielt mitten im Satz inne, weil sein Herr mit einem schrecklichen Lächeln in seinem kreidebleichen Gesicht auf ihn zukam.

»Jeremiah«, flüsterte Mr Angel. »Perfekt.«

Er hob den Schwarzen Zauberstab und richtete ihn auf den Butler, der große Augen bekam, als ein violetter Lichtstrahl auf ihn zuschoss.

Mr Angel machte einen Schritt über das Häufchen Staub hinweg, das früher einmal Jeremiah, der Butler, gewesen war. Er stieg die Treppe hinab, ohne das hastige Herumhuschen der Dienstboten und das eilige Türenschließen zu beachten. Der Zauberstab war immer noch voll von schwarzer Magie, aber Mr Angel wollte keine weiteren Staubhäufchen. Er stieg hinab – vorbei am Salon und an der Küche bis hinunter in den Keller.

Dort stand er in der Finsternis und spürte sie. Aus seinen Büchern wusste er, dass dies einer der Orte war, an denen es sie gab. Er konnte sie zwischen den Rüben und Äpfeln, den Most- und Sherryflaschen riechen. Sie rochen nach Leere. Er würde ein Schattenwesen heraufbeschwören. Mit dem Schwarzen Zauberstab würde er eines aus dem Schlaf erwecken und es mit schwarzer Magie versehen.

Mr Angel richtete den Zauberstab auf die Ecke, in der Fässer aufeinandergestapelt waren. Leise und schmeichelnd murmelte er die Beschwörungsformel – Umbra, antumbra *– und der Zauberstab in seiner Hand bebte. Das Holz bog sich und zuckte, während er sprach; wie eine Angelrute vibrierte es und bekam etwas Unsichtbares zu fassen.*

»Komm jetzt«, flüsterte Mr Angel und umklammerte mit aller Kraft den Zauberstab. »Komm jetzt.«

Er sah, wie der Bogen aus dunkellila Licht in der Finsternis hinter den Fässern verschwand und wie sich dort etwas Graues erhob. Das Wesen tauchte auf, sein großer schattenhafter Körper glitt lautlos aus der Dunkelheit. Es streckte die hauchdünnen Arme nach ihm aus. Die langen Krallen klackerten. Es tat seinen ersten stockenden Atemzug.

»Willkommen, Schattenwesen«, flüsterte Mr Angel.

1

»Auch in misslichen Lagen sollte eine junge Dame jederzeit und unter allen Umständen heiter und vergnügt bleiben.«

Miss Finchs kleines blaues Buch (1855)

Annabelle Grey kam am späten Nachmittag in ihrem besten Kleid und ihrem neuen roten Stadtumhang an. Sie stieg aus der Kutsche und ließ mit erhobenem Kinn den Blick über die Straße schweifen. Sie lächelte. Sie lächelte so, wie man ihr beigebracht hatte, in einer fürchterlichen – oder auch nur leicht unangenehmen – Situation zu lächeln. Sie lächelte, als hätte sie gerade etwas Bezauberndes entdeckt. Ein schönes Bild vielleicht oder einen Schmetterling.

Die Straße sah genauso aus, wie sie sie sich vorgestellt hatte, obwohl sie noch nie in diesem Teil Londons gewesen war. Es war eine heruntergekommene Straße mit krummen Häusern, die sich gegenseitig stützten wie faule Zähne in einem Mund. Es war nass und stank. Vieh wurde über die Kreuzungen getrieben, und aus dicht beieinanderstehenden Kirchen, Fabriken und anderen steinernen Gebäuden drang schwarzer Rauch. Es war eine feuchte, finstere Straße, verstopft von Kutschen und Karren und mit abscheulichem Wetter. Ein launischer Wind fuhr hindurch, knallte mit den Türen, entführte Schirme und zerrte am Band ihrer Haube.

Annabelle konzentrierte sich fest darauf, weiter zu lächeln.

Unter den Dachvorsprüngen standen Straßenhändler und riefen »Heiße Aale« und »Eingelegte Wellhornschnecken« über das Pfeifen des Windes hinweg. Auf den Ladenschildern war zu lesen: GELDVERLEIH, HÜTE, KURZWAREN. SCHIFFSHÄNDLER, GETREIDEHÄNDLER, SILBERHÄNDLER. FALKNER, FEDERNLIEFERANT, FEINE STOFFE. Aber direkt vor ihr war ein Geschäft, dessen Schaufensterscheibe mit den Worten MISSES E. & H. VINES ZAUBERLADEN versehen war. Und die Tür wurde von einer hochgewachsenen, sich sehr gerade haltenden Frau mit gerunzelter Stirn geöffnet.

»Annabelle Grey?«, fragte die Frau.

»Ja«, sagte Annabelle.

Die hochgewachsene, sich sehr gerade haltende Frau trug ein dunkles Kleid, das bis zum Kinn hoch geknöpft war. Ihr schwarzes Haar passte überhaupt nicht zu ihrem Gesicht, das uralt aussah – lang, dünn und von Falten zerfurcht. Sie lächelte nicht. »Ich bin Miss Henrietta Vine.«

»Großtante!«, rief Annabelle und überlegte, ob sie sich der Frau zu Füßen werfen sollte, aber Miss Henrietta Vine machte nicht den Eindruck, als würde sie ein solches Verhalten gutheißen.

Henrietta Vine hatte nichts Warmherziges an sich.

»›Miss Henrietta‹ genügt«, sagte sie in scharfem Tonfall. »Und du bist fast dreizehn?«

»Am Freitag habe ich Geburtstag«, entgegnete Annabelle.

»Dann bist du aber klein für dein Alter«, sagte die Frau. »Und meiner Meinung nach zu jung, um schon lange Röcke zu tragen.«

Miss Henrietta hatte ernste, blaue Augen und eine düstere Miene, als würde sie Annabelle gleich etwas Schreckliches mitteilen, etwas noch viel Schrecklicheres als das, was bereits geschehen war. Der Schreckliche-Nachrichten-Blick war durchdringend und Annabelle sah weg. Sie betrachtete ihre Füße, den Bürgersteig und das Schaufenster hinter Miss Henrietta.

»Jetzt bist du also hier«, sagte Miss Henrietta. »Deine Mutter hat endlich das Richtige getan.«

Allein bei der Erwähnung ihrer Mutter schwankte Annabelle.

Ihre Mutter hatte sie hierhergeschickt. Ihre Mutter, die ganz plötzlich ins Ausland hatte reisen müssen. Annabelle spürte, wie ihr das Lächeln entglitt, und gab sich größte Mühe, es beizubehalten. Sie drohte in Tränen auszubrechen.

Miss Henrietta Vine tat nichts, um sie zu trösten. »Du hast ein Geheimnis«, sagte sie und musterte Annabelle aufmerksam. »Du hast ein Geheimnis, das du vor deiner Umgebung zu verbergen versuchst.«

»Nein, habe ich nicht«, erwiderte Annabelle. Sie war so erschrocken, dass ihre Tränen unvermittelt versiegten.

Der Wind bauschte ihre Röcke und es fing an zu regnen. Miss Henrietta sagte dem Kutscher, wo er Annabelles Koffer hinbringen solle, dann hob sie die dunklen Augenbrauen und machte Annabelle ein Zeichen, ihr nach drinnen zu folgen.

* * *

»Dies ist kein gewöhnlicher Zauberladen«, sagte Miss Henrietta Vine, als sie eingetreten waren. Mit strengem Blick gab sie Annabelle zu verstehen, ja nicht zu widersprechen. Annabelle widersprach nicht. Auf jeden Fall war es ein Zauberladen – angefüllt mit den seltsamsten Sachen, die sie je gesehen hatte. Der lange Ladentisch war übersät mit schmierigen Gläsern und Flaschen. In einigen befand sich eine grünliche Flüssigkeit, in anderen trieben Dinge, die Annabelle sich lieber gar nicht ansehen wollte. Neben einem großen zerfledderten Kassenbuch lag ein langer, grauer Stab, in den undeutliche Buchstaben eingeritzt waren.

Der Laden roch eigenartig. Ein gleichermaßen pfefferminziger, medizinischer, süßlicher und säuerlicher Geruch. Irgendwie unangenehm. Annabelle holte ein Taschentuch hervor und hielt es sich vor die Nase, aber Miss Henrietta runzelte so stark die Stirn, dass sie es schnell wieder wegsteckte. Sie atmete durch den Mund und lächelte, so freundlich sie konnte. Miss Henrietta funkelte sie an.

Hinter dem Ladentisch standen zwei große Schränke mit vielen kleinen Schubladen, von denen einige offen und einige geschlossen waren. Aus einer quoll etwas, das aussah wie schwarze Federn, aus einer anderen drangen blaue Bänder und aus einer dritten ragte ein Gewirr aus grauen, trockenen Zweigen. Hinter den Schränken säumten hohe Regale die Wände. Darüber hing eine dunkle Uhr, die wütend tickte, als wäre jede Sekunde eine Beleidigung. Die Regale waren bis oben hin angefüllt mit Büchern, Hüten, Kisten, Federn, Blättern, langen Stöcken, noch mehr Gläsern, noch mehr Holzkisten und mehreren großen Steinen auf dem obersten Regalbrett.

»Nein, dies ist kein gewöhnlicher Zauberladen«, wiederholte Miss Henrietta und bedachte Annabelles weit offen stehenden Mund mit einem missbilligenden Blick. Ihr langer, schwarzer Rock schleifte mit einem grausigen Rascheln über den Marmorboden. Auf ihrer Brust glitzerte eine schwarze Brosche. Sie streckte die Hand nach dem grauen Stab auf dem Ladentisch aus. »Dies ist der Ondona, unser Zauberstab, der Zauberstab der Hexen von Vine. Neuartige Zauberstäbe führen wir nicht. Du wirst Kunden erleben, die nach solchen Sachen fragen. Sie stürmen vorbei, um noch einen späten Zug zu erreichen, sehen das Wort *Zauber* und glauben, sie könnten hier Tricks für Kinder kaufen. Aber wir handeln ausschließlich mit hochwertigen Produkten, die nur selten auf den Markt kommen. Deshalb sind wir auch bereits zweimal nach New York gereist, um bedeutende Zauberstäbe von berühmten Hexen zu kaufen, die im Sterben lagen. Es sind alte Zauberstäbe, die von Generation zu Generation weitergereicht wurden. Wir führen auch einige wenige Sehsteine, vor allem für die Zauberer von Finsbury, denen man sie ins Haus liefern muss, da sie es selbst nicht mehr verlassen. Ihre Bestellungen schicken sie per Brieftaube.«

Annabelle klappte den Mund zu. Sie gab sich große Mühe, höflich zu sein.

»In diesem Schrank befinden sich wichtige Zutaten, die dir bald geläufig sein werden. Wie du siehst, sind die Schubladen alphabetisch geordnet – Taubnessel, Teufelskralle, Tollkirsche – und in Kürze wirst du lernen, Dinge zu holen, nach denen wir verlangen.«

Annabelle war ganz verwirrt. Miss Henrietta sprach immer von *wir*, aber in dem unordentlichen Laden war niemand sonst zu sehen. Die Abwesenheit von Miss E. Vine beunruhigte Annabelle. Und es wurde doch nicht etwa von ihr erwartet, hier zu arbeiten? Ihre Mutter hatte gesagt, sie würde hier ihre Ausbildung fortsetzen.

Sie war doch eine junge Dame.

»Deine Mutter hat dich hergeschickt, damit du lernst, was du schon vor Jahren hättest lernen sollen«, sagte Miss Henrietta, als könnte sie Annabelles Gedanken lesen. »Dein bisheriges Leben war eine einzige Illusion. Deine Mutter hat dich fürchterlich belogen. Ihr Mann, der Schiffskapitän, der im Meer verschollen ist? Nichts als Täuschung. Sie hat sich schon vor Jahren von uns und der Magie – guter Magie, anständiger Magie – abgewandt.«

»Aber mein Vater war doch Schiffskapitän«, sagte Annabelle.

»Unsinn«, entgegnete Miss Henrietta. »Deine Mutter hat ohne unsere Zustimmung einen Zauberkünstler geheiratet. Einen Zauberkünstler – ja, billige Tricks in großen Hallen – und das, obwohl sie selbst so überaus zaubermächtig war. Das war ein großer Schock für uns. Estella ist seitdem mehr oder weniger ans Bett gefesselt. Dann, eines Tages, als deine Mutter hochschwanger mit dir war, ist der Zauberkünstler tödlich verunglückt.«

Annabelle wurde immer verwirrter. Ihre Mutter hatte ihr gesagt, ihr Vater sei ein Schiffskapitän gewesen. Und dass er im Meer verschollen sei. Sie schwankte.

»Er wurde auf der Euston Road von einer Kutsche überfahren, liebe Annabelle«, sagte Miss Henrietta. »Und das war noch nicht einmal das Schlimmste. Aber setz dich doch, wenn dir danach ist. Na, komm, mach nicht so ein erschrockenes Gesicht.«

Annabelle stolperte auf den Ladentisch und den Hocker dahinter zu. Miss Henrietta wirkte äußerst ungehalten.

»Wir werden dir beibringen, wie man diesen Laden führt, Annabelle Grey, denn wir sind alt. Wir alle in der Großen & Gütigen Zaubergesellschaft sind alt. Die Hexen von Bloomsbury sind äußerst betagt. Früher ritten sie jede Nacht auf ihren Besen umher und verteilten Liebeszauber. Die Zauberer von Kentish Town haben so starken Rheumatismus, dass sie kaum noch aufstehen können. Miss Broughton, die Hexe von St. John's Wood, bekommt jede Woche Salbe von mir geschickt. Früher konnte sie fast alle kranken Wesen heilen, fast wie deine Mutter – vor allem Kinder sowie Vögel, von denen man dachte, sie würden nie wieder fliegen können –, aber es wird einfach nicht besser mit ihr. Ja, wir werden dir so viel wie möglich über den Laden beibringen, und später, wenn du dich geschickt anstellst, auch über Magie.«

Miss Henrietta schwieg eine ganze Weile. Die Uhr an der Wand tickte entrüstet.

»Das ist es, was jetzt von dir erwartet wird, obwohl ich so meine Zweifel habe. Ich fürchte, deine Mutter hat mit ihrem Aufbruch viel zu lange gewartet. Du bist ein ungebildetes Mädchen. Auch, wenn du von guter Herkunft bist und aus einer langen Reihe von Hexen abstammst, verfügst du über keinerlei Talent. Äußerst enttäuschend!«

Annabelles Wangen brannten.

»Aber ich war doch auf Miss Finchs Akademie für junge Damen«, sagte sie. »Zwei Jahre lang! Ich spreche Französisch und Latein – na ja, in Latein bin ich nicht besonders gut, aber ich habe eine Auszeichnung in Geografie erhalten.«

So war es. Sie kannte jeden einzelnen europäischen Fluss und konnte sie alle auf einer Karte einzeichnen. Den Rhein, die Seine, die Donau, den Arno. Und alle Gebirge: die Schweizer Alpen und die Pyrenäen, den Vogelsberg und die Karpaten. Isabelle Rutherford, Annabelles beste Freundin, sagte immer, Annabelle sei die weltbeste Kennerin der Gebirgszüge. Trotzdem wirkte Miss Henrietta jetzt noch enttäuschter, falls das überhaupt möglich war.

»Deine Mutter hat uns gesagt, dass du Dinge siehst, Visionen hast«, sagte Miss Henrietta. Annabelle stockte der Atem, aber Miss Henrietta hob die Hand, um sie zum Schweigen zu bringen. »Verspürst du irgendeine Verwandtschaft mit einem Tier: Fuchs, Eule, Katze, Vogel? Bitte mach den Mund zu, Mädchen.«

Annabelle verstand überhaupt nichts. Verwandtschaft mit einer Eule? Sie hatte Charlie gern, den Gimpel, der in ihrem kleinen sonnigen Salon sang. Schon beim Gedanken daran bekam sie wieder Heimweh.

»Ich muss also davon ausgehen, dass deine Mutter dir rein gar nichts über Magie beigebracht hat«, sagte Miss Henrietta.

Annabelles Mutter und Magie passten irgendwie nicht in ein und denselben Satz. Ihre Mutter war Mitglied der Gesellschaft wohltätiger Kapitänswitwen gewesen. Sie hatte sich jeden Sonnabend mit dem Schmetterlingsverein für Damen getroffen. Sie war schön, anmutig und absolut unmagisch.

Annabelle beschloss, in Ohnmacht zu fallen. Sie würde in Ohnmacht fallen und das geschähe Miss Henrietta, die so entsetzlich zu ihr war, ganz recht. Sie saß ganz still auf dem Hocker und versuchte angestrengt, ohnmächtig zu werden, aber es gelang ihr nicht. Miss Henrietta seufzte. »Da kommt Kitty«, sagte sie. »Ich hoffe, sie bringt das, was ich brauche.«

Die Glocke über der Tür läutete und aus dem Regen kam das wildeste Mädchen, das Annabelle je gesehen hatte. Es hielt den Kopf gesenkt, die Stirn wütend gerunzelt, und war von Kopf bis Fuß verdreckt. Ihre nassen, schwarzen Locken waren unordentlich mit einem Stück Schnur zusammengebunden und in einer Strähne neben ihrem Ohr baumelte ein braunes Blatt. Ihr schmutziges Kleid war zu kurz, die Socken voller Löcher und die nassen Stiefel klafften an den Zehen auseinander und wurden von Bindfäden zusammengehalten.

»Guten Abend, Kitty«, sagte Miss Henrietta. »Du kommst spät und ich bin sehr beschäftigt.«

Statt einer Antwort grunzte das Mädchen nur. Sie stellte ihren Beutel auf dem Boden ab und starrte Annabelle mit grünen Augen unter den dunklen Brauen an. Annabelle wurde rot und wandte den Blick ab. Sie sah den Beutel an. Den Ladentisch. Die Uhr. Das Mädchen hustete schrecklich rau und trocken. Als Annabelle wieder aufblickte, starrte das Mädchen sie immer noch an, wovon Annabelle nur noch stärker errötete.

»Annabelle, das ist Kitty. Kitty, das ist Annabelle«, sagte Miss Henrietta, als wäre es völlig normal für eine junge Dame, einer Bettlerin vorgestellt zu werden.

Die alte Frau nahm den Beutel und kippte den Inhalt auf den Ladentisch: Stinkende Muscheln aus der Themse fielen klappernd heraus, ein Büschel Gras, mehrere unförmige Blätter sowie der unversehrte Körper eines kleinen toten Kaninchens.

Annabelle keuchte. »Oh«, sagte sie, als Miss Henrietta und das Mädchen sie daraufhin anfunkelten. »Entschuldigung.«

»Die Blätter sind gut«, sagte Miss Henrietta. »Wieder aus dem Garten des Dekans? Ein schöner Garten, nicht wahr?«

Das Mädchen nickte stumm.

»Und was ist heute los in der Welt, Kitty?«, fragte Miss Henrietta. »Was bringst du für Neuigkeiten?«

Das wilde Mädchen sagte immer noch nichts. Ihre Wangen röteten sich. Ihre Augen wurden glasig und sie blickte zornig zu Boden. Miss Henrietta wartete.

»Die Bäume sind in heller Aufregung«, sagte Kitty schließlich leise. Jedes einzelne Wort schien sie große Anstrengung zu kosten, aber ihre Stimme überraschte Annabelle. Es war keine richtige Mädchenstimme, aber sie klang trotzdem sanft. Sanft und klar. »Sie haben die ganze Nacht über in den Straßen gerufen und gerufen. Etwas Böses ist im Anmarsch und der Mond wird so groß wie noch nie.«

»Das sagen auch die Zauberer. Ich bekomme eine Unheil verkündende Nachricht nach der anderen«, sagte Miss Henrietta. »Es ist ein Wunder, dass die Brieftauben nicht vom Himmel fallen, so oft müssen sie hin- und herfliegen.«

Annabelle hatte den Eindruck, dass ein leises Lächeln über das Gesicht des wilden Mädchens huschte, aber sie war sich nicht sicher, weil es sich bereits abgewandt hatte. Kitty schnappte sich den Beutel und brach schnell auf, als hätte das Sprechen sie beschämt. Miss Henrietta folgte ihr und drückte ihr im Gehen ein kleines Päckchen in die Hand. Das Mädchen bedankte sich nicht. Sie rannte aus dem Laden und knallte die Tür hinter sich zu.

Als das Mädchen weg war, holte Miss Henrietta tief Luft. Dann sah sie Annabelle wieder mit ihrem enttäuschten Gesichtsausdruck an.

»Der Tag neigt sich dem Ende zu, Annabelle«, sagte sie. »Häng deinen Umhang, deine Handschuhe und deine Haube auf. Es gibt Wäsche zu waschen.«

Wäsche, dachte Annabelle, während sie aufstand und langsam zum Kleiderständer hinüberging. Das war der bisher ungewöhnlichste Vorschlag heute. Sie wollte weiter über das seltsame Mädchen nachdenken. Wer war sie, wo kam sie her und was meinte sie mit rufenden Bäumen? Außerdem hatte Annabelle Hunger; Henrietta Vine hatte ihr noch nicht mal Tee angeboten.

»Hexenkleider können nur mittwochs in der Abenddämmerung gewaschen werden«, sagte Miss Henrietta. »Heute ist Mittwoch und der Abend dämmert.«

* * *

Miss Henrietta hob beide Arme. Sie zeigte auf zwei große dunkle Türen links und rechts von den Schubladenschränken.

»Du darfst auf gar keinen Fall die linke Tür öffnen«, sagte sie. »Außer du wirst dazu aufgefordert. Hast du verstanden?«

»Ja, Miss Henrietta«, sagte Annabelle.

Miss Henrietta öffnete die rechte Tür. Annabelle folgte ihrer Großtante einen kurzen, düsteren Flur entlang bis zu einer trostlosen, kleinen Küche, in der ein niedriges Feuer brannte. Auf dem Tisch stand eine blaue Teekanne. Miss Henrietta schloss die Hintertür auf und führte Annabelle hinaus auf eine Gasse.

Es war eine schlammige, stinkende Gasse und vermutlich der fürchterlichste Ort, an dem Annabelle je gewesen war. Dort standen sie in der Dämmerung im eisigen Regen und im Wind, der an ihrem hübschen blau gestreiften Stadtkleid zerrte. Bei solchem Wetter sollten sie gar nicht draußen sein. Annabelle würde sich eine Erkältung holen und krank werden. Dann müsste man den Arzt rufen, der sagen würde, dass man nichts mehr tun könne. Sie würde sterben. Ihre Geschichte würde als Fortsetzungsroman in der *Londoner Illustrierten* erscheinen, und ihre Mutter, die sie hergeschickt hatte, würde ihn lesen. ARMES JUNGES MÄDCHEN VON GRAUENHAFTER GROSSTANTE MISSHANDELT. Er wäre reich bebildert.

»Ideales Waschwetter«, erkärte Miss Henrietta.

Sie führte Annabelle zu einer Waschküche mit einem Holzbottich und einem Wasserhahn. Dort zündete sie einen kleinen Ofen an, um Wasser heiß zu machen. Annabelle hob ihre Röcke und sorgte sich um ihre neuen, blauen Lederstiefel mit den blauen Stoffschleifen. Sie bemerkte eine Spinne oben an der Wand und schauderte. Auf dem Boden stand ein Wäschekorb mit einem Haufen dunkler Kleider.

»Ich bin sicher, du hast schon mal Kleider gewaschen«, sagte Miss Henrietta. Annabelle war klar, dass ihre Großante ganz genau wusste, dass das nicht der Fall war. Miss Henrietta schüttete das heiße Wasser in den Bottich.

»Den Rest überlasse ich dir«, sagte sie. »Die Spezialseife der schottischen Hexen muss mit einem Messer zu Flocken geraspelt werden – nur einen Teelöffel voll, denn die Wirkung ist sehr stark. Wenn du fertig bist, bring die Kleider in die Küche und häng sie ans Feuer.«

Dann war sie weg, ohne auch nur Danke zu sagen, und Annabelle blieb zurück und betrachtete ihr entsetztes Spiegelbild im Waschzuber.

»Kleider waschen«, sagte sie zu ihrem Spiegelbild. Sie nickte und ihr hübsches, ernstes Gesicht im Waschwasser nickte zurück. Annabelle berührte eine ihrer blonden Locken. »Mit Spezialseife der schottischen Hexen.«

Sie nahm die lila Seife und hielt sie sich unter die Nase. Die Seife stank. Angewidert ließ Annabelle sie in den Bottich fallen. Das Wasser verfärbte sich lila und fing an zu schäumen. Erschrocken schrie Annabelle auf und fischte die Seife heraus.

Wäre das mit einem Teelöffel Seifenflocken auch passiert? Sollte sie das Waschwasser wegkippen und noch mal von vorn anfangen? Das wäre doch Verschwendung. Sie betrachtete den Haufen Kleider und schob eines nach dem anderen in das lila schäumende Wasser. Dann musste sie sich auf den dreckigen Boden knien, wovor ihr graute. Sie schwenkte die schweren Kleider hin und her, bis ihr die Arme wehtaten. Als sie nicht mehr konnte, saß sie einfach da und blickte ins Wasser.

Ihre Mutter hatte sie weggeschickt, und das war furchtbar. Vermutlich hatte es nie etwas Furchtbareres gegeben.

Ihre Mutter hatte sich ihr gegenübergesetzt, um es ihr zu sagen. »Ich muss geschäftlich ins Ausland, eine schon lange überfällige Reise. Ich kann es dir jetzt nicht erklären, aber irgendwann wirst du es erfahren«, sagte sie. »Du wirst eine Zeitlang bei meinen beiden Tanten in Spitalfields leben.«

»Tanten?«, hatte Annabelle gefragt. »In Spitalfields?«

Sie hatte nie zuvor von ihren Großtanten gehört.

»Wenn du aufmerksam zuhörst, werden sie dir viel beibringen können«, sagte ihre Mutter. »Dinge, die du jetzt lernen musst.«

»Was für Dinge?«, fragte Annabelle. »Und was ist mit Miss Finch?«

»Deine Ausbildung bei Miss Finch ist abgeschlossen«, sagte ihre Mutter. »Jetzt wirst du von deinen Großtanten ausgebildet.«

»Abgeschlossen?«, fragte Annabelle.

»Ich werde dir schreiben, sobald ich kann.« Ihre Mutter fing an zu weinen. »Aber jetzt muss ich gehen.«

»I...i...ist es wegen der Pfützen?«, stammelte Annabelle. Ihre Mutter weinte so gut wie nie. »Ich verspreche, dass ich nie wieder hineinsehen werde. *Ich verspreche es.*«

Sie wollte nicht weggeschickt werden. Sie wollte nicht, dass ihre Mutter geschäftlich ins Ausland reiste, ohne ihr erklären zu können, warum. Ihre Mutter tat nie etwas Unerklärliches.

»Ich kann dich nicht länger vor deiner Bestimmung bewahren«, entgegnete sie. »Sei tapfer.«

Und am nächsten Morgen war ihre Mutter weg. Mercy hatte furchtbare Laune und drängte Annabelle zum Aufbruch nach Spitalfields.

Sei tapfer.

Sie wollte nicht daran denken. Sie stützte das Kinn auf den Bottichrand. Dort war es warm und Annabelle sah, wie sich das lila Wasser beruhigte. Nein, sie wollte nicht daran denken. Nicht daran, dass ihre Mutter sie verlassen hatte. Und auch nicht an ihren Vater, der gar nicht als Schiffskapitän im Meer ertrunken war, denn diese Geschichte war Unsinn gewesen. Und schon gar nicht an Miss Henrietta, die stirnrunzelnd in diesem finsteren, vollgestopften Laden stand und wartete.

Sie würde an die smaragdgrünen Schlittschuhe denken, die sie zum Geburtstag bekommen sollte. Die hatte ihre Mutter ihr versprochen, als Belohnung für bessere Noten in Latein. Ihre Mutter hatte immer gesagt, Latein sei sehr wichtig und Annabelle solle nie unterschätzen, wann man es mal gebrauchen könne. Aber von lateinischen Wörtern wurde sie immer so schläfrig. Mr Ladgrove, der an Miss Finchs Akademie für junge Damen lateinische Grammatik unterrichtete, hatte eine Stimme wie ein Schlummertrunk.

Aber wahrscheinlich musste sie sich jetzt sowieso keine Gedanken mehr wegen Latein machen. Oder wegen der grünen Schlittschuhe. Am Freitagmorgen würde es kein Geburtstagsgeschenk für sie geben. Jetzt nicht mehr, da sich alles verändert hatte. Annabelle fing an, ein Kleid nach dem anderen in den Korb zu zerren. Sie waren unglaublich schwer. Was für eine himmelschreiende Ungerechtigkeit!

Als sie gerade das letzte Kleid herauszog, sah sie, wie sich etwas unter der Wasseroberfläche bewegte. Es war dunkler als die Kleider und ließ Annabelle innehalten. Sie beugte sich vor.

Im lila Wasser spiegelte sich wellig ihr Gesicht, aber weiter in der Tiefe bewegte sich etwas. Schlängelte und wand sich. Sie beugte sich noch weiter vor. Da war es, eine dunkle Welle, direkt unter der Wasseroberfläche. Und darunter ein Haus – das Haus, das sie schon mal gesehen hatte, das schreckliche dunkle Haus. Ihr Verstand schrie ihr zu, sie solle den Blick abwenden.

Um das Haus herum sah Annabelle jetzt die Stadt, das Gewirr aus Straßen, Kreuzungen, Brücken und Häusern. Sie sah alles ganz deutlich und konnte ein Stöhnen nicht unterdrücken, als sie genauer hinschaute.

Die dunkle Welle stieg immer höher, brach jedoch nicht. Sie verließ das dunkle Haus, strömte durch die Fenster, breitete sich in den schwarzen Straßen aus. Sie rauschte dahin, um die Stadt zu verwüsten. Das war ihre Bestimmung. Eine große schwarze Welle der Verwüstung, bereit, Häuser, Zäune und Kirchen, Schulen, Spitäler und Armenhäuser hinwegzufegen.

»Rettet sie!«, rief Annabelle.

Sie spürte Hände unter ihren Armen; jemand zog sie von dem Bottich weg. Plötzlich erschien das Gesicht des wilden Mädchens vor ihr und verschwand gleich wieder.

»Setz dich hin«, hörte Annabelle sie sagen. »Beug dich nicht so vor.«

Annabelle versuchte, sich zu befreien, sich aufzurichten. Die ganze Waschküche schien schief zu stehen. Da erschien das Gesicht des wilden Mädchens wieder vor ihr. Die grünen Augen musterten sie neugierig.

»Was ist passiert?«, ertönte Miss Henriettas Stimme.

»Nichts«, flüsterte Annabelle.

»Ich war gerade dabei, meinen Proviant unter dem Dachvorsprung zu verstauen, als ich sie schreien gehört habe«, sagte Kitty. »›Rettet sie!‹, hat sie gerufen und in den Bottich geguckt.«

»Was hast du gesehen?«, fragte Miss Henrietta.

Annabelle zog sich hoch und lehnte sich an die steinerne Wand.

»Nichts«, flüsterte sie. Sie betrachtete den Schlamm auf ihrem Rock, weigerte sich, Miss Henrietta oder das Mädchen anzusehen. »Ich muss ohnmächtig geworden sein – das ist alles.«

Das war ihr Geheimnis, das sie vor der Welt verbarg. Am liebsten hätte sie das Gesicht in den Händen vergraben, aber stattdessen sah sie den Bottich an. Dort war einfach nur normales lila Wasser, nichts weiter. Der Wind wehte durch die offene Tür herein.

»Du hast zu viel Seife genommen«, sagte Miss Henrietta schließlich. »Unsere Kleider sind ruiniert.«

Und wirklich glänzten die Kleider, die im Waschkorb lagen, im Abendlicht lila.

»Ruiniert!«, rief Miss Henrietta und Annabelle zuckte beim Klang des Wortes zusammen.

»Verzeih mir, Tante«, flüsterte Annabelle.

»Du bist wirklich zu gar nichts nütze«, sagte Miss Henrietta.

* * *

In der Küche half Annabelle Miss Henrietta, die Kleider am Feuer aufzuhängen, wo sich ihr lilafarbener Glanz noch verstärkte. Annabelles Wangen glühten bei dem Anblick, aber es wurde nichts weiter gesagt. Zitternd sah Annabelle zu, wie Miss Henrietta Brot auswickelte und den Schimmel abschnitt. Sie teilte harten Käse in Scheiben und reichte Annabelle einen Teller.

»Du bist bestimmt müde«, sagte Miss Henrietta und goss Tee ein.

Annabelle aß gierig und stürzte den Tee hinunter, den Miss Henrietta ihr gab. Sie war vollkommen erschöpft. Mit einem erneuten Schaudern dachte sie über Kitty nach, die nicht hereingebeten worden war. Miss Henrietta hatte ihr noch nicht einmal Gute Nacht gewünscht. Annabelle hatte noch nie Menschen mit so schlechten Manieren erlebt.

»Ich hoffe, du wirst nicht krank«, sagte Miss Henrietta. »Das ist unserem letzten Mädchen passiert. Innerhalb weniger Stunden ist sie von uns gegangen.«

Darauf fiel Annabelle nichts ein.

»Komm mit. Ich zeige dir dein Zimmer. Nimm die Schüssel und den Krug mit dem restlichen heißen Wasser mit.«

Am anderen Ende der Küche, neben dem Kamin, befand sich eine Tür, die zu einer Wendeltreppe führte. Annabelle folgte Miss Henrietta die Stufen hinauf, vorbei an drei Treppenabsätzen mit je einer verschlossenen Tür, bis ganz nach oben. Der Krug und die Schüssel waren schwer. In ihrem alten Leben hätte Mercy, das Hausmädchen, sie getragen. In ihrem alten Leben hätte das Hausmädchen gesagt: »Jetzt kommen Sie schon, Miss Annabelle, oder Sie schlafen noch im Stehen auf ihren kleinen Füßchen ein.« In ihrem alten Leben hätte das Hausmädchen Annabelles blondes Haar gelöst und gebürstet, bis es im Schein der Laterne schimmerte.

Hier flackerte das Kerzenlicht an den Wänden und ein kühler Luftzug fuhr die Treppe herab. Auf dem obersten Treppenabsatz öffnete Miss Henrietta eine kleine Tür und bückte sich, um hindurchzutreten. Dahinter lag eine schäbige, kleine Dachkammer. Die Kerze, die Miss Henrietta anzündete, war kurz und Annabelle wusste, dass sie nicht für die ganze Nacht reichen würde. Das Bett war einfach, mit einer groben Decke, und es gab noch nicht mal ein Kissen. Durch das winzige Fenster war der schwarze Himmel zu sehen, Wind und Regen peitschten dagegen.

»Dies ist ein altes Haus, Annabelle«, sagte Miss Henrietta. »Es spricht nachts mit sich selbst. Poltert und ächzt. Das sollte dich nicht beunruhigen. Hier wird dir kein Leid geschehen.«

Aber Annabelle hatte das Gefühl, ihr sei schon Leid geschehen. Von den wenigen Stunden, die sie jetzt hier war, fühlte sie sich wie erschlagen. Von all dem, worum man sie gebeten hatte. Von all dem, was Miss Henrietta gesagt hatte. Der Tag hatte sie ausgelaugt.

»Die Zauberer haben schon vor langer Zeit Nachrichten über dich geschickt«, sagte Miss Henrietta etwas freundlicher. »Sie glauben, du hättest Potenzial. Deine Mutter hat uns geschrieben und uns von deinen Visionen erzählt. Deshalb bist du hier, mein Kind. Es sind mehr geworden, nicht wahr?«

»Ich habe keine Visionen«, sagte Annabelle.

Miss Henrietta betrachtete sie traurig, dann wandte sie sich zum Gehen.

»Und wer ist dieses Mädchen?«, rief Annabelle. »Wo schläft sie überhaupt?«

»Kitty?«, fragte Miss Henrietta. »Mach dir um Kitty keine Sorgen. Sie hat Hunderte von Schlafplätzen in der ganzen Stadt. Sie ist ein Mittelsmädchen, Annabelle, und kennt alle Wälder, die es in London noch gibt – die letzten Wälder, die Bauminseln, wo die Wildnis fortbesteht. Viel ist schon abgeholzt worden. Um Schiffe, Anrichten und elegante Stühle zu bauen. Aber Kitty weiß, wo man die Elfen findet, und vermittelt unsere Geschäfte mit ihnen. Ich habe gehört, sie könne ihr Seelenlicht herbeisingen. Es gibt nicht mehr viele Mädchen wie Kitty.«

Das ergab in Annabelles Augen keinen Sinn. »Aber draußen ist es kalt und regnerisch«, sagte sie.

»Man könnte Kitty nicht im Haus halten, selbst wenn man es versuchen würde, Annabelle«, sagte Miss Henrietta. Mit diesen Worten schloss sie die Tür und Annabelle lauschte lange auf das immer leiser werdende Geräusch ihrer Schritte die Treppe hinunter.

Annabelle zog ihre Stiefel, die Strümpfe und das Kleid aus. Sie klappte den Koffer auf und holte ihr Nachthemd und die Bürste heraus. Da lagen sie, all die hübschen Sachen aus ihrem anderen Leben. Die entzückenden Strohhauben und ihre guten Kleider. Sie betrachtete sie traurig. Draußen konnte sie London hören: Pferdehufe und Kutschräder, das Muhen der Kühe und das Rattern der Züge, läutende Glocken und kreischendes Gelächter, und irgendwo weinte jemand.

Sie stieß auf ihre kleine Schmuckschatulle, die mit schwarzem glänzendem Lack überzogen war. Vor langer Zeit hatte sich bei Annabelle beim Blick in die Schatulle einmal eine Vision eingestellt.

Du hast ein Geheimnis, das du vor der Welt zu verbergen versuchst.

Sie hatte einen Trauerzug auf grauen Straßen gesehen. Alte Männer trugen einen kleinen Sarg und Annabelle hatte die Szene eine Weile lang interessiert betrachtet. Sie erinnerte sich daran, weil sie ihrer Mutter davon erzählt hatte und die daraufhin fest Annabelles kleine Hände umklammerte.

»Annabelle, wenn du so etwas siehst, mach die Augen zu«, hatte ihre Mutter gesagt. »Schließ die Augen – versprich mir das – und wende dich ab.«

Jetzt klappte Annabelle in der kleinen Dachkammer die Schatulle auf. Darin funkelte die Diamantbrosche ihrer Mutter. Sie war sternförmig und glitzerte auf dem blauen Samt. Der Anblick machte Annabelle so traurig, dass ihr der Atem stockte. Ihre Mutter hatte sie ihr kurz vor ihrer Abreise gegeben.

»Aber warum?«, hatte Annabelle gerufen. »Du musst mich nicht wegschicken. Ich verspreche, nie wieder in Pfützen zu schauen. Ich verspreche es.«

Aber ihre Mutter hatte den Kopf geschüttelt.

»Ich werde dir eine Nachricht schicken, bevor ich zurückkehre«, erwiderte sie und nahm Annabelles hübsches Gesicht zwischen die Hände. »Sei tapfer.«

»Mutter«, sagte Annabelle jetzt.

Die Kerze ließ ihren kleinen Kopf sinken.

Annabelle nahm die Sternenbrosche aus der Schatulle und pustete die Flamme aus. Sie legte sich ins Bett, der Wind und der Regen hämmerten an das kleine Fenster. Annabelle dachte an ihren längst verstorbenen Vater und daran, dass er gar nicht der war, der er sein sollte. Davon bekam sie Kopfschmerzen, also dachte sie stattdessen an das seltsame Mädchen Kitty. Annabelle hoffte, sie wäre irgendwo an einem sicheren, trockenen Ort. Dann drückte sie die Sternenbrosche an die Brust und schloss die Augen.

* * *

Das wilde Mädchen schlief noch nicht. Das Wetter beschwingte sie. Der Wind heulte durch die Gassen. Die Welt war ruhelos und voller Geschichten.

Kitty lief. Sie lief, ruhte sich kurz aus und lief weiter. Sie kannte all die kleinen Sträßchen mit holprigem Pflaster und all die breiten Chausseen. Sie kannte all die ausgetretenen Stufen an der Themse und all die gewundenen Gassen. Beim Laufen lauschte sie. In einer solchen Nacht konnte sie ganz London hören: die Tavernen und Theater, die Leierkastenmänner und Liedermacher und verborgen zwischen all diesen Geräuschen einen Zauberer, der den Regen besang, und das wilde Klagelied der Elfen.

Sie wollte wieder den Bäumen lauschen. Der alten Weide im Regent's Park, die mit dem Kopf schüttelte, und der großen alten Hainbuchendame in Knightsbridge, deren Blätter wisperten. Als der Mond aufging und zwischen den Regenwolken hindurchlinste, rief die mächtige Eibe in Totteridge mit ihrer alten Stimme voll Erde, Regen und grüner Zweige der Eibe in Bromley etwas zu. Kitty wusste, dass die Bäume besorgt waren. Etwas braute sich zusammen und beim Laufen dachte sie darüber nach, was das sein könne. Ein großes

Feuer, eine Flut oder ein Drache im Anflug. Das alles war bereits geschehen. Solche Dinge wusste sie.

Kitty schlich sich auf den Friedhof von Highgate. Dort gab es viele Diebe, aber sie war schnell und leise in ihren ausgetretenen kleinen Stiefeln. Sie versteckte sich in einem Mausoleum und wartete. Kitty konnte die Elfen riechen, sogar im Regen. Sie rochen nach Honig, aber Kitty wusste, dass sie alles andere als süß waren. Sie ähnelten nicht im Geringsten den schönen Bildern, die die Leute von ihnen zeichneten. In ihren klebrigen Kleidern, die über den dicken kleinen Bäuchen spannten, und mit Fingernägeln, spitz wie Nähnadeln, spuckten, heulten und sangen sie. Alles an ihnen war geeignet, einen zu ärgern. Kitty würde bis kurz vor Morgengrauen warten, dann waren die Elfen schläfrig.

Sie musste an Miss Henriettas neues Mädchen denken, an die Hübsche, die Dinge im Wasser sehen konnte. Sie sah überhaupt nicht magisch aus und roch auch nicht so. Diese Annabelle hatte einen eigenartigen Geruch an sich, leer wie ein unbeschriebenes Blatt Papier, wie Sonnenlicht oder frische Wäsche. Und sie gab vor, nichts zu sehen, obwohl sie sehr wohl etwas gesehen hatte – etwas, von dem sie leichenblass geworden war und sich beinahe eingenässt hatte! Beim Gedanken daran lächelte Kitty im Dunkeln und summte dann ein kleines Lied vor sich hin, das sie sich selbst beigebracht hatte.

Sie spürte es zuerst tief unten in den Zehen, dann summte sie es herauf und brachte ein kleines Herzlicht aus ihrem

Mund hervor. Kitty war voller Magie, die sie nicht verstand. Das Licht war blau – tageslichtblau – und es gefiel ihr, wie es schimmernd und mit Spucke benetzt in der Dunkelheit schwebte. Es war faustgroß und sie ließ es mit ihrem Atem über ihrer Nase auf und ab tanzen.

Sie nannte diese Lichtbälle *Herzlichter*, weil sie aus ihrem Innern kamen und der Ort, wo sie herkamen, dicht bei ihrem Herzen zu liegen schien.

Sie wusste, dass sie ein Teil von ihr waren. Hatte es schon immer gewusst.

Ein Teil von ihrem Innern – nicht ihre Hülle, die, auch das wusste sie, eines Tages in der Kälte und im Regen zerbrechen würde. Ihr Äußeres würde zerbrechen wie die Käferpanzer, die sie fand und aufbewahrte, oder der vertrocknete Körper eines Amseljungen, das aus dem Nest gefallen war, von dem sie jedoch wusste, dass es noch irgendwoanders war und weiter herumflog. Ihr Herzlicht würde nicht sterben.

Sie verschluckte das Licht und im Mausoleum wurde es dunkel. Kitty schloss die Augen und lauschte dem Regen.

Als die Macht des Zauberstabs aufgebraucht war, hatte Mr Angel drei Schattenwesen heraufbeschworen. Leise raschelnd und wispernd kamen sie hinter ihm die Treppe herauf. Im Maschinenraum befahl er ihnen zu schweigen. Sie waren genauso, wie seine alten Bücher sie beschrieben hatten: furcht-

erregende Wesen, die aus Nichts bestanden, aber trotzdem voller Bosheit waren, schlafende Schatten, die er mit seiner schwarzen Magie zum Leben erweckt hatte.

Wenn er ihnen zu nahe kam, kicherten sie und zischten.

Sie veränderten ihre Form – gerade noch groß und dünn, waren sie im nächsten Augenblick klein und stämmig. Sie verbanden sich zum Umriss eines großen kräftigen Mannes und ragten hoch über ihm auf, sodass er schauderte.

»Runter!«, brüllte er und augenblicklich waren es wieder drei.

Sie bestanden aus Schatten, der an einigen Stellen pechschwarz, an anderen grau war. In ihren dunklen Gestalten klafften weit aufgerissene Münder und leere Augen. An ihren Fingern hatten sie massive silbrige Krallen. Damit klackerten und klirrten sie vor Mr Angel, dann raschelten und rauschten die Schattenwesen leise. Als er die Hand ausstreckte, um eins zu berühren, spürte er nichts, und sie machten ein wütendes Geräusch wie Wind in hohem Gras.

»Schlüpf durch das Schlüsselloch«, befahl er einem der Wesen, das davonhuschte, durch die winzige Öffnung glitt und wieder zurückkehrte.

Mr Angel nahm seinen Zylinder vom Stuhl. Er warf ihn hoch und schrie: »Zerstört ihn!«

Sofort fielen sie über den Hut her und zerfetzten ihn in wenigen Sekunden mit ihren leeren grauen Mündern und ihren klackernden Krallen. Eine dünne Schicht Hutreste segelte langsam zu Boden.

Die Maschine hinter ihm machte ein durchdringendes verärgertes Geräusch. Sie hatte Hunger. Der Blasebalg stieß einen lauten Seufzer aus und Mr Angel lächelte sein seltsam schiefes Lächeln.

»Folgt mir«, sagte er zu den Schattenwesen, die sich jetzt in einem schwarzen Knäuel aneinanderklammerten. Sie hatten offenbar Angst vor dem Apparat.

Mr Angel stieg langsam die Treppe hinauf, die sich um den Mondtrichter wand und bis zu einer kleinen Plattform auf dem Dach führte. Der Morgen war angebrochen. Die Schattenwesen zogen sich zusammen und verbargen sich in den Falten seines Umhangs. Er blickte über die Dächer hinweg, auf all die schäbigen Straßen hinab, die sich meilenweit über die arme Erde erstreckten. Auf all die Schenken, Tavernen und Kirchen, all die Armenhäuser und Kinderheime. Die Fabriken spuckten den ersten Rauch in den Himmel. Die großen Webstühle rotierten und klapperten.

Er spürte, wie die Schattenwesen neben ihm zitterten.

»Wenn mein Zauberstab wieder aufgeladen ist, werde ich noch mehr von euch heraufbeschwören«, sagte er. »Und übermorgen, bei Vollmond, habe ich eine ganze Armee. Das wird das Ende der guten Magie sein und wir werden die Stadt erobern.«

2

»Eine junge Dame steht früh auf, öffnet ihr Fenster und erfreut sich an den Wonnen eines arbeitsreichen Tages.«

Miss Finchs kleines blaues Buch (1855)

Annabelle entschied sich für das Stadtkleid mit dem Rosenmuster, von dem Isabelle Rutherford gesagt hatte, es sei das schönste Kleid der ganzen Welt. Es hatte zarte, kurze Ärmel mit einer Spitzenborte und wurde mit Perlmuttknöpfen geschlossen. Jeder Knopf war nun eine Herausforderung. Annabelle war daran gewöhnt, dass Mercy knöpfte, knotete, glatt strich und bürstete. Sie hatte sich in ihrem ganzen Leben noch nie allein angezogen.

Sie flocht sich die Haare, da sich fast alle Locken gelöst hatten. Es gab keinen Spiegel. Als sie die Tür aufmachte, sah sie Miss Henrietta auf dem Treppenabsatz stehen und warten. Beim Anblick von Annabelles Kleid runzelte sie die Stirn. Als Annabelle so freundlich wie möglich lächelte, runzelte sie sie noch stärker.

»Nach Sonnenaufgang liegen wir nicht mehr im Bett«, sagte Miss Henrietta Vine. »Es gibt Arbeit zu verrichten und Nachttöpfe zu leeren.«

Annabelle sollte jeden Morgen auf Zehenspitzen in Miss Henriettas Zimmer schleichen, um ihren Nachttopf zu leeren. Miss Henrietta zeigte ihr, wie. Sie durfte kein Geräusch machen. Kein lautes Klirren, Klappern oder Schwappen. Offenbar duldete Miss Henrietta Vine nicht das geringste Schwappen. Annabelle dachte über Miss Estella nach. Wo war sie und wer leerte *ihren* Nachttopf?

»Miss Estella hat ihr persönliches Hausmädchen, Tatty«, erklärte Miss Henrietta, obwohl Annabelle kein Wort gesagt hatte.

In der Küche zeigte Miss Henrietta ihr schweigend, wie man Feuer machte und den speziellen gelben Tee zubereitete. All diese Aufgaben hatte Annabelle in der ersten Morgendämmerung lautlos zu verrichten.

»Jetzt musst du meine Kleider zusammenlegen und in meiner Kommode verstauen«, sagte Miss Henrietta. Annabelle sah die immer noch leicht lila glänzenden Kleider an, die am Kamin hingen. »Ich werde sie eine Zeit lang nicht tragen können. Zumindest nicht, bis die Wirkung der Magie nachlässt.«

Annabelle fragte sich, was wohl passieren würde, wenn Miss Henrietta jetzt eines der Kleider anzöge. Vielleicht finge sie an zu schweben. Vielleicht würden sich ihre Füße vom Boden lösen, ohne dass sie etwas dagegen tun könnte. Vielleicht schwebte sie zur Hintertür hinaus in den Himmel. Dann wäre Miss Henrietta weg, würde über London entschweben und nie wieder gesehen.

»Deine Gedanken sind laut und respektlos!«, brüllte Miss Henrietta – wieder so, als hätte Annabelle sie laut ausgesprochen.

Miss Henrietta brüllte so laut, dass Annabelle errötend zusammenzuckte und schnell die Kleider einsammelte. Sie waren warm von der Nacht am Feuer, und Annabelle vergrub die Hände in dem Stapel, als sie sie die Treppe hinauftrug.

Nachdem die Kleider zusammengelegt und in Schubladen verstaut worden waren, musste der Laden gefegt werden.

»Meine Güte, Kind«, sagte Miss Henrietta, als Annabelle begann, den Boden abzutupfen. »Hast du noch nie gefegt?«

»D...d...doch«, stammelte Annabelle.

Hatte sie nicht, abgesehen von dem einen Mal in Miss Finchs Akademie für junge Damen, als sie in einem Theaterstück ein armes Mädchen gespielt hatte, was vermutlich nicht zählte.

»Schau her«, sagte Miss Henrietta und zeigte Annabelle, wie man fegte.

Der Laden war unordentlich, aber der Marmorboden war überraschend sauber. Mit großer Geste leerte Miss Henrietta das Kehrblech, auf dem nichts lag.

»Und wenn du fertig bist«, fuhr sie fort, »drehst du das Schild um und öffnest die Tür, um ein wenig frische Luft und Sonne hereinzulassen.«

Annabelle tat, was man ihr befohlen hatte, obwohl sie ziemlich sicher war, dass niemals jemand diesen schrecklichen kleinen Laden betreten würde. Sie musterte das Schaufenster und die goldenen Buchstaben, die sich von innen NEDALREBUAZ SENIV H. & E. SESSIM lasen. Annabelle sprach die Worte lautlos vor sich hin und fand, dass sie rückwärts recht hübsch klangen. Tatsächlich schien die Sonne und darüber freute sie sich, als sie die Tür öffnete.

»Bärentraubenblätter«, sagte Miss Henrietta, als Annabelle fertig war.

»Bärentraubenblätter?«, wiederholte Annabelle.

Miss Henrietta zog eine kleine Schublade in einem der Schränke auf und holte eine Schachtel mit mehreren blaugrünen Blättern heraus. Sie winkte Annabelle zu sich an den Ladentisch und reichte ihr eine goldene Zange.

»Hör gut zu«, sagte Miss Henrietta. »Bärentraubenblätter haben viele Anwendungsmöglichkeiten, sie werden bei Blasenkrankheiten, Wasserherzen und einigen einfacheren Hautproblemen eingesetzt. Manche sagen, wenn man sie verbrennt, mahlt und auf seinen Schuhen verstreut, führen sie einen zu seiner einzigen wahren Liebe. Ich persönlich glaube nicht an solchen Unfug. Die Blätter werden außerdem von bestimmten Therianthropen verwendet. Mr Huxley, ein Mitglied der Zaubergesellschaft aus Hampstead, benötigt regelmäßig eine kleine Menge davon, damit er sich in einen Wolf verwandeln kann. Heute bereite ich Mr Huxleys Bärentraubenblätter vor.«

Annabelle, die mit der goldenen Zange bereitstand, kicherte nervös.

»Da gibt es nichts zu kichern«, sagte Miss Henrietta. »Heute ist der dritte Donnerstag im Monat und an diesem Tag muss ich ihm seinen Vorrat bringen. Er ist alt, wie wir alle in der Großen & Gütigen Zaubergesellschaft, Annabelle. Wenn er einen Wolf in sich hat, der hinauswill, dürfen wir ihn nicht warten lassen. Nimm fünf der dicksten Blätter«, fuhr sie fort. »Sie stammen von einem ganz besonderen Baum in Manitoba und sind per Dampfschiff über Nova Scotia angeliefert worden. Mr Huxley bezahlt ein Vermögen dafür, daher darf kein einziges Blatt auf den Boden fallen oder zu fest mit der Zange gequetscht werden.«

Annabelle betrachtete die Blätter. Dafür, dass sie einen so weiten Weg zurückgelegt hatten, wirkten sie viel zu frisch. Miss Henrietta wollte sie bestimmt reinlegen. Es war eine Art Test – sie wollte wissen, wie Annabelle reagieren würde.

»Wenn ich weg bin, um Mr Huxley sein Päckchen zu bringen, bleibst du hinter dem Ladentisch sitzen und rührst nichts an«, sagte Miss Henrietta. Ihre Stimme klang eigenartig, irgendwie tiefer und heiserer als sonst. »Hast du verstanden?«

»Ja, Miss Henrietta«, sagte Annabelle.

Miss Henrietta musterte sie mit ihren leuchtend blauen Augen. Sie schien nicht überzeugt.

Im Laden wurde es plötzlich ganz kalt. Miss Henrietta nahm die Zange, die schlaff in Annabelles Hand hing, und holte fünf Blätter heraus. Sie wickelte sie schnell zu einem Päckchen zusammen und verschnürte es mit einem Bindfaden. Annabelle wandte den Blick von den Augen ihrer Großtante ab und betrachtete Miss Henriettas Hände sowie ihr dunkles, glänzendes Kleid, das plötzlich anfing zu rascheln. Es war ein eigenartiges Geräusch und dröhnte ihr in den Ohren.

Annabelle beobachtete das Kleid, und sosehr sie es auch versuchte, sie konnte den Blick nicht abwenden. Das Knacken und Krachen des Kleides wurde immer lauter. Annabelle wollte sich die Ohren zuhalten. *Federn*, dachte sie, denn das sah sie jetzt statt des Kleides: kohlrabenschwarze Federn. Ein Flügel wurde ausgestreckt und wieder zusammengefaltet, und einer der Knöpfe an Miss Henriettas Kleid war jetzt ein wildes schwarzes Auge, das sie aufmerksam und neugierig musterte.

Annabelle schrie auf und stolperte rückwärts. Eine Krähe! Ihre Krallen kratzten über den Ladentisch und sie legte den Kopf schief, um Annabelle aus ihrem dunklen Auge anzusehen. Bevor Annabelle loskreischen konnte, nahm die Krähe das Päckchen in den Schnabel und flog rasch zur offenen Tür hinaus. Sie segelte über die Straße hinweg und in den Himmel hinauf.

* * *

Schwarze Federn. Das war Annabelles einziger sinnvoller Gedanke. *Schwarze Federn.* Sie wollte ihr altes Leben zurück. Sie wollte aus dem Laden rennen. Sie wollte immer weiterrennen, bis die ihr vertrauten hübschen Straßen auftauchten. Sie wollte ihr altes Ich zurück, das sich um nichts weiter kümmern musste als um ihre Kleider und die Frage, ob sie gezuckerten Apfelkuchen oder Vanilletorte zum Nachtisch essen sollte. Dann wäre alles wieder wie früher und sie würde nie wieder in eine Pfütze blicken. Ihr traten Tränen in die Augen, und egal wie sehr sie es versuchte, sie konnte ihre Unterlippe nicht vom Zittern abhalten. Es war nicht gut zu weinen, aber sie barg das Gesicht in den Händen und fing an zu schluchzen.

Es gab viele Arten, wie eine junge Dame ihren Tränen Einhalt gebieten konnte, und in Miss Finchs Akademie für junge Damen hatte Annabelle alle gelernt. Sie konnte den Blick auf einen Gegenstand in weiter Ferne richten; sie konnte sich das Taschentuch sanft an die Nase drücken und an eine Blumenwiese denken. Aber sie tat nichts von alledem. Stattdessen setzte sie sich auf den Hocker und schluchzte lauthals, weil ihr Leben so entsetzlich war. Sie weinte, weil sie seit ihrer Ankunft Wäsche gewaschen und Böden gefegt hatte und angeschrien worden war. Sie weinte, weil ihre Mutter sie zu diesem fürchterlichen kleinen Laden geschickt hatte. Sie weinte, weil ihr toter Vater gar kein Schiffskapitän gewesen war, obwohl ihre Mutter ihr abends immer Geschichten aus seinem Seefahrerleben erzählt hatte. Sie weinte, weil Miss Henrietta Vine die gemeinste Verwandte war, die ein Mädchen haben konnte, und sich gerade in eine Krähe verwandelt hatte.

Tränen tropften von Annabelles Nasenspitze und sie unternahm nichts dagegen. Sie war Miss Finchs schlimmster Albtraum. Aber vom Weinen ging es ihr besser, und nach und nach ließ der Tränenfluss nach. Annabelle wischte sich mit dem Handrücken über die Wangen, weil sie ihr Taschentuch vergessen hatte. Dann saß sie auf dem Hocker und baumelte mit den Beinen. Es war eigentlich seltsam, dass junge Damen nicht weinen sollten, wo es einem vom Weinen doch besser ging. Weinen galt als unschön, dabei waren ihre Glieder jetzt ganz schwer – angenehm schwer – und sie war ruhiger.

Annabelle sah den Zauberstab an, der auf dem Ladentisch lag. Miss Henrietta hatte ihn den Ondona genannt. Sie berührte ihn vorsichtig. Angesichts dessen, was mit den Kleidern passiert war, nahm sie ihn aber nicht in die Hand. Sie wollte nicht noch mehr Ärger verursachen. Annabelle seufzte laut und schlug Miss Henriettas Kassenbuch auf. Es roch eigenartig – säuerlich – und die Seiten waren schwer und teefarben. Sie knisterten unter ihren Fingern. Die letzten Einträge lagen fast drei Jahre zurück, als Mr S. Worth den vollen Betrag für den Kauf zweier Kerzen bezahlt und Lady Pansofia Swift einen Zauberstab bestellt hatte. Das bestätigte Annabelles Theorie, dass nie jemand den kleinen Zauberladen betrat. Ob Kitty wohl wiederkommen würde? Annabelle hoffte es. Sie war es gewöhnt, in der Gesellschaft anderer Mädchen – vor allem von Isabelle Rutherford – zu sein und nicht ganz allein.

Als Annabelle umblätterte, hörte sie Schritte. Sie war sich sicher, dass jemand den Laden betreten hatte, aber es war niemand zu sehen. Sie sprang vom Hocker herunter und ging um den Ladentisch herum.

Es waren noch zwei Schritte zu hören. Ja, eindeutig das Schlurfen von Füßen.

»Hallo«, sagte sie. »Wer ist da?«

Ein leises Kichern.

»Wie ich sehe, hat Miss Vine ein neues Mädchen«, sagte eine Stimme ganz in ihrer Nähe, sodass Annabelle erschrocken einen Satz zurück machte.

»Sie sollten sich zu erkennen geben!«, rief Annabelle. »Augenblicklich. Das ist unhöflich.«

Ein Rauschen von rotem Satin und schwerem Wollstoff ertönte, dann wurde ein Mann in einem dunklen Umhang sichtbar. Er hielt einen langen, schwarzen Stab in der Hand.

So jemanden hatte Annabelle noch nie gesehen.

Er war sehr groß und krumm. Von der Körpermitte an war er nach vorne gebeugt, als stemmte er sich gegen den Wind. Sein üppiges schwarzes Haar fiel in Wellen um sein Gesicht und seine Haut war so weiß wie eine Begräbnisorchidee, als käme sie niemals mit der Sonne in Kontakt.

»Oh«, sagte Annabelle, obwohl sie wusste, dass das unhöflich war. Es rutschte ihr heraus. Sie schob sich hinter den Ladentisch, weg von ihm.

»Gestatten, Mr Angel, Zauberer«, sagte er. Er sprach langsam, mit tiefer Stimme. »Miss Vine hat mich vielleicht erwähnt.«

Hatte sie nicht. Oder zumindest glaubte Annabelle das.

Ihre Großtante hatte allerdings Zauberer erwähnt. Vielleicht war er unter ihnen gewesen und Annabelle hatte es sich nicht gemerkt.

Seinen gekrümmten Körper wollte Annabelle nicht ansehen, daher blickte sie ihm ins Gesicht. Es war attraktiv auf eine Art, die sie nicht näher beschreiben konnte. Der Mann hatte tiefdunkle, traurige Augen – wahrscheinlich die traurigsten Augen, die Annabelle je gesehen hatte – mit sehr langen Wimpern. Er hatte eine ziemlich große Nase und einen leicht schiefen Mund – eine Seite grinste höhnisch, die andere wirkte eher melancholisch. Auf seinen Wangenknochen sah man dunkle Schatten, die in einem den Wunsch weckten, ihn mit Windbeuteln und Eierpudding aufzupäppeln. Die Schatten ließen Annabelle plötzlich erschauern und eine schwache, düstere Erinnerung, die sie nicht recht zu fassen bekam, flackerte vor ihrem inneren Auge auf und war gleich wieder verschwunden.

Er sah traurig und einsam aus.

Er sah böse aus.

So, als würde er Babys kneifen, wenn ihre Mütter nicht hinsahen.

Oder lautlos wertvolle Dinge aus verschlossenen Schubladen stehlen.

Annabelle mochte ihn nicht. Er hatte etwas an sich, das ihr Angst machte.

»Ich fürchte, Miss Henrietta Vine ist geschäftlich unterwegs«, sagte sie und musste an das schwarze Gefieder denken. Sie schloss kurz die Augen und schüttelte den Kopf. Schwarzes Gefieder und unsichtbare Männer. Das ergab doch alles keinen Sinn.

»Und ihre Schwester?«

Estella? Miss Estella war Annabelle ein Rätsel. Sie versuchte, es sich nicht anmerken zu lassen.

»Miss Estella Vine ist leider unpässlich«, sagte sie.

»Und wer bist du?«, fragte der Mann. Seine Stimme klang liebenswürdig, aber unter der Liebenswürdigkeit lauerte ein Abgrund.

»Annabelle Grey«, entgegnete sie, hob das Kinn und lächelte das höflichste Lächeln, das sie zustande brachte.

»Ah«, sagte er überrascht. »Die berühmte Annabelle Grey. Tochter des großen Geraldo Grey?«

Annabelle wusste nicht, was er meinte. Die Art, wie sich ein grässliches gezwungenes Lächeln auf seinem Gesicht ausbreitete, gefiel ihr nicht. Der große Geraldo Grey? Bei diesem Namen schmerzte und pochte ihr Herz gleichzeitig.

»Und darf ich fragen, wie es deiner werten Frau Mutter geht?«, sagte Mr Angel mit schräg gelegtem Kopf und lächelte noch breiter.

»Meine Mutter bereist das europäische Festland«, sagte Annabelle und gab sich große Mühe, ihre Stimme fest klingen zu lassen.

Mr Angel hing für einen Moment seinen Gedanken nach, dann schlug er plötzlich laut mit seinem Stab auf den Ladentisch.

»Dann also ein Brief für die Misses Vine, Annabelle«, sagte er und holte ein zusammengefaltetes und mit einem dunklen Siegel verschlossenes Blatt Papier aus seiner Tasche. »Ich bin zurückgekehrt. Ich habe den Schwarzen Zauberstab in meinem Besitz und eine Maschine, die bereits schwarze Magie erzeugt. Wenn Freitagnacht der Vollmond aufgeht, wird die Maschine ihre volle Leistung erreichen. Dreizehn Jahre Vollmond. Die schwarze Magie, die sie erzeugen wird, wird grenzenlos sein. Ich werde eine Armee aus Schattenwesen heraufbeschwören und die Stadt erobern. Es wird keine gute Magie mehr geben. Jedes einzelne Mitglied der Großen & Gütigen Zaubergesellschaft muss seinen Zauberstab niederlegen, sich vor mir verneigen und mir die Treue schwören. Wenn nicht, werde ich sie alle in Staub verwandeln.«

Annabelle gab sich große Mühe, ihr höfliches Lächeln beizubehalten. Das schien Mr Angel zu ärgern. Mit seinem schwarzen Stab zielte er auf das Kassenbuch auf dem Ladentisch. Aus seiner Spitze schoss ein lilafarbener Lichtstrahl und das Kassenbuch verschwand. Nur ein Häufchen Staub blieb an seiner Stelle übrig. Annabelles Lächeln verrutschte und erstarb. Sie sah das Häufchen Staub an und wusste, dass Miss Henrietta äußerst verärgert sein würde. Sie fing an zu weinen.

Aber Mr Angel hatte gerade erst begonnen. Er nahm den Schwarzen Zauberstab und richtete ihn auf die Sonne vor dem Fenster. Er schloss die Augen und stimmte ein Klagelied an. Die Melodie klang unangenehm in Annabelles Ohren. Ein Schatten legte sich über die Ladenfront, als hätte sich eine Wolke vor die Sonne geschoben, und plötzlich ergoss sich eine Sturzflut von Ruß aus dem Himmel. Nebel stieg draußen auf – erst in dünnen Schwaden, dann immer dichter, teils dunkelbraun und lila, bis die Straße ganz diesig war. Im Laden wurde es dunkler und kälter.

Annabelle bekam Schluckauf.

Mr Angel lächelte, erfreut über das Ergebnis. Er holte ein Taschentuch hervor und reichte es ihr. Annabelle trocknete sich die Augen, bedankte sich und gab ihm das Taschentuch zurück.

»Ich werde Miss Vine sagen, dass Sie nach ihr gefragt haben«, flüsterte sie.

Sie nahm den Brief entgegen und seine dunkel behandschuhte Hand schloss sich über ihrer.

»Bist du so zaubermächtig wie deine Mutter?«, fragte er.

Seine behandschuhte Hand war warm und trocken und Annabelle bekam keine Luft. Er krümmte sich noch weiter, ganz nah zu ihr herunter. Seine Stimme war ganz leise.

»Es gibt nichts, was mich aufhalten könnte«, sagte er, drehte sich mit einem Schwung seines Umhangs und war verschwunden. Der Nebel blieb hinter ihm zurück.

* * *

Als ihre Großtante eine Stunde später zurückkehrte, saß Annabelle noch genauso da. Miss Henrietta kam nicht als Krähe zurück, sondern in ihrer normalen Gestalt, mit missmutiger Miene wegen des Wetters und äußerst verstimmt.

»Ich musste zu Fuß von St. Paul's herlaufen«, sagte sie. »Wegen dieses braunen Nebels. Wo um alles in der Welt ist der nur hergekommen? Offenbar brennt es irgendwo.«

Als sie Annabelles kreidebleiches Gesicht bemerkte, verstummte sie. Sie warf einen Blick auf den Brief in Annabelles Hand und das Häufchen Staub an der Stelle, an der das Kassenbuch gelegen hatte.

»Ich habe dich nur zwei Stunden allein gelassen!«, rief sie. »Was um alles in der Welt hast du in dieser kurzen Zeit schon wieder angestellt?«

3

»Ist eine junge Dame bei einer neuen Bekanntschaft zu Gast, wird sie sich nicht neugierig umschauen oder Bemerkungen über ihre Umgebung machen. Sie wird keine Ziergegenstände anfassen, Gemälde angaffen oder das Klavier aufklappen.«

Miss Finchs kleines blaues Buch (1855)

Miss Henrietta riss Annabelle den Brief aus der Hand. Annabelle schämte und ärgerte sich. Als hätte sie selbst den Nebel heraufbeschworen und das Kassenbuch verschwinden lassen! Sie stand auf und Miss Henrietta ließ sich auf dem Hocker nieder, den Brief geöffnet, den Mund weit aufgeklappt.

»Bei allen schwarzen Hexen von Birmingham! Das kann nicht sein!«, rief Miss Henrietta. »Mr Angel ist wieder da.«

Sie wurde ganz grau im Gesicht und ihre blauen Augen füllten sich mit Tränen. Der Brief in ihrer Hand zitterte.

»War er hier?«, rief sie.

»Ja«, sagte Annabelle.

»Und er hat eine schreckliche Maschine und den Schwarzen Zauberstab und …« Miss Henrietta war außer sich und Annabelle überlegte, wie sie helfen konnte.

»Soll ich Ihnen eine Tasse Tee machen, Miss Henrietta?«, fragte sie.

»Nein, für Tee ist jetzt keine Zeit, Annabelle. Schnell, beeil dich. Ich muss Estella den Brief bringen. Sie wird wissen, was zu tun ist. Dazu müssen wir den Lagerraum durchqueren. Du bist eigentlich noch nicht bereit dazu, aber wir haben keine Wahl. Du musst unbedingt die Arme dicht am Körper halten und den Blick zu Boden senken. Hast du verstanden?«

Es war eine seltsame Bitte, aber Annabelle nickte, denn schließlich war alles seltsam, was seit ihrer Ankunft passiert war. Langsam gewöhnte sie sich daran. Miss Henrietta nahm den Ondona, den Brief und eine Kerze und öffnete die Tür, die links von den Schubladenschränken lag.

»Also dann, schnell«, flüsterte sie Annabelle zu. »Magische Gegenstände dürfen nicht zu lange dem Tageslicht ausgesetzt werden.«

Annabelle folgte Miss Henrietta, die die Kerze vor sich hertrug. Sie durchquerten einen schmalen Raum, dessen Wände vom Boden bis zur Decke mit Regalen bedeckt waren. Annabelle vergaß augenblicklich, was Miss Henrietta ihr gesagt hatte. Sie betrachtete die Regale und die Dinge, die von der Kerze angeleuchtet wurden.

Dort gab es zusammengerollte Teppiche und Weidenkörbe, hohe Kistenstapel, große Töpfe, Pfauenfedern, starrende Puppenaugen. Es gab Vorratsgläser, zu Bündeln geschnürte Besen und noch anderes, dessen Umrisse sie nicht genau erkennen konnte. Es waren finstere Dinge, Dinge, die aussahen, als würden sie lauernd herumschleichen. Das beunruhigte Annabelle, weshalb sie schnell den Blick abwandte. Schließlich öffnete Miss Henrietta eine andere Tür, die in dieselbe trostlose kleine Küche führte wie der Weg durch die rechte Tür hinter der Ladentheke.

Es war dieselbe kleine Küche, dessen war sich Annabelle sicher, aber ... jetzt sah sie anders aus. Der Herd war auf der anderen Seite, die Tür zur Gasse befand sich an einer anderen Stelle, und die Teekanne auf dem kleinen Tisch war grün statt blau.

»Schnell, schnell, sonst dringt zu viel Licht in den Lagerraum«, mahnte Miss Henrietta erneut. »Magische Gegenstände brauchen Dunkelheit und wenig Luft.«

Annabelle stand ganz still da und versuchte zu verstehen, was geschehen war, bis Miss Henrietta sie am Arm packte und zu einer großen braunen Tür zog, die *ganz sicher* vorher nicht da gewesen war.

»Jetzt müssen wir hier runter«, sagte Miss Henrietta.

»Runter?«, fragte Annabelle.

»Runter«, bestätigte Miss Henrietta, öffnete die Tür und zeigte hinab in die Dunkelheit.

* * *

Miss Henrietta hob die Kerze, die daraufhin flackernde Schatten an die steinernen Wände warf. Annabelle raffte mit einer Hand ihre Röcke und machte sich erneut Sorgen um ihre neuen blauen Lederstiefel. Auf der dunklen Treppe roch es nach alten Zwiebeln und Moder. Sie stiegen hinab und bei jedem Schritt wurde der Geruch stärker. Am Fuß der Treppe betraten sie einen Flur. Jetzt roch das Haus nach Regen. Annabelle musste zugeben, dass das nach dem Gestank auf der Steintreppe eine Erleichterung war. In dem dämmrigen kleinen Salon, den sie durchquerten – ungenutzt und verlassen, die Tapeten voller Spinnweben –, roch es genau wie Regen. Echter Regen, frischer Regen, dachte Annabelle immer beunruhigter ... Regen, der sich sintflutartig von Hausdächern ergoss und Pfützen bildete. Sie blieb stehen, die Nasenflügel gebläht, die Augen weit aufgerissen. Wie konnte ein Zimmer so wild und stürmisch riechen?

In der Dunkelheit vor ihnen tauchte eine Gestalt auf. Es war eine alte Dame, fast vollständig gebückt, die einen langen Hirtenstab in der Hand hielt. Annabelle hielt sie für Miss Estella, aber die Frau nickte Miss Henrietta zu und senkte den Blick, und Annabelle schloss daraus, dass es sich um das Hausmädchen Tatty handeln musste.

Tatty blickte Annabelle streng an, knallte ihren Stab auf den Boden und öffnete eine Tür hinter sich. Jetzt erklang ein Geräusch in Annabelles Ohren, ein lautes Geräusch: ein tröpfelndes, plätscherndes, rauschendes Geräusch. Annabelle hätte sich am liebsten die Ohren zugehalten und den Kopf geschüttelt, um den Ton zu vertreiben.

»Rein da«, sagte Tatty und Annabelle betrat Miss Estellas Schlafzimmer.

In Miss Estellas Schlafzimmer stand ein sehr großes Bett. Es war mit Netzen und Bändern geschmückt, die alle zerrissen, ausgefranst und fleckig waren. Neben dem Bett standen verstaubte rosa, grüne und braune Flaschen.

Annabelle wünschte, sie hätte ihr Taschentuch dabeigehabt, um es sich vor die Nase halten zu können.

In dem Zimmer roch es nach schlecht gewordenem Parfüm. Nach altem Badewasser. Nach Urin. Und nach etwas anderem ...

Miss Henrietta stieß Annabelle mit ihren spitzen, knochigen Fingern weiter in das Zimmer hinein. Das andere war ein Fluss. Ein dunkler Fluss, ein schwarzer Fluss. Annabelle roch ihn und der Geruch ließ sie nach Luft schnappen. Es war der stechende Geruch nach rauschendem Wasser, durchsetzt von verfaulten Blättern, Moos und dem reinen, leichten Duft nach Flusskieseln. Sie konnte auch hören, wie er schäumte, murmelte und plätscherte, obwohl gar kein Wasser zu sehen war.

Das Geräusch des Wassers war so laut, dass Annabelle damit rechnete, es von den Wänden strömen zu sehen, aber dort war nichts außer der verblichenen Tapete mit den rosafarbenen Pfingstrosen.

»Keine Angst. Das ist nur der geheime Fluss«, ertönte eine schwache Stimme vom Bett her. »Einer der alten Flüsse.«

Miss Estella war so klein, dass Annabelle sie gar nicht gesehen hatte. Sie verlor sich zwischen den Kissen, ihr kleines faltiges Gesicht von einer großen spitzenbesetzten Schlafhaube halb verborgen. Sie sah Annabelle aus verschmitzten dunklen Augen an.

»Er verläuft direkt unter diesem Zimmer«, sagte sie, »und heute strömt er schnell und kräftig dahin, was mich sehr freut. Sein Geräusch tröstet mich, weil ich in meinen Knochen spüre, dass ich nicht mehr lange zu leben habe.«

Annabelle dachte, sie müsse gleich in Ohnmacht fallen. Sie *würde* in Ohnmacht fallen – und dann müssten sie einen Arzt rufen und sie würde weggebracht. Das würde ihnen recht geschehen. Ihre Mutter hatte bestimmt nicht ernsthaft gewollt, dass sie in ein solches Haus käme.

»Du bist also das Mädchen, ja?«, fragte Miss Estella. »Viviennes Tochter? Vivienne hat dich zurückgeschickt, wie es sich gehört. Schließlich hat sie ihren Fehler doch noch eingesehen. Oh, das Mädchen kann den Fluss spüren, ja. Siehst du, wie sie den Fluss spürt, Hen? Also hat sie es im Blut. Sie soll sich setzen – hol dem Mädchen einen Stuhl.«

Miss Henrietta seufzte. Sie schob Annabelle zu einem Stuhl in der Ecke des Zimmers.

»Große Schwierigkeiten kündigen sich an«, sagte Miss Henrietta. »Ein Brief von Mr Angel ist eingetroffen.«

»Shh«, sagte Miss Estella, ohne ihre Schwester zu beachten. »Keine Sorge, mein Kind; das Wasser kann nicht ins Zimmer. Ich habe ein Boot da unten, musst du wissen, und wenn meine Zeit gekommen ist, werde ich davongleiten.«

Daraufhin kicherte sie ausgiebig.

»Davongleiten«, wiederholte sie. »Was hältst du davon? Sag es mir.«

»Ich verstehe nicht«, flüsterte Annabelle.

»Du verstehst nicht?« Miss Estella lachte noch lauter. »Also dann, der Brief, Henrietta. Das Mädchen soll ihn vorlesen. Ich möchte ihre Stimme hören. Sie wird sehr angenehm in meinen kleinen, zarten Ohren klingen.«

Miss Estellas Ohren waren irgendwo unter ihrer spitzenbesetzten Schlafhaube versteckt. Annabelle stellte sich vor, dass sie so rötlich und vertrocknet wären wie abgefallene Rosenblütenblätter. Sie zwang sich, an etwas Schönes zu denken: die grünen Schlittschuhe, die sie zum Geburtstag bekommen würde. Es fiel ihr sehr schwer.

Miss Henrietta drückte Annabelle den Brief in die Hand. »Lies vor«, verlangte sie.

»Ja, lies ihn vor, Hübsche«, sagte Miss Estella überaus belustigt. »Mr Angel, sagst du? Seit vielen Jahren hat keiner mehr von ihm gehört. Sie ist genau wie Vivienne, nicht wahr, Hen?«, fuhr sie fort. »Weißt du, deine Mutter war sehr mächtig, mein Kind. Sie konnte fast alles heilen, selbst, was beinahe tot und verschwunden war. So zaubermächtig – nun, sie hatte sogar ihren eigenen Zauberstab, den Lydia, aber den hat sie abgegeben, als sie nur um der Liebe willen alles kaputtmachte, zu Mr Angel ging, viel Unruhe stiftete und sich schließlich von uns abwandte.«

Annabelle musste sich auf die Zunge beißen. Ihre Mutter war eine Dame aus der feinen Gesellschaft. Sie konnte

Tizian von Tiepolo unterscheiden. Es schien unwahrscheinlich, dass sie auch nur in die Nähe von Mr Angel gekommen war.

»Die berühmte Annabelle Grey«, sagte Miss Estella. »Erinnerst du dich noch an den Traum, den die Zauberer von ihr hatten?«

»Psst, Estella«, sagte Miss Henrietta.

»Lies den Brief vor. Los – mach ihn auf!« Miss Estella lachte.

Annabelles Hände zitterten, als sie das Blatt auseinanderfaltete. Das Zimmer füllte sich mit dem Klang rauschenden Wassers und dem Geruch des Stroms. Ihr drehte sich der Kopf, als hätte sie sich in einem Sturm verirrt.

»An Miss E. und Miss H. Vine:
In Ihrer Eigenschaft als Vorsitzende der Großen & Gütigen Zaubergesellschaft richte ich diesen Brief an Sie. Ich bin jetzt im Besitz des Schwarzen Zauberstabs und zurück in London. Die von mir konstruierte Maschine zur Gewinnung schwarzer Magie ist fast voll und bei Vollmond werde ich eine Armee aus Schattenwesen heraufbeschwören und die Stadt erobern. Dann wird alles mir gehören. Alle Paläste und Villen. Alle Parks und Anwesen. Jede einzelne Straße. Jedes einzelne Mietshaus. Alle Bewohner der Stadt werden sich vor mir verneigen. Ich habe bereits mehrere Schattenwesen heraufbeschworen und sie sind genauso gerissen und bösartig, wie die Bücher sie beschreiben. Ich bitte Sie, alle Mitglieder Ihrer

Gesellschaft zu informieren und sie aufzufordern, ihre Zauberstäbe niederzulegen und mir die Treue zu schwören, bevor am Freitag der Mond aufgeht. Wenn Sie gehorchen, biete ich Ihnen allen einen Platz in meinem finsteren Reich.

Verfasst am 13. Juni 1867 von Mr A. Angel.«

»Siehst du, Estella!«, rief Miss Henrietta.

»Er hat den Schwarzen Zauberstab«, sagte Miss Estella. »Das kann nicht sein.«

»Und eine Maschine!«, rief Miss Henrietta.

»Er wird seine schwarze Magie nutzen, um die Schattenwesen heraufzubeschwören«, sagte Miss Estella. »Möglicherweise verwandelt er alle in Stein.«

»Staub«, warf Annabelle ein. »Er sprach von Staub.«

Beide Großtanten starrten sie an, bis sie unter ihrem Blick errötete.

»Wir sind die Vorsitzenden der Großen & Gütigen Zaubergesellschaft«, sagte Miss Henrietta.

»Vom Tag unserer Geburt bis zum Tag unseres Todes«, sagte Miss Estella.

»Das dürfen wir unter keinen Umständen zulassen. Wir müssen den anderen Bescheid sagen. Wir müssen Pläne schmieden!«, rief Miss Henrietta.

Dann herrschte langes Schweigen, während die beiden alten Frauen nachdachten, und Annabelle schien es, als wäre das Zimmer mit ihren lautlosen Gedanken angefüllt. Miss Estella murmelte vor sich hin und Miss Henrietta verschränkte langsam und sorgfältig die Hände. Annabelle hörte den Fluss plätschern und sprudeln, rauschen und murmeln.

»Es steht doch irgendwo geschrieben, nicht wahr, Hen?«, sagte Miss Estella schließlich. »Die genauen Anweisungen, was die Große & Gütige Zaubergesellschaft tun soll, wenn die gute Magie bedroht ist. Wenn der Schwarze Zauberstab gefunden wurde.«

»Ich glaube, du hast recht«, sagte Miss Henrietta.

»Da war dieses Buch«, fuhr Miss Estella fort.

»Das Buch?«, fragte Miss Henrietta. Sie verschränkte die Hände noch fester und sagte dann entschuldigend: »Es ist schon so lange her, seit unsere Mutter uns das beigebracht hat, Estella.«

»Das ... große Buch. Das ganz große Buch mit dem purpurroten Einband. *Das Handbuch der Großen & Gütigen Zaubergesellschaft!«* Triumphierend stieß Miss Estella die letzten Worte aus. »Hol es, Henrietta. Ich erzähle Annabelle so lange von Mr Angel.«

***

Annabelle war vertraut mit vollkommen normalen Gesprächen. Darüber, wer nachmittags in Kensington spazieren ging, was die Betreffenden anhatten und wer im Frühjahr in die Gesellschaft eingeführt werden sollte. Kein Gerede von Zauberern, Zauberstäben und Schattenwesen! Sie hatte keine Ahnung, was ein Schattenwesen war, aber allein das Wort verursachte ihr ein ungutes Gefühl tief unten in der Magengrube.

»Komm näher«, sagte Miss Estella, sobald Miss Henrietta das Zimmer verlassen hatte.

Annabelle konnte sich nichts Schlimmeres vorstellen. Sie wollte auf ihrem Stuhl sitzen bleiben, wo sie in Sicherheit war.

»Ich kann deine Gedanken sogar hier noch hören«, sagte Miss Estella. »Hab keine Angst.«

Annabelle stand auf und ging auf das Bett zu. Sie versuchte zu lächeln, hörte aber gleich wieder damit auf, als Miss Estella ihr Lächeln mit einem breiten Grinsen erwiderte und dabei den Blick auf ihre braunen Zähne freigab. Miss Estella klopfte neben sich auf das Laken. Ein schmutziges, fleckiges Laken. Annabelle war sicher, in Ohnmacht zu fallen, wenn sie sich auf dieses dreckige Laken setzen müsste. Aber sie senkte vorsichtig ihr Hinterteil ab und stellte fest, dass sie noch immer bei Bewusstsein war.

»Du zitterst ja wie Espenlaub«, sagte Miss Estella, als bereitete ihr das große Freude. »Na, dann erzähl mal. Du siehst also Sachen, nicht wahr? Und deine Mutter hat gespürt, dass die Zeit für deine Ausbildung gekommen ist.«

»Ja«, flüsterte Annabelle.

»Und was hat deine Mutter dir über die magische Welt beigebracht?«

»Gar nichts«, flüsterte Annabelle.

Miss Estella machte den Mund auf und stieß einen langen, durchdringenden Schrei aus.

»Ungezogenes Ding! Sie hätte es dir beibringen müssen und sich nicht von uns abwenden dürfen. Sie hätte nie zu Mr Angel gehen dürfen. Er gehörte früher zu den Zauberern von Finsbury, aber sie haben ihn aus der Bruderschaft ausgeschlossen, weil er schon immer schreckliche Maschinen baute und nach einer Möglichkeit suchte, schwarze Magie hervorzubringen. Der Schwarze Zauberstab ist der mächtigste Zauberstab der Welt. Er wurde vor langer Zeit von Hand aus Ebenholz geschnitzt und ist der einzige Zauberstab, mit dem man reine schwarze Magie beherrschen kann. Zerstörerische Magie. Chaotische Magie. Er war versteckt, aber jetzt hat Mr Angel ihn in seinem Besitz – wie er darangekommen ist, weiß ich nicht. Aber wenn wir ihm nicht Einhalt gebieten, wird er damit großen Schaden anrichten.«

Annabelle nickte höflich, um Interesse zu signalisieren. Sie hatte aber kein Interesse. Sie hatte Angst und war verwirrt.

»Aber es gibt auch den guten Zauberstab«, fuhr Miss Estella fort. »Den Weißen Zauberstab. Ja. Jetzt fällt es mir wieder ein. Das steht in dem Buch. Der Ewigbeste Zauberstab. Es gibt eine Karte, in die sein Versteck eingezeichnet ist, ganz tief in Unter-London ... die Elfen haben ihn dorthin gebracht. Henrietta! Jetzt weiß ich's wieder!«

Das Letzte schrie sie so laut, dass sich Annabelle die Ohren zuhielt.

»O ja«, sagte Miss Estella. Die weißen Haare, die keck auf

ihrem Kinn wuchsen, wackelten bei jedem Wort. »Der Ewigbeste Zauberstab, der Elfenzauberstab, der Hexenzauberstab, der vor vielen, vielen Jahren versteckt wurde und der einzige ist, der es mit dem Schwarzen Zauberstab aufnehmen kann. Gefertigt aus sibirischer Eberesche, jawohl! Die beiden großen Zauberstäbe, Herrscher über alle niederen Zauberstäbe; der Schwarze und der Weiße, dazu bestimmt, gegeneinander zu kämpfen, sobald die Zeit reif ist.«

Miss Henrietta kehrte zurück. Annabelle wollte aufstehen, aber Miss Estellas Hand schloss sich um ihr Handgelenk. Ihre Fingernägel waren lang und gelb und so rissig wie morsches Holz.

»Letzten Endes war es klein und grün«, sagte Miss Henrietta, die das Buch in der Hand hielt. Sie funkelte erst ihre Schwester und dann Annabelle an. »Deshalb hat die Suche länger gedauert.«

»Ich hatte es groß in Erinnerung.« Auf die Farbe ging Miss Estella gar nicht erst ein.

»Ich hoffe, du hast ihr nicht zu viel erzählt«, sagte Miss Henrietta. »Sie sieht blass aus. Sie gehört zu denen, die krank werden, wenn sie zu viel wissen. Wie das letzte Mädchen, das binnen weniger Tage dahingeschieden ist.«

»Das war ein Schwächling. Dieses Mädchen hier ist stark. Spürst du das nicht, Henrietta?«

Miss Henrietta sah Annabelle äußerst missbilligend an. Annabelle zog Miss Estella trotz ihres wilden Geschreis und der verfaulten Zähne Miss Henrietta bei Weitem vor.

»Mir ist das mit dem Weißen Zauberstab und der Karte wieder eingefallen. Sag uns, was im Buch darüber steht, wenn die Gesellschaft mit dem Schwarzen Zauberstab bedroht wird«, sagte Miss Estella.

Miss Henrietta setzte sich auf den Stuhl und schlug das Buch auf, das eher eine Sammlung aus losen und zerrissenen Seiten in einem smaragdgrünen Einband war. Sie blätterte eine Seite nach der anderen um.

»Die Große & Gütige Zaubergesellschaft«, sagte sie. »Definition. Zweck. Regeln. Verordnungen. Mitgliedschaft. Pflichten der Mitglieder.«

»Bedrohung der Gesellschaft!«, rief Miss Estella. »Bedrohung Londons! Bedrohung der Welt! Der Schwarze Zauberstab!«

»So was finde ich hier nicht«, sagte Miss Henrietta und stöberte in den Blättern. »Hier ... nein, warte. Unantastbarkeit der Gesellschaft: Bedrohung, Nötigung und unheilvolle Prophezeiung. Der Schwarze Zauberstab.«

»Lies vor!«, kreischte Miss Estella so laut, dass Annabelle einen Satz machte.

»Immer mit der Ruhe!«, schrie Miss Henrietta zurück. »›Es mag eine Zeit kommen, da jene mit magischen und niederträchtigen Absichten in den Besitz des Schwarzen Zauberstabs gelangen. Wird der Schwarze Zauberstab mit schwarzer Magie gefüllt, kann er Schattenwesen heraufbeschwören. Dies darf die Große & Gütige Zaubergesellschaft unter keinen Umständen zulassen. In diesem Fall muss das jüngste und fähigste Mitglied der Gesellschaft – idealerweise ein zaubermächtiges Mädchen – den Ewigbesten Zauberstab aus seinem Versteck in Unter-London holen. (Siehe Anhang Nummer siebenundzwanzig, Prophezeiungen im Zusammenhang mit dem Ewigbesten Zauberstab.) Das jüngste und fähigste Mitglied der Gesellschaft übernimmt damit die Rolle der furchtlosen Retterin guter Magie. Das jüngste und fähigste Mitglied der Gesellschaft kann eine Gefährtin mit auf die Reise nehmen. (Siehe Anhang Nummer siebenundzwanzig, Prophezeiungen im Zusammenhang mit dem Ewigbesten Zauberstab.)‹

Was für ein Unsinn«, unterbrach sich Henrietta selbst. Dann las sie weiter: »›Eine Anleitung, wie man die Karte in das jüngste und fähigste Mitglied singt, findet sich in Anhang Nummer drei.‹«

Da hielt Miss Henrietta inne. Der Fluss sprudelte und murmelte in Annabelles Ohren. Sie versuchte, sich die kleine hutzelige Miss Estella als furchtlose Retterin von irgendwas vorzustellen. Sie war nicht sicher, ob Miss Estella überhaupt aufstehen konnte. Dann sah sie Miss Henrietta mit ihrem missmutigen faltigen Gesicht und den zitternden Händen an. *Welche ist die Jüngere von beiden?,* fragte sie sich.

»Anhang Nummer drei«, verlangte Miss Estella.

Miss Henrietta fing wieder an, durch die Seiten zu blättern. Die ganze Gehässigkeit schien aus ihrem Gesicht verschwunden. Sie sah ängstlich aus. Neben Annabelle fing Miss Estella wieder an zu murmeln. Plötzlich wirkten beide

Großtanten uralt und überfordert. Ein Stapel Blätter glitt von Miss Henriettas Schoß auf den Boden.

Annabelle stand auf und ging auf sie zu. »Moment«, sagte sie. »Der Anhang müsste eigentlich ganz hinten sein. Ich helfe Ihnen.«

Miss Henrietta reichte ihr einige Seiten. Annabelle entdeckte Anhang Nummer eins, die Abbildung eines Zauberstabs. Darunter standen die ziemlich krakeligen Worte *Ewigbester Zauberstab*. Er sah aus wie ein ganz normaler Stock.

Sie entdeckte Anhang Nummer siebzehn, die Skizze von etwas Großem, Dunklem, ein schattenhaft aussehendes Ding, eigentlich nicht viel mehr als ein dunkler Umriss vor dunklem Hintergrund. Annabelle hielt die Seite in der Hand, bis ihr auffiel, dass sie atmen musste, und das tat sie. Dann legte sie die Seite weg. Sie kniete sich hin und durchsuchte die Blätter auf dem Boden.

»Hier ist Anhang Nummer drei«, sagte sie.

Miss Henrietta studierte die Seite und wirkte noch verängstigter.

»Wir haben noch genug Zeit, das zu lesen, Hen. Jetzt müssen wir das Mädchen erst mal vorbereiten!«, schrie Miss Estella. »Hol ihr einen Besen und schick sie zu den Zauberern, damit sie sich einen Sehstein aussucht und etwas beigebracht bekommt. Sie muss alles, was wir wissen, beigebracht bekommen!«

Das Mädchen, dachte Annabelle. *Wer um alles in der Welt ist das Mädchen?*

»Das Mädchen hat keine Ahnung!«, rief Miss Henrietta. Sie stand auf und die übrigen Seiten segelten zu Boden. »Das ist nicht dein Ernst!«

»Hier steht es geschrieben – so wurde es vor Hunderten von Jahren festgehalten. Das jüngste und fähigste Mitglied der Gesellschaft, ein zaubermächtiges Mädchen, muss nach Unter-London und den Ewigbesten Zauberstab holen. Hier steht sie, direkt vor deinen Augen, Schwester!«

»Dieses Kind hat so viel Magie in sich wie eine gewöhnliche Haselmaus!«, rief Miss Henrietta. »Sie stammt möglicherweise aus der Familie Vine und ist möglicherweise auch die Jüngste, aber sie ist ganz sicher nicht die Fähigste.«

Das Mädchen, dachte Annabelle, und dann fiel es ihr wie Schuppen von den Augen und die Erkenntnis verschlug ihr den Atem. Sie sprachen über sie.

»Sie ist ein starkes Mädchen von guter Abstammung«, sagte Miss Estella. »Spürst du das denn nicht, Schwester? Erinnerst du dich noch an die Träume der Zauberer? Sie wird durch das Loch nach Unter-London hinabsteigen. Der Zauberstab in Mr Angels Hand bedeutet das Ende. Aber sie wird uns alle retten. Sie ist unsere einzige Hoffnung.«

»Gute Abstammung allein macht sie noch nicht zu einer Hexe«, entgegnete Miss Henrietta.

Annabelle blickte auf ihr hübsches Kleid mit dem Rosenmuster hinab und berührte eine lose Strähne ihres blonden Haars. Sie stieß ein leises Lachen aus. Ein Hicksen, gefolgt von einem winzigen Schluchzer.

»Aber ich will keine Hexe sein«, sagte sie.

»Manchmal hat man keine andere Wahl, meine Liebe«, entgegnete Miss Estella.

* * *

Sie waren ein trostloser Haufen, diese Elfen von Highgate, die um jeden gefällten Baum weinten. Um jeden trockengelegten Teich. Um all die schönen Dinge, die beseitigt wurden, geschwärzte, verbrannte Wälder, aus den Bäumen gefangene Vögel, die den feinen Damen als hübsches Haustier dienten. Aber die Elfen zogen nicht fort. Andere verschwanden über Nacht und zurück blieben nur die Höhlen mit den Überresten ihres Lebens. Die Elfen von Highgate dagegen blieben. Ihre Königin war dünn und grausam. Spitzte immer ihre Pfeile.

Kurz bevor der Morgen dämmerte, hatte Kitty ihnen Miss Henriettas Päckchen gegeben. Der Inhalt gefiel ihnen nicht. Ein alter Teller. Spitze. Eine Zunderbüchse. Das hatten sie alles schon, kreischte die Königin in ihrer Sprache, aber Kitty verstand genug. Die Elfen waren aufgebracht. Der Wind und der Regen hatten aufgehört und sie deuteten auf den Mond. Aber schließlich gaben sie ihr Elfengarn und Kitty war froh, dort wegzukommen.

Sie hatte wieder einmal im Mausoleum geschlafen und der Mond war untergegangen. London war zum Leben erwacht. Sie spürte es durch ihre Haut auf dem kalten Stein:

riesige Webstühle, Sägemühlen und Kutschenräder, Köche in Küchen und arme Jungen, die die Straße kehrten, dazu überall Damen, denen das Korsett geschnürt wurde. Kitty lächelte, hustete, schlief weiter. Die Hexen von Vine freuten sich immer über Elfengarn.

Als Kitty wieder erwachte, herrschte dichter Nebel.

Die Geschäfte in den Straßen waren beleuchtet, als wäre es Nacht, und Männer mit erhobenen Laternen gingen vor den Kutschen her. Überall wunderten sich die Menschen über das Auftauchen des dichten Dunstes, der an einigen Stellen braun, an anderen lila war. Und wie sie klagten! Auf ihrem weiten Rückweg schnappte Kitty Gesprächsfetzen und Sorgenschnipsel auf. Die Leute tuschelten hinter Tavernentüren und schauten mürrisch aus dem Fenster. Sie hielten sich die Nasen zu, denn er stank, dieser Nebel, er stank nach tausend üblen Sachen, nach Torf, Kohle und Gerberei; nach Schornstein und Schwefel, Zigarren und Kloake. Es hieß, ein Dampfschiff sei an der Hundeinsel auf Grund gelaufen.

Kitty klagte nicht. Sie lief. Sie hatte schon viele Arten von Nebel gesehen: gelben, grauen und schwarzen. Sie hatte auch schon Nebel in dieser Farbe gesehen, wusste jedoch, dass es nicht der typische Londoner Nebel war. Sie berührte ihn und wusste, dass es etwas anderes war. Das hier war etwas Magisches; für so etwas hatte sie einen sechsten Sinn.

Sie machte sich keine Sorgen. Ihre Füße schmerzten und sie hatte Magenknurren, aber das kümmerte sie nicht. Für die Elfenschnur würde Miss Henrietta ihr frisches Brot geben, mit oder ohne Nebel, mit oder ohne schmerzende Füße. Sie lief und lief und in ihrem Innern tanzten Schmetterlinge. Kitty wusste nicht, warum, aber sie hatte das Gefühl, als würde die ganze Welt gleichzeitig untergehen und neu entstehen, und sie wünschte sich nichts sehnlicher, als Annabelle Grey wiederzusehen.

4

»Eine junge Dame gähnt oder seufzt nicht, sondern lauscht aufmerksam jeglicher Lektion oder weisen Anekdote, die ein älterer Mensch zum Besten geben mag.«

Miss Finchs kleines blaues Buch (1855)

Annabelle gefiel schon der Klang des Wortes Unter-London nicht. Sie beschloss, erst einmal allem zuzustimmen, was ihre beiden Großtanten ihr vorschlugen, und sobald sie allein wäre, aus dem Laden zu rennen. Mit der Münze in ihrem Portemonnaie könnte sie den Omnibus zum Haus der Rutherfords in der Park Lane nehmen und sich in deren Obhut begeben, bis ihre Mutter zurückkehrte. Sie könnte eine Weile lang Isabelles Schwester sein. Dann würden sie die elegantesten Kleider tragen, mit dem Landauer der Rutherfords fahren und im Winter zusammen mit all den anderen hübschen Mädchen auf dem Serpentine Schlittschuh laufen. Mit ihren smaragdgrünen Schlittschuhen.

Ihre beiden Großtanten stritten sich über ihren Kopf hinweg. Es war ein heftiger Streit. Die Atmosphäre war äußerst angespannt. Das düstere Schlafzimmer war vollkommen angefüllt vom Knistern in der Luft. Miss Estella hatte einen entschlossenen Ausdruck in ihrem kleinen Gesicht. Miss Henrietta ging hin und her.

»Wir müssen sie so gut wie möglich ausstatten. Sie hat das zweite Gesicht – das wissen wir. Wir können ihr die Karte geben. Sie wird den Weg finden. Der Ewigbeste Zauberstab ist der einzige Zauberstab, der dem Schwarzen Einhalt gebieten kann, sobald dieser mit schwarzer Magie angefüllt ist«, sagte Miss Estella. »Wir haben nur noch Stunden, nicht viel mehr als einen Tag Zeit, Henrietta. Morgen Abend ist Vollmond!«

»Aber sieh dir doch ihren Geist an!«, rief Miss Henrietta. »Sieh dir das Durcheinander an. Sie würde nicht mal einen halben Tag in Unter-London überstehen. Sie hat nicht das kleinste bisschen Scharfsinn.«

»Du bist so stur wie ein Tottenham-Troll!«, rief Miss Estella. »Henrietta ... Schwester ... wir müssen ihr beibringen, ihren Geist zu leeren. Sie zu den Zauberern schicken. Die müssen sowieso gewarnt werden. Alle Mitglieder der Gesellschaft müssen gewarnt werden. Die Zauberer können ihr zeigen, wie man in den Sehstein schaut. Denn da liegt ihr Talent.«

»Törichte Schwester!«, rief Miss Henrietta, wobei sie sich so schnell hin und her bewegte, dass Annabelle ganz schwindelig wurde. »Sie hat überhaupt kein Talent.«

»Mr Angel hat bereits Schattenwesen heraufbeschworen«, sagte Miss Estella. »Er wird noch mehr heraufbeschwören. Er wird London verdunkeln.«

Daraufhin schloss Miss Henrietta die Augen und nickte.

»Sie ist unsere einzige Hoffnung«, fuhr Miss Estella fort. »Sie muss nach Unter-London.«

»Nach Unter-London«, sagte Miss Henrietta.

»Ein zaubermächtiges Mädchen«, sagte Miss Estella.

»Ein zaubermächtiges Mädchen«, wiederholte Miss Henrietta und bedachte Annabelle mit einem äußerst enttäuschten Blick.

* * *

Sie verließen Miss Estellas Flussschlafzimmer. Gingen vorbei an der gebeugten Tatty, die ihren Hirtenstab auf den Boden stieß, dass es knallte. Hinaus in den einsamen Flur und den verlassenen Salon.

Miss Estella rief ihnen nach: »Bring ihr bei, ihren Geist zu leeren. Besorg ihr einen Besen. Schick sie zu den Zauberern!«

Annabelle hörte diese Worte deutlich, aber dann waren Miss Henrietta und sie auf der stinkenden Treppe und die Worte verklangen. Miss Henrietta öffnete die braune Tür zu der kleinen veränderten Küche mit dem Herd auf der falschen Seite und der grünen Teekanne statt der blauen. Der schreckliche braune Nebel wirbelte vor dem Fenster herum und machte den Raum sehr dunkel.

Annabelle war plötzlich so müde, dass sie sich auf der Stelle hätte hinlegen und schlafen können. In Miss Finchs

Akademie für junge Damen nahmen sie sich Zeit, sich langsam an den Tag zu gewöhnen. Sie konjugierten französische Verben und sagten die Hauptstädte der Welt auf. Dann übten sie ungefähr eine halbe Stunde lang zu knicksen, bevor man ihnen etwas Schwierigeres abverlangte.

Heute Morgen hatte sie bereits Nachttöpfe geleert, Wäsche gefaltet und Böden gefegt, und jetzt hatte man ihr gesagt, sie müsse eine Hexe werden, durch ein Loch nach Unter-London hinabsteigen und einen Zauberstab finden, um die Stadt zu retten.

Miss Henrietta zog zwei Stühle ans Feuer und gab Annabelle mit einer Handbewegung zu verstehen, dass sie sich setzen solle. Sie hob die Hand mit dem Ondona.

»Benignus«, sagte sie ganz leise und das Feuer loderte auf.

Dann setzte sie sich Annabelle gegenüber, sodass sich ihre Knie beinahe berührten.

»Um dir die Karte geben zu können, muss Platz in dir sein«, sagte Miss Henrietta und zeigte auf Annabelles Kopf.

Das ergibt doch überhaupt keinen Sinn, dachte Annabelle.

»Damit du die Karte lesen kannst, muss Platz in dir sein«, sagte Miss Henrietta und zeigte auf Annabelles Herz.

Jeder kann eine Karte lesen, dachte Annabelle. Sie war sogar ziemlich gut im Kartenlesen. Sie wünschte, Miss Henrietta würde nicht immer mit dem Finger auf sie zeigen. Das war unhöflich.

»Damit du die Karte verstehen kannst, muss Platz in dir sein«, sagte Miss Henrietta.

Scheibenhonig, dachte Annabelle, was das Hausmädchen Mercy immer sagte, wenn ihr das Röstbrot anbrannte.

»In dir ist kein Platz«, sagte Miss Henrietta. »Hör dir doch zu. Du kannst deine Gedanken nicht kontrollieren. Du bist laut und unaufmerksam. Wie willst du die Welt hören – die wahre Welt –, wenn du nichts weiter vernimmst als deine eigenen dröhnenden Gedanken?«

Annabelle fragte sich, ob sie heute Morgen noch Tee bekommen würde.

Miss Henrietta stöhnte gereizt.

»Stell dir zunächst vor, dein Geist wäre eine Teetasse.«

»Wie bitte, Miss Henrietta?«

»Unverschämtes Kind. Um seine Gedanken zu vertreiben und zum Schweigen zu bringen, muss man sich schnell und gründlich die Tasse seines Geistes vorstellen. Was für eine Tasse hast du?«

Annabelle starrte Miss Henrietta an. Das war eine Fangfrage – ganz bestimmt. Egal, was sie sagen würde, es wäre das Falsche. Miss Henrietta wartete.

»Wenn dein Geist eine Tasse wäre«, sagte sie langsam und stampfte bei jedem Wort mit dem Fuß auf, »was für eine Tasse wäre er dann?«

»Na ja«, sagte Annabelle, »eine recht edle Tasse. Er wäre eine Teetasse aus weißem Knochenporzellan, rundherum mit gelben Rosen bemalt und mit einem Goldrand.«

»Gut«, sagte Miss Henrietta. »Jetzt, wo du deine Tasse siehst, kannst du erkennen, was sich darin befindet? Was hast du für Gedanken? Bitte schrei sie nicht. Sieh einfach in deine Tasse und liste sie leise auf.«

Also stellte sich Annabelle ihre edle Teetasse vor und stellte sich vor, wie sie sie hochnahm und hineinschaute. *Ich habe den Gedanken, dass du richtig gemein bist*, sagte Annabelle sich. Dieser Gedanke trieb auf der Oberfläche wie ein großer Klecks Sahne.

Ich habe den Gedanken, dass ich sofort nach Hause gehen würde, wenn ich könnte. Dann wäre alles wieder gut. Charlie würde in seinem Käfig singen und Mama würde sich für eine Feier ankleiden. Sie wäre nie besonders zaubermächtig gewesen. Mein Vater wäre wirklich ein Schiffskapitän, der auf dem Meer verschollen ist.

Ganz plötzlich sah sie einen schrecklichen Gedanken. Er war dunkel und schmierig und schwamm direkt unter der Oberfläche. Der Gedanke war: *Warum hat meine Mutter mich belogen? Über meinen Vater, über sich. Über alles.*

Was habe ich im Waschzuber gesehen? Was ist mit diesem Teil von mir? Diesem kaputten, furchtbaren Teil. Dem Teil, der Dinge sieht. Sie wandte den Blick von der Teetasse ab und sah stattdessen Miss Henrietta an.

»Da ist noch mehr«, sagte Miss Henrietta. Es war keine Frage.

»Ja«, entgegnete Annabelle, aber sie wollte nicht wieder hinsehen. Da war noch viel mehr, tausend Fragen, von denen eine so groß war, dass Annabelle es nicht wagte, hinzusehen. »Sind meine Gedanken jetzt leiser?«

»Nein«, sagte Miss Henrietta.

Man erwartet doch bestimmt nicht, dass ich allein auf Reisen gehe, oder? Das war der nächste Gedanke, der an die Oberfläche stieg. Annabelle war noch nie allein irgendwo gewesen.

Was, wenn ich scheitere? Das war ein sehr großer Gedanke. Er war fast so groß wie die Tasse und dehnte sich immer weiter aus. Sie blickte zu Miss Henrietta auf.

»Sieh wieder hin«, sagte ihre Großtante. »Ich weiß, dass da noch mehr ist.«

Also blickte Annabelle wieder in ihre edle Teetasse. Der Gedanke an ihrem Boden war der schlimmste von allen. Stattdessen betrachtete Annabelle den glänzenden weißen Porzellanhenkel und dann die perfekten gelben Rosen. Sie betrachtete sie sorgfältig, obwohl sie nur ausgedacht waren.

»Sag's mir«, forderte Miss Henrietta sie auf.

Der Gedanke am Boden der Tasse war unaussprechlich.

Ich würde diese Teetasse am liebsten zerschmettern, dachte Annabelle.

Sie wollte sie zerschmettern, weil sie wusste, dass ihr Geist ganz und gar nicht so war wie diese Tasse. Das wusste sie, auch wenn man ihr beigebracht hatte, genau das zu denken. Es war ihr eingetrichtert worden, mit genauso viel Nachdruck, wie man sie geschnürt und mit Bändern versehen, ihr blondes Haar mit Stoffstreifen zu Locken gedreht und frisiert hatte. Man hatte es ihr immer und immer wieder gesagt: Du bist hübsch, schwach und empfindlich. Du bist nichts. Das bist du, Miss Annabelle Grey. Nichts als ein hübsches Mädchen aus Mayfair.

Sie wusste, dass diese Tasse nicht ihr Geist war. Sie wusste es und hätte deshalb am liebsten gebrüllt. Ihre Mutter hätte es ihr sagen sollen. Annabelle wurde furchtbar wütend. Sie hatte in ihrem ganzen Leben noch nie gebrüllt. Sie hielt das Gebrüll zurück. Es schmerzte innerlich. Ihre Tasse wäre dunkel. Ihre Tasse würde nach unbekannten Sachen riechen. Ihre Tasse wäre nie leer. Annabelle würde niemals bis zu ihrem Boden vordringen. Ihre Tasse war all das, von dem sie sich ihrer Erziehung zufolge abwenden sollte. Sie selbst war all das, was sie ihrer Erziehung zufolge nie sehen sollte.

Da brüllte sie. Ihre ganze Welt um sie herum ging in die Brüche. In ein und demselben Augenblick schien sie alles verloren und gefunden zu haben. Sie vergoss einen großen Schwall Tränen, legte die Hände vors Gesicht und war entsetzt über ihre Kraft.

»Braves Mädchen«, sagte Miss Henrietta. »Braves Mädchen.«

Ihre alte Großtante legte Annabelle eine knochige Hand auf den Kopf. Annabelle hatte erwartet, sie wäre kalt und hart, aber sie war weich und leicht wie eine Feder und ihre Berührung fühlte sich an wie der Kuss eines Schmetterlings.

Mr Angel brachte der Maschine das Paar Schuhe eines toten Mädchens aus Seven Dials, eine Bahn schwarzen Krepps, die er einer Witwe in der Gresham Street gestohlen hatte, sowie drei Tränenfläschchen mit unversehrten Korken, die er aus dem Schlafzimmer einer anderen Witwe entwendet hatte. Die Maschine schnaufte beim Duft dieser Dinge, und als er sie hochhielt, saugte sie sie nacheinander mit großer Kraft vom anderen Ende des Raumes her an. Die Schattenwesen kicherten und zitterten wartend in der Ecke, während sich ihre brandneuen Flügel öffneten und schlossen.

Mr Angel gab der Maschine eine kleine Uhr, die beim Tod eines Kindes angehalten worden war. Den nie abgeschickten Entschuldigungsbrief einer Frau an ihre Schwester. Und die Maschine genoss all diese kummervollen Gegenstände. Diese Dinge, die mit Dunkelheit in Berührung gekommen waren. Ihre Zahnräder sirrten und der Blasebalg schnaufte. Der Boden bebte. Mr Angel beugte sich vor, klemmte sich das Monokel vors Auge und musterte den Füllstand der schwarzen Magie. Der Zeiger hatte sich bewegt – ein wenig nur, aber er hatte sich eindeutig bewegt. Sobald er seine Runde auf dem Zifferblatt abgeschlossen hätte, würde die Maschine unbegrenzt schwarze Magie erzeugen. Und er selbst würde auf dem Dach stehen und seine Armee aus Schattenwesen heraufbeschwören.

Mr Angel zog das Taschentuch, mit dem Annabelle Grey sich die Augen getrocknet hatte, hervor und lächelte. Die Maschine spürte es und das Sirren ihrer Räder schwoll an. Er hielt das Taschentuch hoch und spürte den Sog der Maschine.

Die Tränen von Annabelles Mutter waren die ersten gewesen. Vor all diesen Jahren hatte er seine neue Maschine mit ihnen gefüttert. Er schloss die Augen bei der Erinnerung daran, wie Vivienne über dem Leichnam ihres toten Ehemanns geweint hatte. Noch nie hatte jemand so getrauert. Der Vollmond aus dreizehn Jahren, und jetzt die Tochter ...

»Ja!«, rief er. »Natürlich!«

Er brauchte das Mädchen. Er würde die Maschine mit ihr *füttern, nicht nur mit ihrem Taschentuch.* Sie *war der kummervollste Gegenstand! Die Zahnräder der Maschine heulten immer lauter, als spürten sie seine Erkenntnis.*

»Natürlich«, murmelte Mr Angel erneut und hielt seiner entsetzlichen Erfindung die erhobene Hand entgegen. »Noch nicht. Bald werde ich dir stattdessen die ganze Annabelle Grey geben.«

Da fing er an zu lachen, leise zunächst, dann immer lauter, bis der ganze Raum von dem Geräusch widerhallte. Und als er mit seinem Schwarzen Zauberstab gegangen war, imitierten die Schattenwesen sein schrilles, einsames und schmerzerfülltes Gelächter.

5

*»Geographie ist ein harmloses Unterrichtsfach.
Zu viel Geschichte und Politik jedoch können
den Widerspruchsgeist anregen.«*

Miss Finchs kleines blaues Buch (1855)

»Jetzt bist du ein wenig geleert«, sagte Miss Henrietta. »Und in Zukunft erinnerst du dich an deine Tasse, nicht wahr?«

Es stimmte, Annabelle fühlte sich eine Weile innerlich leer und luftig und staunte über diesen Zustand, als Miss Henrietta aufstand.

»Wir werden dich zu den Zauberern schicken, damit sie dir so viel wie möglich beibringen. Wir haben nicht viel Zeit. Wenn Mr Angel sagt, er werde eine Armee heraufbeschwören, dann wird er das auch tun.«

Annabelle fragte sich erneut, was Schattenwesen waren. Sie versuchte sie sich vorzustellen, aber es gelang ihr nicht. Alles, was sie sah, war Mr Angel mit seinen dunklen, traurigen Augen und seiner Bosheit. Schon allein sein Anblick hatte ihr ein entsetzlich einsames Gefühl verursacht.

»Verzeihung, Miss Henrietta«, sagte sie. »Aber was sind Schattenwesen?«

Miss Henrietta holte tief Luft.

»Schattenwesen sind Nichtkreaturen, Annabelle. Schlafende Schatten, die an dunklen Orten leben und normalerweise nichts weiter sind als das. Hast du dich jemals vor der schattigen Ecke hinter einer Tür gefürchtet?«

Annabelle nickte.

»Nun, das ist ein schlafender Schatten. Eine Nichtkreatur. Aber wenn jemand diesen Schatten mit schwarzer Magie erfüllt, dann wird er zu einem Schattenwesen und erhält ein Leben, ein bösartiges kleines Dasein, eine schreckliche kleine Seele. Schatten mit bösartigen kleinen Seelen, Annabelle – nun, sie wären zu fast allem fähig.«

»Verstehe«, sagte Annabelle.

»Ja?«, fragte Miss Henrietta.

Annabelle musste an Miss Finch und all ihre Lektionen denken. Die französischen Verben und das Knicksen. Latein, das Annabelle einfach nicht in den Kopf wollte, Spitzenklöppeln und die langen Nachmittage, an denen sie so getan hatten, als gäbe es nichts Wichtigeres, als sich darüber zu unterhalten, welche Kleider die Prinzessinnen trugen. Nichts, was sie gelernt hatte, hatte sie auf Schatten mit bösartigen kleinen Seelen vorbereitet. Und Miss Henrietta sah aus, als wüsste sie das. Wie konnten sie von ihr erwarten, auf eine Reise nach Unter-London zu gehen? Sie wusste noch nicht einmal, wo sie anfangen sollte.

»Ein Besen«, sagte Miss Henrietta schließlich. »Damit fangen wir an. Du brauchst einen Besen.«

Ein Besen, dachte Annabelle. Hoffentlich musste sie nicht schon wieder fegen. Sie folgte Miss Henrietta in den magischen Lagerraum. Diesmal war Annabelle auf die eigenartige, bunt gemischte Ansammlung von Gerüchen vorbereitet: Pfefferminze und Orange, Wachs und alte Kleider. An einer Stelle im Lagerraum roch es genau wie das Meer. Annabelle hielt den Blick nicht zu Boden gesenkt – stattdessen sah sie sich staunend um. Neben ihnen stand ein Glas mit einer silbrigen Flüssigkeit, die ein leise blubberndes Geräusch von sich gab.

»Besen«, sagte Miss Henrietta und hob die Kerze, die mehrere hohe Hüte anstrahlte. »Wo habe ich die Besen hingelegt? Ach ja. Direkt neben die Torfgläser. Hier, nimm die Trittleiter – genau –, steig hinauf und hol dir bitte einen der Besen.«

Annabelle tat, was Miss Henrietta ihr sagte. Sie stieg die Trittleiter hinauf. Von hier oben sah sie im Schein der von Miss Henrietta hochgehaltenen Kerze noch andere Dinge. Sie sah einen Haufen Stöcke. Sie sah eine Reihe Gläser mit einer dunklen Flüssigkeit. Sie sah eine Ablage mit etwas, das aussah wie Knochen und bleich glänzte.

»Sind das K...K...Knochen?«, stammelte Annabelle.

»Wir suchen nach einem Besen«, erwiderte Miss Henrietta streng.

Annabelle reckte sich nach den Besen auf dem obersten Regalbrett. Sie zog an einem, aber er schien mit den anderen verbunden zu sein.

»Es geht nicht«, sagte sie. »Er will nicht.«

»Ganz recht, Annabelle«, sagte Miss Henrietta. »Besen sind von Natur aus störrisch und stur und wollen sich nie von ihren Gefährten trennen. Du musst ihn sanft locken und ihm sagen, dass alles gut wird.«

Das kam Annabelle ziemlich albern vor.

»Mach schon«, sagte Miss Henrietta.

»Na dann.« Annabelle wandte sich an den Besen. »Hab keine Angst.«

Aber der Besen rührte sich nicht. Das Reisigbündel, das offenbar aus Zweigen bestand, war fest mit den anderen Besen verschränkt.

Annabelle hörte den gereizten Seufzer ihrer Großtante unter sich. »Das muss überzeugender klingen, Kind!«

Also holte Annabelle tief Luft. Sie versuchte, nicht zu den Knochen hinunterzuschauen, die leicht klapperten, oder zu den Gläsern, die leise und bedrohlich klirrten.

»Lieber Besen, ich brauche dich nur ein Weilchen, dann bringe ich dich zurück«, sagte sie und streichelte ihn sanft. »Du bist wunderschön. Na, komm, nur einen kurzen Moment, mehr wollen wir gar nicht von dir.«

Sie zog vorsichtig an dem Besenstiel und spürte, wie er sich ein ganz kleines Stück von den anderen löste.

»Du bist aus so schönem Holz gemacht und eignest dich sicher wunderbar zum Fegen.«

»Ja«, flüsterte Miss Henrietta. »Versuch ihn erneut wegzuziehen.«

Annabelle versuchte es und diesmal löste sich der Besen von den anderen. Sie spürte, wie er in ihrer Hand bebte. Er zitterte an ihrem Herzen, als sie wieder von der Leiter stieg. Plötzlich hatte sie das Gefühl, ihn beschützen zu müssen. Deshalb war sie entsetzt, als Miss Henrietta nach vorn stürzte, sobald sie am Fuß der Leiter angelangt war, ihr den Besen aus der Hand riss und ihm einen Sack über den Reisigkopf stülpte.

Miss Henrietta kniete sich auf den Boden, während der Besen in ihren Händen bockte und sich wehrte, und umwickelte den Jutesack mit Bindfaden. »Du Schlingel«, murmelte sie. »Gib Ruhe, du Schlingel.«

Annabelles Gesicht glühte. »Warum tun Sie das?«, rief sie.

»Sprich leise hier im Lagerraum«, sagte Miss Henrietta.

»Das ist nicht in Ordnung«, fügte Annabelle etwas leiser hinzu.

Miss Henrietta stand mit dem verschnürten Besen auf. »Schnell«, sagte sie.

Annabelle bemerkte, dass der Lagerraum anfing zu vibrieren. Gegenstände stießen aneinander. Die Besen klopften und die Knochen klapperten laut in ihrer Ablage. Die Gläser wackelten und die Flüssigkeit schwappte.

»Schnell«, wiederholte Miss Henrietta, nahm Annabelle an der Hand, riss die Tür auf und knallte sie hinter ihnen zu.

Annabelle sah die wackelnde Tür an. »Was ist los?«, flüsterte sie.

»Einfach nicht beachten«, sagte Miss Henrietta. »Gleich

beruhigt sich alles wieder. Jetzt müssen wir erst mal diesen Besen anbinden, bis er etwas weniger störrisch ist.«

Sie nahm ihn und hängte ihn an drei Haken hinter dem Ladentisch. Der Besen wehrte sich weiter. Er klapperte und knallte gegen die Theke und machte ein Riesenspektakel.

»Sie beruhigen sich schnell«, fuhr Miss Henrietta fort. »Du wirst ihn zusammen mit einem Brief, den ich eilends schreiben werde, zu den Zauberern von Finsbury bringen.«

Annabelle hatte keine Ahnung, wozu die Zauberer von Finsbury einen Besen brauchten. Vielleicht sollte sie dort auch fegen. Das gehörte vermutlich zu den fürchterlichen Dingen, die von ihr erwartet wurden. Wahrscheinlich sollte sie auch ihre stinkenden Zauberernachttöpfe leeren und das Silber putzen.

Miss Henrietta setzte sich an den Ladentisch und holte Papier aus einer Schublade.

Annabelle blickte durch das Schaufenster auf die Straße hinaus, die so dunkel war, dass man denken konnte, es sei beinahe Nacht. Der Nebel war noch dichter geworden. Die Menschen erschienen wie geisterhafte Silhouetten, die vor den trüben Schaufenstern vorbeigingen. Ein Zeitungsjunge stellte sich direkt vor der Ladentür auf.

»London in Dunkelheit versunken!«, rief er. »Hier lesen Sie alles darüber.«

»Ach, halt doch den Mund«, murmelte Miss Henrietta beim Schreiben.

»Nebel breitet sich bis nach Watford aus!«, rief er.

Annabelle sah, wie der Nebel vor dem Schaufenster herumwirbelte. Er war voller Ruß, der zu Boden sank. Bei diesem Wetter konnte sie doch nicht rausgehen. Zumindest nicht allein. Der Besen neben Miss Henrietta zitterte vor Kummer und Wut, was Annabelle sehr bedrückte.

»Du machst dir offenbar Sorgen«, sagte Miss Henrietta. »Aber der Besen wird nur eine Weile gekränkt sein. Geh ruhig ein bisschen näher ran. Sprich wieder mit ihm. Du scheinst eine gute Verbindung zu ihm zu haben.«

Also kniete Annabelle sich neben den Besen. »Tut mir leid«, sagte sie. »Tut mir leid, liebes Ding.«

»Braves Mädchen«, sagte Miss Henrietta. Sie faltete die Seite, tropfte Wachs darauf und drückte ihr Siegel hinein. Plötzlich schien auch der letzte Rest Licht von der Straße zu weichen.

»Jetzt ist es Zeit. Zieh deinen Umhang an – du wirst ihn brauchen bei diesem Nebel. Und auch deine Haube und deine Handschuhe.«

»Aber es ist dunkel«, sagte Annabelle.

»Natürlich ist es dunkel«, entgegnete Miss Henrietta. »Und das ist ein Glück. Man darf einen neuen Besen nie bei Sonnenschein ausführen – er würde sich erschrecken. Und passenderweise ist die Nacht eigenartig früh hereingebrochen. Ich habe dir eine kleine Karte auf die Briefrückseite gezeichnet. Die Zauberer haben dich zweifellos schon in ihrem Sehstein kommen sehen. Gib ihnen meinen Brief und sag ihnen, sie sollen ihre Tauben aussenden, um alle in der

Großen & Gütigen Zaubergesellschaft zu warnen. Stör dich nicht an ihrer Schweigsamkeit. Sie werden uns sagen, was du für deine Reise nach Unter-London brauchst.«

Miss Henrietta band den Besen los und drückte ihn Annabelle in die Hand. In diesem Moment läutete die Glocke über der Tür. Kitty trat mit ihrer verdrießlichen Miene aus der Dunkelheit ein und ließ ihren Beutel auf den Boden fallen. Sie roch nach wildem Sauerampfer vom Friedhof und hustete zweimal, ohne sich die Hand vor den Mund zu halten.

»Hervorragend!«, rief Miss Henrietta. »Kitty, du musst Annabelle nach Finsbury und zurück begleiten. Dafür bekommst du die doppelte Ration.«

Kitty schien von der Vorstellung alles andere als begeistert. Annabelle fand ihren Gesichtsausdruck ziemlich unhöflich.

»Die *dreifache* Ration«, sagte Miss Henrietta.

Kitty nickte und Miss Henrietta schob Annabelle energisch zur Tür.

»Ich lasse eine Kerze für euch brennen«, sagte sie. Und mit diesen Worten beförderte sie die beiden hinaus auf die Straße.

6

»Unternehmungen nach Einbruch der Dunkelheit sollten sich immer auf den Salon beschränken und auf keinen Fall im Garten oder auf der Straße stattfinden.«
Miss Finchs kleines blaues Buch (1855)

Ich bin doch eine junge Dame, dachte Annabelle, als sich die Tür hinter ihr schloss. *Ich bin die Tochter eines Gentleman, auch wenn er in Wirklichkeit ein Zauberkünstler war, der der große Geraldo Grey hieß* (allein bei diesem Namen verspürte sie Schmerzen in der Brust) *und von einer Kutsche überfahren wurde.*

Annabelle stieß einen leisen erstickten Schluchzer aus. Sie konnte doch nicht bei Nacht draußen herumlaufen!

Aber dann drückte sie die Brust raus, hob den Kopf und wandte sich nicht zur Tür zurück. Sie wusste, dass Miss Henrietta sie beobachtete.

Sei tapfer.

Sie trat auf die Straße hinaus ... und wäre, wenn Kitty sie nicht am Arm gepackt und zurückgezogen hätte, von einer vierspännigen Kutsche überfahren worden, die aus dem Nebel geklappert kam und gleich wieder verschwand.

»Bist du närrisch?«, fragte Kitty kopfschüttelnd. »Komm mit.«

Annabelle faltete den Brief zweimal und steckte ihn in die rosa Schärpe um ihre Taille. Sie hoffte, er wäre dort gut aufgehoben. Der Besen zitterte in ihrer Hand.

»Shh, shh«, flüsterte Annabelle. »Alles wird gut.«

Sie reihten sich in das Gewimmel auf der Straße ein, auf der sich Leute drängten, die im Nebel nach Hause zu gelangen versuchten, Männer, die ihre Läden schlossen, und Frauen, die ihre Kinder an den Händen hielten, um sie nicht zu verlieren. Ein fahrender Musikalienhändler nahm seine Notenblätter ab und sang müde vor sich hin, während Blumenmädchen mit hungrigen Augen dicht zusammengedrängt dasaßen, ohne eine Blume verkauft zu haben.

In den Ecken war der Nebel schwarz, ansonsten lila, mit fließenden violetten Riesenwolken, die langsam durch die Straßen trieben. Der Ruß sank herab wie dunkle Schneeflocken. Aber hier und da tauchten plötzlich ganz unverhofft Inseln sauberer Luft auf, Löcher, durch die die goldene Nachmittagssonne in kleinen Kreisen auf die Wege schien.

Der Nebel stank. Annabelle war sicher, noch nie etwas so Fürchterliches gerochen zu haben. Der Dunst blieb ihr im Hals stecken und brachte sie zum Würgen. Er brannte ihr in den Augen. Er verhüllte alle Straßenschilder, sobald man sie brauchte. Kitty ging zielstrebig voraus.

»Beeil dich«, sagte sie zu Annabelle, »sonst fällst du zurück.«

»Miss Henrietta hat eine Karte gezeichnet«, sagte Annabelle. »Falls du die brauchst.«

»Brauch keine Karte.« Kitty würdigte Annabelle keines Blickes. »War schon oft bei den Zauberern. Bringe ihnen Heinzelmännchentee.«

»Heinzelmännchentee?«, sagte Annabelle. »Ich glaube nicht, dass es Heinzelmännchen gibt.«

»Das siehst du ganz schnell anders, sobald sie dir ein paar ordentliche Kratzer verpasst haben«, erklärte Kitty.

Der Besen zitterte in Annabelles Hand.

Sie hielt ihn fest und flüsterte ihm zu: »Keine Angst. Wir werden den Weg zu deinem neuen Zuhause finden.«

Kitty blieb stehen und drehte sich zu ihr um. Annabelle in ihrem hübschen Stadtkleid, Kitty in ihrem schmutzigen, zerlumpten. Zwei unterschiedlichere Mädchen konnte man sich kaum vorstellen.

»Kannst du auf dem Ding fliegen?«, fragte Kitty.

»Sei nicht albern«, antwortete Annabelle.

»Eine Hexe von Vine würde dir keinen Besen geben, wenn du nicht darauf reiten sollst.« Kitty sah Annabelle eine ganze Weile durchdringend an, als hielte sie sie für äußerst dumm.

Statt Läden gab es hier jetzt Tavernen und Schenken, aus denen Gelächter und Stimmen auf die Straße drangen. Menschen traten heraus, um den dichten Nebel zu bestaunen, der den Tag zur Nacht machte, und sich zu fragen, wo er hergekommen war. Kitty beschleunigte ihre Schritte und Annabelle musste rennen, um mitzuhalten.

»Es ist sehr dunkel«, sagte Annabelle, »nicht wahr?«

Kitty antwortete nicht.

»Woher weißt du, wo wir lang müssen?«

»Ich habe ganz London im Kopf«, erklärte Kitty und klopfte sich auf die wilden schwarzen Haare.

»Wo sind deine Eltern?«, fragte Annabelle.

»Hab keine.«

»Was ist mit ihnen passiert?«

Kitty erinnerte sich an harte, kalte Orte. Verworrene Erinnerungen an raue Hände, laute Stimmen, Kindergesichter und dann die Freiheit, von dort entkommen zu sein.

»Weiß nicht, mir egal«, sagte sie.

Annabelle hatte in ihrem ganzen Leben noch niemanden wie Kitty getroffen. »Das glaube ich nicht.«

Kitty blieb stehen und wandte sich wieder an Annabelle. »Hältst du eigentlich nie die Klappe?«, fragte sie. »Du plapperst wie ein Wasserfall.«

Es war das Gemeinste, das je jemand zu Annabelle gesagt hatte. Sie versuchte angestrengt, sich etwas Fürchterliches zur Erwiderung einfallen zu lassen. Kitty sah sie abwartend an.

»Scheibenhonig«, sagte Annabelle schließlich und Kitty lachte, ein bissiges, kleines Kichern. Dann hörte sie so unvermittelt damit auf, wie sie angefangen hatte, und blickte sich um, als spürte sie etwas.

»Schnell jetzt«, sagte sie. An einer Straßenecke stand eine Gruppe junger Männer und beobachtete die beiden. »Komm weiter, sonst kriegen wir Ärger.« Sie zerrte Annabelle grob an der Hand.

Alles an Kitty war derb. Annabelle wusste nicht recht, ob sie sie mochte oder nicht.

»Meine Mutter ist ins Ausland gereist«, sagte Annabelle. »Und meine Großtanten sollen auf mich aufpassen.«

Kitty beachtete sie nicht.

»Ich war auf Miss Finchs Akademie für junge Damen.«

Kitty beachtete sie immer noch nicht.

»Warum wirst du Mittelsmädchen genannt?«

»Das ist bloß ein Name«, sagte Kitty.

»Aber was bedeutet es?«

»Es bedeutet, dass ich hin und her wechsle. Zwischen dieser Welt und jener. Und Kontakte pflege, die andere nicht haben können.«

Annabelle wusste nicht, wie das gemeint sein konnte. Sie blieb stehen, um darüber nachzudenken.

»Guten Tag, die Damen. Ihr habt euch ja hübsches Wetter für einen Spaziergang ausgesucht«, ertönte eine Stimme hinter ihnen, und als Annabelle sich umdrehte, sah sie, dass es einer der jungen Männer von der Straßenecke war, der jetzt ziemlich nahe gekommen war.

»Schnell«, sagte Kitty wieder.

»Zieh doch nicht so«, entgegnete Annabelle.

»Dann bleib da nicht einfach stehen«, zischte Kitty.

Annabelle drehte sich im Rennen um. Der Nebel hatte den jungen Mann verschluckt. Menschen tauchten aus dem Schatten und dem dichten Dunst auf und wieder darin ein. Zwei Waschfrauen fuhren sie an, sie sollten aus dem Weg gehen, ein Metzger mit einer Schweinehälfte über der Schulter erschien plötzlich und verschwand genauso schnell wieder in der Wolke. Die Lampen in den Läden leuchteten verschwommen und golden durch den Nebel, und Annabelle wünschte sich mehr als alles andere, drinnen zu sein.

Der Besen pulsierte in ihrer Hand, erst sanft, dann immer stärker, rhythmisch, fast so, als hätte er einen Herzschlag. Sie drehte sich wieder um und erblickte die Gruppe junger Männer im Nebel. Sie schlenderten langsam heran, die Hände in den Taschen vergraben, lachten und stießen sich mit den Ellbogen an. Kitty war in eine Gasse abgebogen, die so schmal war, dass sich die Häuser beinahe berührten. Das Wetter verzerrte die Stimmen der Männer, manchmal klangen sie ganz nah, manchmal weit enfernt. Der Nebel brachte sie zum Verschwinden und dann wieder zum Auftauchen, wie durch Zauberei.

Plötzlich war es dunkel. Entsetzlich dunkel. Annabelle hatte solche Angst, dass sie wie angewurzelt stehen blieb.

Sie sah nichts vor oder hinter sich, aber sie hörte Schritte und Gelächter. Schritte und Gelächter, die sich näherten.

»Hier«, sagte Kitty und ihre Hand tauchte aus einer dunklen Wolke auf.

Sie rannten, stolperten, bogen um eine Ecke und fanden sich auf einer Lichtung aus frischer Luft wieder. Die jungen

Männer tauchten hinter ihnen auf. Der Besen wackelte heftig in Annabelles Hand.

»Wegrennen ist zwecklos«, sagte einer der Männer. »Eure hübschen Beine haben euch hier in eine Sackgasse getragen.«

Der Mann hatte recht. Sie standen am Ende einer winzigen mit Ziegeln abgetrennten Gasse.

»Wir wollten nur kurz stehen bleiben und Hallo sagen«, sagte ein anderer.

»Wir sind bloß höflich«, fügte ein Dritter hinzu.

* * *

Jetzt!, sagte der Besen, zwar nicht mit Worten, aber durch die Art, wie er in Annabelles Hand bockte und sie fast von den Füßen riss. Annabelle wusste, dass das *jetzt* bedeutete.

»Schnell!« Kitty riss ihm den Sack vom Kopf, als die jungen Männer sie einkreisten.

Als der Sack weg war, ruckte der Besen so stark in Annabelles Hand, dass sich ihre Füße ein Stück vom Boden lösten.

»Steig auf!«, rief Kitty. »Los.«

Der Besen hob bereits ab. Er zog Annabelle und Kitty hinter sich her und sie sprangen auf und klammerten sich an seinen Rücken, als sie den Kreis der jungen Männer durchbrachen. Annabelle trat nach einem, der noch versuchte, ihren Fuß zu packen. Aber sein schmieriges Grinsen verwandelte sich schnell in Staunen. Der Besen schoss nach oben und Annabelle schrie auf.

Der Besen stieg so schnell in die Höhe, dass Annabelle überzeugt war, sie flögen zum Mond. Er raste mit einer solchen Geschwindigkeit durch die Luft, dass ihre Haube davonwehte. Sie spürte Kittys Arme um ihre Taille und beide blickten nach unten, um noch einen letzten Blick auf die Männer zu werfen, bevor der Nebel sie einhüllte.

***

Der Besen trug sie hinauf, durch die saubere Luft über den Dächern und Wolken. In einem seltsamen purpurfarbenen Nachmittagslicht flogen sie über London hinweg. Annabelle glaubte, Kitty schreien zu hören, nicht vor Angst, sondern aus wilder Freude, aber der Wind trug alle Geräusche davon.

Sie umklammerte fest den Besen und hoffte, nicht herunterzufallen. Durch den Nebel sahen sie London aufblitzen: winzige Fetzen der großen Parks und riesigen Bäume, einen Schnipsel der spiegelglatten Themse, das Schimmern der Lichter auf breiten Straßen.

»Ich muss dich nach Finsbury bringen!«, rief Annabelle über den Wind hinweg.

Sie hatte keine Ahnung, wie sie den Besen zum Anhalten bringen sollte. Keine Ahnung, wie sie ihn dazu bringen sollte, nach oben oder unten zu fliegen. Sie lehnte sich zurück, um zu sehen, ob das half, aber dadurch schlugen sie fast einen Purzelbaum. Dann holte sie den Brief aus ihrer

Schärpe und er wurde beinahe davongeweht. Sie sah sich die Karte an, die Miss Henrietta gezeichnet hatte, und las die sorgfältig vermerkte Adresse laut vor, als könnte das etwas nützen.

»Sun Street Nummer drei!«, rief sie dem Besen zu, ohne zu wissen, ob er sie verstand.

Sie spürte, wie der Besen langsamer wurde. »Ich muss dich wirklich dringend dorthin bringen«, sagte sie so liebenswürdig wie möglich.

Der Besen bremste mitten in der Luft ab und stürzte Richtung Boden.

»Hilfe!«, schrie Annabelle.

»Tu doch was!«, rief Kitty.

Sie rasten abwärts, stürzten durch die Wolken und den Nebel hinab, vorbei an Schornsteinen und Dächern.

Dann hielt der Besen mit einem Ruck an, sodass die Mädchen ein Stückchen hochflogen und wieder auf dem Besenstiel landeten. Anschließend schoss er rasend schnell vorwärts. Er flitzte Straßen, Gassen und Wege entlang, die um sie herum verschwammen. Er sauste in ein Kirchenportal und hinten wieder aus der Kirche hinaus. Er glitt unter einer Brücke hinweg. Er schlängelte sich zwischen Fabrikschloten hindurch. Er flog durch Parks und Alleen, bis er eine Straße und ein beleuchtetes Fenster an ihrem Ende ansteuerte, ohne anzuhalten oder das Tempo zu drosseln. Die Scheibe zersplitterte, als er sie durchschlug, und die Mädchen rutschten über den Boden, verhedderten sich in Teppichen, schrien vor Angst und landeten mitten in einer Gruppe alter Männer – alle bucklig und gebeugt –, die gerade Tee tranken und Kekse knabberten.

***

Es sah nicht so aus, wie Annabelle sich das Haus eines Zauberers vorgestellt hatte, dunkel und düster, voller Kessel und Spinnweben. Kitty und sie lagen ineinander verkeilt in einem ganz gewöhnlichen Wohnzimmer. Auf den Chesterfield-Sofas um sie herum saßen uralte Männer mit erstaunten Mienen.

Die Zauberer von Finsbury trugen keine Umhänge oder Hüte, sondern dunkle Morgenmäntel. Die Schultern der Mäntel waren ganz staubig, als hätten die Zauberer sehr lange an derselben Stelle gesessen. Die meisten von ihnen steckten sich gerade einen Keks in den Mund, sodass Annabelle nicht ganz sicher war, ob Miss Henrietta recht gehabt hatte mit der Annahme, sie seien auf ihr Kommen vorbereitet. Eigentlich wirkten sie ziemlich überrascht.

»Aua.« Annabelle fing an zu weinen.

Sie konnte nicht anders. Es war bereits das dritte Mal an diesem Tag. Sie konnte die Tränen nicht zurückhalten. Es gelang ihr einfach nicht, an eine Blume oder ein hübsches Bild zu denken. Sie weinte laut und ihr lief die Nase. Sie weinte, weil ihre Mutter weg war, ihr Vater doch kein Schiffskapitän gewesen war und sie gerade einen Ritt auf dem Besen mit einem wilden Mädchen hinter sich hatte. Sie weinte, weil sie hier in einem fremden Haus auf dem Boden lag und staubschultrige Herren sie mit offenem Mund anstarrten. Sie weinte, weil sie nicht mehr Annabelle Grey war. Zumindest nicht die Annabelle Grey, die sie bisher gewesen war. Dieses Mädchen würde sie nie wieder sein.

Sei tapfer.

Kitty setzte sich auf. Sie hatte einen kleinen Schnitt am Kopf. Annabelle sah ihre pochende Hand an und stellte fest, dass sie selbst ebenfalls blutete. Beim Anblick des Blutes stieß sie ein lautes Geheul aus. Von dem Geheul schienen die Zauberer von Finsbury zum Leben zu erwachen.

»Gute Güte«, sagte der größte und älteste von ihnen und sprang verwirrt auf. »Beeilung, Mr Crumb. Holen Sie die Zaubertasche.«

Mr Crumb sah aus, als hätte er sich noch nie im Leben beeilt, aber so flott er konnte, schlurfte er aus dem Zimmer und kehrte mit einer kleinen, schwarzen Tasche zurück. Die anderen beiden Zauberer legten ihre Kekse weg, standen auf, setzten sich wieder und schienen nicht zu wissen, was sie tun sollten.

»Na, na«, sagte einer von ihnen, der nur noch ein paar wenige Büschel Haare auf dem Kopf hatte. Er reichte Annabelle ein sehr steifes Taschentuch, mit dem sie sich die Augen trocknete. »Du musst doch nicht weinen.«

»Bleibt ganz ruhig«, sagte der andere, der eine verwelkte Nelke am Revers trug. »Offenbar blutet ihr beide.«

Die Bestätigung dieser Tatsache führte dazu, dass Annabelle nur noch heftiger weinen musste, bis der Größte und Älteste ihr eine faltige Hand reichte und ihr aufhalf. Mr Crumb holte ein kleines Fläschchen aus der Zaubertasche und hielt es Annabelle unter die Nase. Es stank fürchterlich, aber plötzlich wurde das Zimmer deutlicher. Die Zauberer lächelten sie freundlich an. Ihre Gesichter strahlten im Schein des Feuers und durch Annabelles Tränenschleier hindurch. Dort stand Kitty und starrte auf das zerbrochene Fenster. Sie schien sich in einem Wohnzimmer äußerst unbehaglich zu fühlen, ihre Haare waren vom Wind ganz zerzaust und ein kleines Rinnsal Blut verschwand in ihrem Ohr.

»Aber du blutest ja auch, Kitty«, sagte Annabelle.

»Es ist nur ein Kratzer«, entgegnete Kitty und lehnte jegliche Hilfe der Zauberer ab. Sie verschränkte die Arme und blickte wieder in den Nebel hinaus, der genau in diesem Moment schmutzige Schwaden ins Zimmer schickte.

»Guten Abend, Kitty«, sagte der größte Zauberer, der kornblumenblaue Augen hatte.

Kitty sah ihn nicht an.

Der Zauberer nahm einen Teller Kekse und stellte ihn auf einen kleinen Tisch neben ihr, wie man einer Katze etwas Milch gab. »Danke, dass du Annabelle Grey sicher zu uns gebracht hast«, sagte er sanft. »Und danke, Mr Crumb, dass Sie so freundlich waren, das Riechsalz zu verabreichen. Annabelle, ich bin Mr Bell.«

»Mr Crumb«, sagte der Zauberer mit der Zaubertasche.

»Mr Bourne«, sagte der Zauberer mit der welken Nelke.

»Mr Keating«, sagte der Zauberer mit den wenigen Haaren.

»Und du bist Annabelle«, sagte Mr Bell feierlich. »Die Zauberwelt ist heute Abend in Aufruhr. Es gibt viel Geplapper, Gerede und Unruhe, aber dein Name und der Name der jungen Kitty stechen deutlich hervor.«

Kitty hatte sich auf den Boden gehockt, um einen Keks zu essen, obwohl direkt neben ihr ein Stuhl stand. Sie beachtete Mr Bell nicht, der weder das zersplitterte Fenster erwähnte noch den kalten Luftzug, der jetzt hereinwehte, Kittys Haarsträhnen anhob und den Flaum auf Mr Keatings Kopf zerzauste.

Annabelle weinte erneut in das alte Taschentuch, das man ihr gereicht hatte. »Es tut mir so leid«, schluchzte sie. »Wir wollten nicht zum Fenster reinkommen. Aber ich bin noch nie auf einem Besen geflogen.«

»Keine Sorge«, erwiderte Mr Bell. »Hauptsache, ihr seid jetzt da, und zwar, ohne Zeit zu verlieren.«

»Ich habe hier einen Brief«, sagte Annabelle. »Von den Misses Vine.«

Sie gab den Brief Mr Bell, der sich setzte und mit alter, brüchiger Stimme las:

»An die Zauberer von Finsbury. Mit besten Wünschen usw. Wir schreiben Ihnen in dringlicher Angelegenheit, um Sie davon in Kenntnis zu setzen, dass Mr An-

gel zurückgekehrt ist. Er ist im Besitz des Schwarzen Zauberstabs und hat eine Maschine zur Gewinnung schwarzer Magie. Damit hat er bereits einzelne Schattenwesen zum Leben erweckt und am Freitag bei Vollmond wird er eine ganze Armee heraufbeschwören und die Stadt erobern. Er verlangt, dass alle Mitglieder der Großen & Gütigen Zaubergesellschaft ihre Zauberstäbe niederlegen und ihm die Treue schwören. Wir schicken Ihnen Annabelle, Viviennes Tochter. Sie ist das jüngste und fähigste Mitglied der Gesellschaft. Dem Handbuch zufolge muss sie den Ewigbesten Zauberstab für die Gesellschaft holen. Sie hat das zweite Gesicht, aber keinerlei Disziplin. Wir bitten Sie, ihr so viel wie möglich beizubringen und Ihre Tauben auszusenden, um auch die übrigen Mitglieder zu informieren. Hochachtungsvoll usw., E. & H. Vine.«

»Es ist also wahr. Die Gerüchte sind wahr«, sagte Mr Crumb. »Er will eine Armee heraufbeschwören und die Stadt erobern!«

»Das hat uns der Sehstein verraten«, sagte Mr Keating.

»Aber vor uns steht das Mädchen«, sagte Mr Bourne. »Vergesst das nicht.«

Und dann schwiegen alle und sahen Annabelle ernst an.

* * *

Sie sahen sie so lange an, dass Annabelle ganz unbehaglich zumute wurde. Ihre Wangen glühten und sie blickte sich ihrerseits in dem kleinen, gemütlichen, aber unordentlichen Zimmer um. Ihr fiel auf, dass sich die Tapete an einigen Stellen löste und die Farbe von der Stuckdecke abblätterte und wie Schneeflocken zu Boden rieselte.

Sie sah Kitty an, aber Kitty weigerte sich, ihren Blick zu erwidern. Kitty knabberte Kekse und starrte zum Fenster hinaus, als würde sie lieber weiterhin auf dem Besen durch die Luft fliegen.

Überall lag eine dicke Staubschicht. Auf den Anrichten, dem Mahagonitisch, den Stühlen und sogar, wie Annabelle entsetzt feststellte, in einer dünnen Schicht auf den Keksen. Allein vom Anblick der Kekse knurrte ihr der Magen.

»Bitte«, sagte Mr Bell und zeigte auf die Kekse. »Iss ruhig, während wir nachdenken.«

Also nahm Annabelle sich einen Keks und schüttelte den Staub ab. Sie kaute nachdenklich. Mr Bell, Mr Bourne, Mr Keating und Mr Crumb ... das waren wirklich ziemlich unmagische Namen. Und vier war eine ziemlich unmagische Zahl. *Eigentlich müssten es drei oder sieben sein,* dachte sie, biss ein weiteres Stück von ihrem Keks ab und wartete, bis die Zauberer sie lange genug angesehen hatten.

»Als Erstes musst du dir einen Sehstein aussuchen«, sagte Mr Bell schließlich, setzte sich mühevoll in Bewegung und holte ein altes Holzkästchen aus dem Bücherregal. »Komm doch ein wenig näher ans Feuer.«

Er nahm einen langen, braunen Stab, der neben seinem Stuhl lehnte. Der Stab war ganz glatt und zur Hälfte mit eigenartigen Symbolen bedeckt. Damit zeigte er aufs Feuer, schloss die Augen und sprach das Wort *Benignus.*

»Benignus«, wiederholte er. Die Flammen loderten auf und es wurde wärmer im Zimmer. *Schon wieder dieses Wort,* dachte Annabelle. Es klang Lateinisch.

»Das ist der Adela«, sagte Mr Bell. »Der Zauberstab der Zauberer von Finsbury.«

»Und meine Großtanten haben den Ondona«, erwiderte Annabelle.

»Und die Hexen von Bloomsbury haben den Delilah und die Zauberer von Kentish Town haben den Kyle, obwohl sie inzwischen wirklich uralt sind. Mr Huxley – vielleicht hast du schon von ihm gehört – hat den Little Bear, einen sehr seltsamen Zauberstab aus Treibholz, aber für die Wetterzauberei geeignet. Mr Hamble in Stepney gehört der Old Silver, ein Baumheilerzauberstab, der abgestorbenen Bäumen zu neuen Knospen verhelfen kann ... aber Mr Hamble kann ihn kaum noch heben. Alle Mitglieder der Großen & Gütigen Zaubergesellschaft sind sehr alt, Annabelle, und jetzt ist Mr Angel zurückgekehrt, der überhaupt nicht alt ist. Er will, dass wir unsere Zauberstäbe niederlegen und ihm dabei helfen, Böses zu tun und die guten Menschen von London mit schrecklicher schwarzer Magie heimzusuchen.«

Das kam Annabelle sehr schlimm vor und sie musste an Mr Angels bleiche Haut denken und an die Art, wie er sie angesehen hatte, als sie ihm ihren Namen genannt hatte. Sie schauderte.

»Die Zauberstäbe in unserem Besitz sind die niederen Zauberstäbe, Annabelle, und über den niederen Zauberstäben stehen die beiden mächtigen Zauberstäbe, der Schwarze und der Weiße, wobei der Weiße oft als der Ewigbeste bezeichnet wird. Der Schwarze Zauberstab wurde schon immer von jenen geschätzt, die Böses wollen. Zweifellos hat Mr Angel die ganze Welt danach abgesucht und jetzt hat er ihn gefunden und verfügt außerdem über eine Maschine, die schwarze Magie erzeugen kann. Und zwar nicht nur eine kleine Menge, Annabelle, einen Tropfen, wie ihn ein Zauberer hervorbringen könnte, sondern die Menge, die eine Maschine wie die großen Dampfmaschinen und die großen Webstühle produzieren kann. Nun, damit wäre er jetzt zu fast allem fähig!«

»Es ist ihm bereits gelungen, Schattenwesen heraufzubeschwören«, flüsterte Mr Keating.

Annabelle versuchte sich die Schattenwesen vorzustellen. *Schatten mit bösartigen kleinen Seelen, Annabelle – nun, sie wären zu fast allem fähig.*

Annabelle bekam Angst. Sie blickte zu Kitty hinüber, aber Kitty sah weiterhin aus dem Fenster und hielt sich abseits.

»Du, mein liebes Kind, musst nach Unter-London, um den Ewigbesten Zauberstab zu holen«, erklärte Mr Bell. Er sagte es ruhig und leise, als würde er sagen, sie solle zur Hauptstraße gehen, um sich dort ein neues Kleid auszusuchen.

»Den Weißen Zauberstab, den guten Zauberstab«, übernahm Mr Bourne. »Dafür braucht es ein zaubermächtiges Mädchen. Die furchtlose Retterin guter Magie. Alles ist bedroht, Annabelle. Alles. Von den kleinsten Babys bis hin zu den ältesten Hexen. Nur der Ewigbeste Zauberstab kann dem mit schwarzer Magie gefüllten Schwarzen Zauberstab Einhalt gebieten.«

Das verscheuchte Annabelles Angst nicht. Ganz und gar nicht.

»Jetzt zu deinem Sehstein«, sagte er. »Bitte öffne das Kästchen.«

Annabelle kniete sich neben das Feuer und klappte den Deckel auf.

»Jeder mit dem zweiten Gesicht kann in der Regel den passenden Sehstein finden«, ergänzte Mr Bell, als probierte Annabelle Hüte im Kaufhaus Harrods an.

Sie musste an das dunkle Haus denken und an die dunkle Welle, die jeden Moment über die Stadt hereinzubrechen drohte. Das Bild in ihrem Kopf war so deutlich, dass sie zusammenzuckte. Waren das etwa die Schattenwesen? Der Gedanke war entsetzlich!

»Du siehst Dinge«, sagte Mr Bell, »nicht wahr? In Pfützen?«

Die Zauberer blickten sie so freundlich an, das Feuer war so warm und der Geschmack des Kekses noch so süß in ihrem Mund, dass sie nickte.

»Ja«, gab sie zu. »Ja, das stimmt.«

»Nun, dann musst du einen Sehstein finden und lernen, darin zu sehen. Es ist schließlich nicht immer eine Pfütze in der Nähe«, sagte Mr Bell. »Dein zweites Gesicht wird dir unterwegs helfen ... euch beiden.«

Da schaute er Kitty an und Kitty erwiderte seinen Blick.

»Ich muss sie nur zurück zum Laden der Hexen bringen«, schnaubte sie. »Mehr habe ich nicht zugesagt. Für die dreifache Ration.«

Mr Bell nickte freundlich.

In dem Kästchen lagen mehrere kleine Stoffpäckchen. Annabelle wickelte das erste aus und stieß auf eine handtellergroße, stark gezackte grüne Glasscherbe. Sie hielt sie in der Hand und hob sie dann vor ihr Auge. Die Zauberer nickten beifällig. Die Scherbe färbte das Zimmer türkis und das Feuer schmutzig gelb. Aber passte sie zu ihr?

Sie wickelte das grüne Glas wieder ein. *Auf eine Reise gehen, um einen Zauberstab zu finden und Mr Angel damit zu besiegen,* dachte sie. Sie wusste nichts über Zauberstäbe. Das hier war etwas anderes, als dazu aufgefordert zu werden, ein Buch auf dem Kopf zu balancieren. Oder die Donau in eine Karte einzuzeichnen. Und erst recht ganz anders, als eine Haube mit gelbem Band zu verzieren. Ganz tief in ihrem Innern spürte Annabelle einen leisen, aufregenden Schauer. Sie blickte auf und bemerkte, dass Kitty sie beobachtete. Schnell sah sie wieder auf das Kästchen hinab.

Es gab braunes Glas, durchsichtiges Glas und gelbes Glas. Es gab glasierte Tonscherben, die nur ganz leicht glänzten.

Es gab den braunen Boden eines Krugs, den Annabelle verächtlich hochhielt. Er sah überhaupt nicht so aus, wie sie sich einen magischen Sehstein vorstellte. Schließlich wickelte sie einen alten Lumpen auf und fand ein rubinrotes Stück Glas.

Es war dick und passte genau in ihre Handfläche. Sie drehte den Sehstein in der Hand und betrachtete die Lichtreflexe an der Decke. Er reflektierte die Flamme im Kamin. Annabelle nahm etwas in ihrem Innern wahr, einen Hauch von Erkennen.

»Spürst du bei diesem etwas?«, fragte Mr Bell.

»Ich habe das Gefühl, dass er zu mir gehört«, flüsterte Annabelle. »Obwohl ich nicht verstehe, warum.«

»Wählst du ihn aus?«, fragte Mr Bell.

»Ja, gut«, sagte Annabelle, ohne zuzugeben, dass es sich eigentlich eher so anfühlte, als hätte der rubinrote Sehstein *sie* ausgewählt.

* * *

»Nun einige Regeln zum Reinschauen«, sagte Mr Bell. »Mr Crumb, wären Sie so freundlich?«

Mr Crumb setzte sich neben Annabelle. Es dauerte eine Weile, weil es ihm erst nicht gelang, aufzustehen, und Mr Bourne und Mr Keating ihn hochwuchten mussten. Dann mussten sich Mr Bourne und Mr Keating umständlich wieder hinsetzen. Eine Brille wurde vermisst und wiedergefunden. Annabelle fragte sich, ob in der Zauberwelt der Vines und der Zauberer von Finsbury jemals irgendetwas passierte.

»Nun, die Regeln sind ganz einfach, meine Liebe«, schnaufte Mr Crumb. »Erstens, Visionen verlangen nach einem ruhigen Geist. Zweitens, in Visionen ist die Zukunft nie in Farbe und häufig ohne Ton. Ja?«

Annabelle nickte.

»Drittens, die Vergangenheit ist meistens farbig und oft sehr laut«, fuhr er fort. »Einverstanden?«

»Na ja ...«, hob Annabelle an.

»Viertens, etwas, das in der Gegenwart an einem anderen Ort stattfindet – nun, das ist oft ziemlich trüb.«

»Verstehe«, entgegnete Annabelle.

»Und zu guter Letzt, wenn jemand sich in einer Vision direkt an dich wendet, dann ist diese Person tot oder dem Tod sehr nah, zwischen den Welten. Ja?«

»Oh«, sagte Annabelle und war froh, dass sich in ihren Visionen noch nie jemand an sie gewandt hatte. Es war alles immer dunkel oder farblos und ohne Ton gewesen, was bedeutete, dass sie in die Zukunft gesehen hatte. Annabelle war zufrieden, dass sie sich die Regel gemerkt hatte. Sie lächelte Mr Crumb an, der heftig errötete.

»Vielleicht sollte Annabelle versuchen, in ihren Sehstein zu schauen«, schlug Mr Bell vor.

Die Zauberer nickten ermutigend und murmelten leise.

Annabelle sah den Glasstein an, den sie in der Hand hielt. Sie war sehr verlegen.

»Leere deinen Geist«, flüsterte Mr Crumb. »So, wie Miss Vine es dir beigebracht hat.«

Annabelle fragte sich, woher sie das wissen konnten. Sie stellte sich ihre Tasse vor, die diesmal überhaupt nicht edel war – eher ein dunkler Steingutbecher, was sie überraschte und schaudern ließ. Sie betrachtete ihre Gedanken darin. Erstens fühlte es sich gut an, offen sagen zu können, dass sie Dinge in Pfützen sah, aber gleichzeitig machte es ihr große Angst. So, als stünde sie in einem Sturm, der ihr die Füße wegreißen und sie wegwehen wollte. Zweitens war da Kitty. Nichts brachte sie aus der Ruhe. Wie sie dastand und darauf wartete, sie zum Zauberladen zurückzubringen, obwohl Annabelle spürte, dass sie am liebsten weggelaufen wäre. Und drittens: Konnte man wirklich von ihr verlangen, ganz allein auf Reisen zu gehen, um einen Zauberstab zu holen? So etwas hatte sie noch nie getan. Sie war bisher nur auf organisierten Ausflügen und Landpartien mit ihrer Mutter gewesen.

Sie spürte, wie die Zauberer auf den Stühlen hin und her rutschten. Ihre Tasse schien immer ziemlich voll zu sein. Aber schließlich merkte sie, wie ihr Geist sich beruhigte.

Sie blickte in den Glasstein.

Ein Teil von ihr sagte ihr, sie solle den Blick abwenden, daher wusste sie, dass sie auf dem richtigen Weg war. Sie wusste, dass sie etwas sehen würde. Sie spürte das Band, das sie mit dem Himmel verknüpfte, obwohl sie drinnen war, im Haus, in der Wärme neben dem Feuer.

Sie sah Schatten, die sich in dem Glasstein bewegten. Annabelle beugte sich weiter vor und ihr entfuhr ein leises Stöhnen.

Das Glas war trüb, wie wenn man durch ein schmutziges Fenster sah. Dinge flogen umher. Schattenhafte, geflügelte Dinge. Ein ganzer Schwarm vor einem blassgrauen Himmel. Annabelle betrachtete sie und wollte den Blick abwenden. Sie betrachtete sie und wollte genauer hinsehen. Es waren Vögel. Es waren Menschen. Es waren Schatten.

Plötzlich führte ihre Vision sie nach unten, als würde sie fliegen. Im trüben Dämmerlicht erblickte sie zunächst die dunkle Themse, ein Gewirr aus Straßen und dann den Zauberladen und schließlich verschwommen Miss Henrietta, die in den Himmel hinaufblickte und vor Schreck den Mund aufriss.

Annabelle zwang sich, den Blick von dem Glasstein abzuwenden, bedeckte das Gesicht mit den Händen und atmete tief durch.

»Was hast du gesehen?«, fragten die Zauberer von Finsbury einstimmig.

Annabelle sagte es ihnen.

»Sie hat ein ausgeprägtes Talent«, lobte Mr Bourne.

»Die nahe Zukunft sieht sie sehr gut«, bestätigte Mr Keating.

»Der Sehstein und ihr zweites Gesicht können ihr auf der Reise möglicherweise ein wenig helfen«, sagte Mr Bell. »Aber der entscheidende Faktor ist Zeit. Mr Angel hat noch weitere Schattenwesen heraufbeschworen. Seine magische Maschine gewinnt offenbar an Kraft.«

Es gefiel Annabelle nicht, dass Mr Bell *möglicherweise ein wenig* sagte. *Möglicherweise ein wenig* bedeutete nicht durchgängig. Nicht ganz. Wenn sie Glück hatte. Bei den Zauberern von Finsbury war ziemlich viel die Rede von *möglicherweise* und *ein wenig*. Annabelle fand, dass Zauberer etwas genauer in ihrer Zauberei sein sollten. Schließlich hatte sie ein Schattenwesen gesehen und der Anblick gefiel ihr ganz und gar nicht.

»Dir ist die großartige Magie, die du in dir trägst, offenbar gar nicht bewusst, junge Annabelle«, sagte Mr Bell. »Das ist natürlich nicht deine Schuld. Man hat dich im Glauben an etwas anderes erzogen. Aber jetzt hast du den Sehstein.«

Neben dem Fenster seufzte Kitty leise.

»Früher war deine Mutter die Jüngste und Fähigste – sie hatte ihren eigenen Zauberstab, den Lydia«, erzählte Mr Bell.

»Aber sie gab ihn den Hexen von Montrouge«, erklärte Mr Crumb und alle Zauberer schüttelten langsam den Kopf.

»Sie hat sich von der Magie abgewandt«, sagte Mr Bell. »Aber jetzt hat sie die richtige Entscheidung getroffen und dich zu uns geschickt, und irgendwann kommt sie selbst vielleicht auch zurück.«

»Aber ...« Annabelle stellte sich ihre Mutter in weiter Ferne vor, wovon ihr Herz erneut schmerzte. Richtig schmerzte. Sie hatte gar nicht gewusst, dass Herzen so wehtun konnten. Die Zauberer sahen sie nachdenklich an.

»Aber warum hat sie sich von der Magie abgewandt?«, fragte Annabelle. »Und warum hat sie mich ... belogen?«

Die Zauberer machten todtraurige Gesichter.

»Bitte«, sagte Annabelle. »Was ist passiert, nachdem mein Vater von der Kutsche überfahren wurde?«

Tochter des großen Geraldo Grey.

»Na ja.« Mr Bell räusperte sich. »Hen und Ettie kamen nie darüber hinweg, dass Vivienne sich ihnen widersetzt hatte, aber deine Mutter liebte deinen Vater. Daran bestand kein Zweifel. Als er so plötzlich starb, war sie am Boden zerstört und todunglücklich und wollte ihn zurück.«

»Aber wie?«, fragte Annabelle.

»Es gibt keinen guten Weg, Annabelle«, sagte Mr Keating ganz leise.

»Was dahin ist, ist dahin, so ist das Leben«, erklärte Mr Crumb.

»Aber da war Mr Angel, der einst auch zu unserer Bruderschaft gehört hatte. Er war der Allerjüngste, der wegen der Bosheit, die über die Jahre langsam, aber sicher in ihm wuchs, ausgeschlossen wurde«, flüsterte Mr Bourne. »Er, liebe Annabelle, hatte eine Maschine entworfen, mit der man ... wiederauferstehen konnte.«

»Deine Mutter Vivienne hat den Leichnam ihres Mannes in Mr Angels dunkle Villa gebracht«, sagte Mr Bell. »Und wir wissen nicht, was dort geschehen ist, aber anschließend, als sie allein wieder auftauchte, wandte sie sich für immer von jeglicher Magie ab.«

In dem kleinen, warmen Wohnzimmer herrschte Schweigen.

»Und jetzt müsst ihr schnell zum Laden zurückkehren«, sagte Mr Bell. »Wenn es wahr ist, was du siehst, sind die Schattenwesen unterwegs und Mr Angel hat angefangen, seine Armee heraufzubeschwören. Er ist ein gefährlicher und gebrochener Mann, Annabelle, und will über alles und jeden herrschen. Hen und Ettie werden dir die Karte einflößen.«

Einflößen, dachte Annabelle, wie den Löffel Stärkungstrank, den Mercy ihr manchmal gab. Und ihre Großtanten mit diesen Namen bedacht zu hören, als wären sie kleine Mädchen. Dann bemerkte sie, dass sie aufstehen sollte, und Mr Bourne hielt ihr schüchtern den Besen hin. Annabelle ließ die Hoffnung sausen, mit einer Kutsche nach Hause zu fahren.

»Aber ich dachte, den sollte ich Ihnen bringen«, sagte Annabelle.

»Der Besen gehört dir«, erklärte Mr Bell ausgesprochen freundlich.

Annabelle sah den Besen beunruhigt an. Was, wenn es ihr wieder nicht gelang, ihn zu bremsen, und sie durch die Schaufensterscheibe des Zauberladens flog? So etwas würde Miss Henrietta nicht gutheißen. Gleichzeitig war sie erleichtert, als sie den Besen in der Hand hielt, und dieser wackelte vor Freude über ihre Erleichterung.

Mr Bell nickte Kitty zu und Kitty funkelte ihn unter ihren dunklen Augenbrauen hervor an.

»Wenn das alles vorbei ist, junge Kitty«, sagte er, »musst du uns noch etwas von diesem wunderbaren Heinzelmännchentee bringen. Weißt du, Annabelle, es gibt nicht mehr viele Mädchen wie Kitty.«

Daraufhin sah er Kitty so traurig und gütig an, dass Annabelle den Blick abwenden musste.

Die beiden Mädchen wurden durch einen langen Flur geführt, in dem eine Standuhr in der Dämmerung den frühen Abend anzeigte. Annabelle verstaute den rubinroten Sehstein in ihrem Mieder. Sie spürte, wie der Besen, den sie immer lieber mochte, neben ihr zitterte.

»Bleib vor allem gut, Annabelle Grey, bleib gut. Denn alle gute Magie hängt heute Nacht von dir ab«, sagte Mr Bell, dann öffnete er die Tür, und Kitty und sie fanden sich erneut in der Dunkelheit wieder.

Der Mond ging auf und schien wie eine schmutzige Münze durch den Nebel. Mr Angel lauschte der Maschine zur Gewinnung schwarzer Magie. Er lauschte der Geschäftigkeit in ihrem Innern, dem Knirschen und Quirlen, dem Winden und Entwinden. Manchmal hielt sie inne. Seufzte. Er dachte daran, was sich in ihrem schwarzen Herzen befand, an den ersten kummervollen Gegenstand, und lächelte.

Er stand auf und fütterte die Maschine mit schwarz gerändertem Briefpapier vom Schreibtisch eines Witwers, dem

Lederriemen zur Züchtigung aus einer Besserungsanstalt. Sechs Federn eines schon lange ausgestorbenen Vogels, die er aus dem Museum gestohlen hatte. Die Maschine holte tief Luft und saugte die Gegenstände einen nach dem anderen durch den ganzen Raum an. Die Schärpe eines trauernden Angehörigen bei einem Begräbnis. Schwarzstickereiarbeiten. Die Schühchen eines vor langer Zeit gestorbenen Babys, die jahrelang in der untersten Schublade aufbewahrt worden waren.

Mr Angel hob sein Monokel und musterte den Füllstand der schwarzen Magie. Zwei Drittel voll. Er nahm den Schwarzen Zauberstab und füllte ihn auf, wappnete sich für seine Macht.

Mr Angel stieg die Treppe hinab.

Er verwandelte seine beiden Lakaien in Staub, weil sie ihm im Weg standen.

Er ging in leere Schlafzimmer und beschwor Schattenwesen aus lange verschlossenen Schränken herauf. Eins, zwei, drei von ihnen. Er stieg noch weiter die Treppe hinab in die Bibliothek und beschwor sie hinter den schwarzen Samtvorhängen herauf. Er scheuchte sie die Treppe hinauf und befahl ihnen, sich zu den anderen zu gesellen, die wie dunkle Kerzenflammen flackerten. Beim Geräusch seiner Stimme stiegen sie auf und sackten gleich darauf wieder zusammen.

Mr Angel hielt das Taschentuch hoch, in das Annabelle geweint hatte. Die Schattenwesen raschelten und flüsterten mit ihren seltsamen hauchzarten Stimmen miteinander. Er ließ sie daran schnuppern und ihre langen Krallen streckten sich gierig danach aus.

»Der Grundstock für die Maschine waren die Tränen der Mutter«, sagte er mit sanfter Stimme. »Und jetzt soll sie mit der traurigen kleinen Tochter vollendet werden. Schon morgen ist Vollmond.«

Da wurden die Schattenwesen groß, sie streckten sich und gaben ein wütendes Geräusch von sich wie brummende Hornissen.

»Nun fliegt los, Schattenwesen«, sagte Mr Angel. »Bringt mir Annabelle Grey.«

Und sie machten sich auf; sie flogen alle in einer Reihe hoch zur Decke, schwebten die Stufen neben dem Mondtrichter hinauf, glitten hinaus ins rostrote Mondlicht und davon.

7

»Eine Dame sollte sich zurückhaltend
durch die Straßen bewegen.
Sie sollte sich nicht um Dinge kümmern,
die sie nichts angehen.«
Miss Finchs kleines blaues Buch (1855)

Der dichte Nebel draußen war schlammbraun und raubte ihnen den Atem. Annabelle sah erst den Besen und dann Kitty an.

»Gib's zu, es hat dir Spaß gemacht«, sagte Kitty.

»Nein«, entgegnete Annabelle.

»Für eine junge Dame lügst du ganz schön viel.« Kitty lachte ihr bissiges kleines Lachen, das Annabelle Gänsehaut verursachte. »Ich habe mich gefühlt wie ein Vogel.«

Das Problem ist nur, dass Besen undiszipliniert sind und stur, dachte Annabelle.

Sie saßen auf, aber nichts geschah.

»Los«, sagte Annabelle, aber der Besen blieb, wo er war.

»Hoch«, befahl Annabelle, aber er weigerte sich, loszufliegen.

»Ich bestehe darauf«, fügte sie hinzu, aber er rührte sich nicht vom Fleck.

Sobald Annabelle jedoch an Miss Henrietta in dem rubinroten Sehstein dachte, schoss der Besenstiel ohne Vorwarnung in die Luft. Sie schwankten und mussten sich verzweifelt festklammern.

Durch den stinkenden Nebel stiegen sie in die Höhe, rasten an Dächern und Schornsteinen vorbei und brachen schließlich durch eine Wolke in den Nachthimmel. Diesmal hörte Annabelle Kitty wirklich einen langen und äußerst undamenhaften Freudenschrei ausstoßen.

Durch den Nebel erhaschten sie Blicke auf das Parlament und Paläste, auf Parks und Alleen sowie auf die St.-Pauls-Kathedrale tief unter ihnen, die aussah wie ein weggeworfenes Spielzeug auf dem Meeresgrund.

»Wir müssen bald landen, lieber Besen«, sagte Annabelle, aber der Besen schlingerte daraufhin nur heftig und schlängelte sich spielerisch um eine Kirchturmspitze.

»Na, na«, sagte sie mit sanfter Stimme, »wir dürfen in Miss Henriettas Laden nichts kaputtmachen.«

Der Besen bockte so stark, dass die beiden Mädchen beinahe herunterfielen.

Annabelle beschloss, das Beste sei, dem Besen zu sagen, sie wolle überhaupt nicht landen.

»Lass uns die ganze Nacht durch fliegen!«, rief sie ihm zu. »Bis ans Meer und auf keinen Fall zum Zauberladen.«

Der Besen zögerte, wackelte beunruhigend mit seinem Reisigschwanz und sauste dann weiter.

»Was ist das?«, rief Kitty. »Sieh mal!«

Sie zeigte auf den Horizont, wo man durch die Wolken hindurch den fast vollen Mond aufgehen sah. Eine Gruppe dunkler Schatten bewegte sich dort. Annabelle wollte etwas sagen, aber vor lauter Angst hatte es ihr die Sprache verschlagen.

Sie wusste, was das war.

Die dunklen, geflügelten Schatten wurden immer deutlicher. Sie kamen näher. Der Wind griff den Klang ihrer Stimmen auf und trug ihn über eine große Entfernung herbei. Sie seufzten ein einziges Wort: *Annabelle.*

»Schnell, wir müssen weg!«, rief Annabelle schließlich. »Schnell, lieber Besen!«

Jetzt war keine Zeit für Sturheit. Annabelle dachte wieder an Miss Henriettas nach oben gerichtetes Gesicht in ihrer Vision und plötzlich schoss der Besen abwärts. Die Röcke flogen ihnen vor dem Gesicht herum und sie stürzten mit einer solchen Geschwindigkeit Richtung Boden, dass Annabelle überzeugt war, gleich sterben zu müssen. Beide Mädchen schrien einstimmig. Sie schrien und schrien, bis der Besenstiel anhielt und mit ausgesuchter Höflichkeit sanft durch den Nebel hinabsank, wo eine Straße auftauchte, in der Miss Henrietta vor dem Laden stand und ängstlich in den Himmel hinaufsah.

* * *

»Schnell! Mr Angel hat Schattenwesen ausgesandt«, sagte Miss Henrietta, scheuchte sie in den Laden und schloss die Tür. Sie nahm den Ondona vom Ladentisch und richtete ihn auf das Schaufenster. Die Schattenwesen glitten draußen langsam herab wie schwarze Engel.

Annabelle starrte sie an und konnte sich nicht rühren. Sie hörte, wie sich Kittys Atem neben ihr beschleunigte. Es waren wirklich Schatten, aber sie veränderten dauernd ihre Gestalt. Erst waren sie große dünne Männer mit Zylindern, die durch die Schaufenster linsten, dann schrumpften sie zu unheimlichen grauen Doppelgängern von Miss Henrietta mit erhobenem Zauberstab. Schließlich wurden sie zu einer schwarzen Masse, die sich ans Fenster presste und mit den schwarzen Flügeln schlug wie ein Mottenschwarm. Ihre Krallen, das einzig Massive an ihnen, trommelten und kratzten an die Fensterscheibe.

Miss Henrietta hob den Ondona und schloss die Augen. Sie hielt die Augen so lange geschlossen, dass Annabelle sich schon fragte, ob sie wusste, was sie tat, aber dann plötzlich schrie ihre Großtante: »Benignus!«

Unterstützt von ihrem Zauberstab, feuerte sie das Wort auf das Schaufenster ab. Ein großes, goldenes Licht erschien dort und die Schattenwesen wichen zurück, schwebten hinauf, verschwanden.

»Sie mögen kein Licht«, sagte Miss Henrietta, »aber es wird sie nicht lange abhalten. Schnell, folgt mir.«

Sie nahmen die linke Tür durch den magischen Lagerraum, der leise vor sich hinzusummen schien, als grübelte er über ein kompliziertes Problem nach. Annabelle sah Kitty an. Auch sie hatte die Augen vor Staunen weit aufgerissen.

Sie eilten die Treppe hinter der großen, braunen Tür hinab, Miss Henrietta voran, der Kerzenschein eilte neben ihr die Wand entlang.

Miss Estella saß mit freudig erregter Miene aufrecht im Bett. »Sieh sie dir an, sieh sie dir an«, rief sie. »Das zaubermächtige Mädchen, zaubermächtiger geht es gar nicht. Und das Mittelsmädchen wird ihr unterwegs helfen.«

»Ich gehe nirgendwohin«, erwiderte Kitty. »Ich habe sie zu den Zauberern und zurück gebracht. Das ist alles, worum Sie mich gebeten haben.«

»Aber du hast die Schattenwesen doch gesehen, Kitty!«, rief Miss Henrietta. »Du verstehst genug von solchen Dingen und das Handbuch sagt, dass die Jüngste und Fähigste der Großen & Gütigen Zaubergesellschaft auf der Reise zur Beschaffung des Ewigbesten Zauberstabs eine Gefährtin haben soll.«

»Is mir egal, was irgend so ein blödes Buch sagt«, erklärte Kitty und blieb neben der Tür stehen, als wollte sie jeden Moment weglaufen.

»Setz dich aufs Bett«, forderte Miss Henrietta Annabelle auf. »Wir müssen jetzt die Karte in dich singen.«

»Hat sie Platz in sich?«, fragte Miss Estella.

»Genug – hoffentlich genug«, sagte Miss Henrietta, griff mit einer Hand nach Annabelles und legte ihr die andere auf die Stirn. Miss Estella tat es ihr nach und stieß dabei einen ihrer wilden Schreie aus, woraufhin Annabelle vor Schreck zusammengezuckt wäre, wenn sie gekonnt hätte.

Aber sie konnte nicht.

Sie konnte sich überhaupt nicht rühren.

Die Hände ihrer Großtanten hatten sie vollständig gelähmt.

Ein Licht begann sie auszufüllen, ein entsetzlich grelles Licht, und dann eine unvermittelt ansteigende, rauschende, drängende Energiequelle. Es war, als wäre ihr Kopf eine kleine Flasche, die mit einem reißenden Fluss befüllt wurde. Sie wollte *Halt!* rufen, aber sie konnte nichts tun.

In sie hinein flossen die Straßen von London, sowohl die gepflegten, gepflasterten, gestutzten und geschniegelten Straßen ihrer Kindheit als auch die raueren, die wild zerstreuten, heruntergekommenen Mietshäuser und die schiefen Silhouetten der Elendsviertel. Dazu die Straßen, die sich in den Feldern, den Friedhöfen und den Wäldern verloren, die sie nie kennengelernt hatte. All das wurde in ihren Kopf gepresst, geschoben und gequetscht. Alte und neue Kirchen, Bahnhöfe und Fabriken, Kathedralen und Beinhäuser, Villen und Krankenhäuser, bis Annabelle dachte, sie würde explodieren. Dann plötzlich Abwasserkanäle, Tunnel und Flüsse, die ihr laut in den Ohren rauschten, dazu Steintreppen, die sich unaufhaltsam in die Dunkelheit hinabwanden.

Und in sie flossen verschiedene Katakomben, bis in den letzten Winkel, bis sie es nicht länger ertragen konnte, und in sie hinein flossen düstere Orte, die Wurzeln der großen Londoner Bäume – sie konnte sie sehen – und tiefe, dunkle Orte mit Durchgängen, die zu noch finstereren Orten hinabführten. Annabelle senkte den Blick und sah, dass dort, wo ihre Großtanten ihr die Hände aufgelegt hatten, Linien auf ihrer Haut erschienen.

Sie betrachtete sie voller Entsetzen, aber sie konnte nichts tun. Die Linien erschienen zunächst auf ihrer linken Handfläche und breiteten sich dann aus – markierten Durchgänge, Tunnel und Treppen. Seltsame Wörter erschienen, Pfeile, gepunktete Linien, Schächte und Kammern und hier und da wilde, schiefe Schrift.

Annabelle spürte, wie die Linien sich auf ihrer Haut immer weiter entfalteten, ihren Arm überzogen – Höhlen und Klippen, dann unvermittelte Abgründe –, unaufhaltsam über ihren Hals bis zu ihrer linken Wange krochen.

»So«, sagte Miss Henrietta, und ihre Großtanten lösten ihre Hände von Annabelle. Sie sahen sie an und konnten ihr Entsetzen nicht verbergen.

»Ich kann mich nicht daran erinnern, dass das so sein sollte«, erklärte Miss Henrietta.

Annabelle drehte ihren linken Arm, der vollkommen mit der Karte überzogen war, hin und her.

»Es ist, wie es ist und wie es sein muss«, erwiderte Miss Estella, wirkte jedoch ausgesprochen bestürzt.

Da stand Annabelle auf und ging zur Frisierkommode neben Miss Estellas Bett. Sie starrte ihr Spiegelbild an, die Linien, Gänge und Höhlen, die überall auf ihrem Arm und Gesicht zu sehen waren.

»Was habt ihr mit mir gemacht?«, wollte sie schreien.

Und das hätte sie auch getan, wenn von oben her nicht ein Krachen und Windesrauschen ertönt wäre.

»Schnell – verriegel die Tür, Kitty!«, rief Miss Henrietta.

Kitty hatte gerade den Riegel vorgeschoben, als etwas heftig dagegenschlug.

Annabelle ... seufzten die Schattenwesen von draußen.

Ihre Stimmen drangen unter der Tür hindurch und Kitty wich zurück, den Blick auf den Boden gerichtet. Unter dem Türspalt breitete sich Dunkelheit aus.

Annabelle wandte sich wieder dem Spiegel zu. Sie hatte das Gefühl, zu träumen. Sie starrte ihr verunstaltetes Gesicht an. Das hatte ihre Mutter bestimmt nicht gewollt. Ihre Mutter hatte bestimmt nur gewollt, dass sie lernte, wie man etwas im Schubladenschrank fand, oder vielleicht, wie sie in ihren Sehstein schauen musste.

Aber sie hatte keine Wahl.

Sei tapfer.

Sie hatte keine Wahl und alles war anders und nichts wie zuvor.

Sei gut.

Ich bin Annabelle Grey, dachte sie. Der Sehstein ruhte sicher in ihrem Mieder. Die Karte war auf und in ihr. Der Besen lag in ihrer Hand.

Ich bin Annabelle Grey, dachte sie. *Die furchtlose Retterin guter Magie.*

Wie gern wollte sie diesen Worten Glauben schenken. Nur leider gelang ihr das ganz und gar nicht.

Aber sie wollte nicht, dass diese schrecklichen Wesen und Mr Angel London eroberten.

»Beeilt euch!«, rief Miss Henrietta und klappte eine Falltür neben Miss Estellas Bett auf.

Miss Estella streckte die Hände nach Annabelle aus. Sie fasste Annabelle an den Schultern und drückte ihr mit pergamenttrockenen Lippen einen Kuss auf die Wange.

»Hier sind die Antworten«, sagte sie und berührte Annabelles Kopf und dann ihr Herz. »Dort wirst du deine Zauberkraft finden.«

Miss Estella wandte sich an ihre Schwester. »Gib ihr den Ondona, Hen. Sie werden ihn brauchen. Ich kann es spüren.«

»Sie weiß nicht, wie man damit umgeht«, sagte Miss Henrietta.

»Sie wird es wissen«, entgegnete Miss Estella. »Dessen bin ich sicher.«

Miss Henrietta richtete den Ondona auf die Falltür. »Benignus«, rief sie genau wie im Laden. »Benignus!«

Ihre Miene war grimmig und aus der Spitze des Zauberstabs schoss Licht und überzog den Rand der Falltür, der daraufhin weiß blitzte, schimmerte und zischte.

Sie drückte Annabelle den Zauberstab in die Hand und scheuchte sie auf den Durchgang zu. Annabelle linste durch das Funkeln hinunter auf eine Leiter, die in die Dunkelheit hinabführte. Würde das magische Licht sie verbrennen?

»Los!«, schrie Miss Henrietta, und Annabelle ging schnell auf die Knie. Sie klemmte sich den Besenstiel unter den

Arm, drehte sich um und tastete mit dem Fuß nach der Leiter. Sie bestieg die erste Sprosse und blickte in Miss Henriettas ernste Miene.

»Aber Sie brauchen den Zauberstab doch selbst«, sagte Annabelle. Das war ihr gerade bewusst geworden. »Um sich gegen diese Wesen zu wehren!«

»Los, schnell«, rief Miss Henrietta. Sie packte Kitty, die wie erstarrt den schwarzen Schatten anstarrte, der unter der Tür hindurchdrang, und schob sie auf die Leiter zu.

Kitty kletterte hinter Annabelle her, den Blick immer noch auf den sich ausbreitenden Schattenfleck auf dem Boden gerichtet. Sie wollte nicht mit, aber es gab keinen anderen Ausweg aus dem Zimmer, weg von diesen Wesen.

Annabelle ... flüsterten sie, und das Geräusch drang langsam hinter dem Schatten durch den Türspalt und verteilte sich im ganzen Zimmer. Miss Henrietta schlug die Falltür hinter den Mädchen zu.

Es war dunkel.

Entsetzlich dunkel.

Nur ein schmales Quadrat aus Zauberlicht über ihnen.

Sei tapfer. Sei gut.

Annabelle hörte, wie Miss Henrietta etwas mit hoher Stimme rief. Laute Wörter. Wilde Wörter. Magische Wörter. Sie hörte Miss Estella mitkreischen. Zauberwörter. Herzwörter. Rettende Wörter. Annabelle kletterte mit Kitty die Leiter hinab. Sie stiegen hinunter und immer weiter hinunter in die Dunkelheit.

II

Füllstand der schwarzen Magie: ⅔ voll

8

»Eine junge Dame auf Reisen sollte immer darauf achten, dunkle Kleidung zu tragen und ein höfliches, zurückhaltendes Gebaren an den Tag zu legen.«

Miss Finchs kleines blaues Buch (1855)

Hinab ging es nach Unter-London. Der Besen klemmte zitternd unter Annabelles Arm, als hätte er Angst im Dunkeln, und Annabelle wiederum hing zitternd an der Leiter, weil sie ebenso große Angst hatte. Einen Besen und einen Zauberstab zu halten, dabei eine Leiter hinunterzusteigen und gleichzeitig entsetzlich zu zittern machte das Ganze furchtbar schwierig. Es bestätigte Annabelles Annahme, dass die Mitglieder der Großen & Gütigen Zaubergesellschaft sich geirrt haben mussten, als sie ausgerechnet sie als das zaubermächtige Mädchen ausgewählt hatten.

Es war eine schrecklich lange Leiter. Annabelles und Kittys Augen gewöhnten sich mit der Zeit an die Dunkelheit. Erst war der geziegelte Schacht sehr schmal, aber etwa auf halbem Weg wurde er zu einem viel breiteren Tunnel. Von dort aus konnten sie erkennen, dass die Leiter im Wasser endete. Annabelle entdeckte ein winziges Ruderboot ganz weit unten: Miss Estellas Ruderboot. Allein beim Gedanken an ihre Großtanten hätte sie am liebsten geweint.

Ich bin die furchtlose Retterin guter Magie, sagte sie sich streng, aber ihre Unterlippe zitterte. Weit über ihnen konnten sie hören, wie an die Falltür gehämmert und daran gerüttelt wurde.

»Kommen diese Wesen da durch?«, fragte Annabelle. Die Ziegel um sie herum verstärkten ihre Stimme.

Oh, diese schrecklichen Wesen durften sie nicht hören.

Diese dunklen Wesen. Diese Wesen, die sie nicht verstand.

Diese Wesen, die ihren Namen flüsterten.

»Wenn du immer wieder anhältst, bestimmt«, sagte Kitty, die schnell die Leiter hinabstieg und Annabelle gelegentlich auf die Finger trat, was deren Ärger noch vergrößerte. »Wir müssen zum Fluss.«

Der schnelle Fluss würde sie wegbringen. Kitty verstand den Fluss. Seine rauschende Stimme drängte: *Schnell, schnell, schnell.* Kitty kannte das Wasser, kannte das Geräusch der Gezeitenwende, der überbauten Flüsse, die die ganze Nacht über durch Gräben und Kanäle plätscherten. Sie kannte die Stimmen der vergessenen Brunnen und Quellen. Teiche, in denen sich der Himmel über dem Moor spiegelte. Und dieser Fluss hier sagte: *Rasch, rasch, rasch.*

Als Kitty und Annabelle nebeneinander auf der untersten Sprosse der Leiter standen, leckte der Fluss an ihren Stiefeln. Er war laut, dieser Fluss. Er klatschte, schwappte und brüllte: *Schnell, schnell, schnell.* Er stank. *Wenn das hier Unter-Lon-*

don ist, dachte Annabelle, *riecht es modrig.* Ihre Augen begannen zu tränen. Es stank nach menschlichen Exkrementen und toten Kreaturen. Und noch schlimmer, das Boot lag gar nicht direkt an der Leiter, sondern ungefähr zwei Körperlängen entfernt. Der reißende Fluss hatte den Haltestrick des Bootes straff gespannt.

»Und jetzt?«, flüsterte Annabelle. Hoch über ihnen klapperte die Falltür.

»Versuch, es ranzuziehen«, sagte Kitty und sie packten beide den Strick, aber der Sog des Flusses war zu stark. Über ihnen wurde erneut mehrmals gegen die Falltür geschlagen.

Annabelle hatte Angst, entsetzliche Angst, und ihre Knie waren ganz weich.

»Wir müssen springen«, sagte Kitty. »Es ist nicht so weit.«

Annabelle sah das Boot an und die dunklen Wassermassen, die zwischen ihnen und dem Kahn rauschten. Den Fluss, der roch wie tausend Nachttöpfe. Sie nickte, obwohl sie noch nicht einmal von Stein zu Stein über ein hübsches Bächlein gehüpft war. Sie holte tief Luft und versuchte mit aller Kraft, ein Schluchzen zu unterdrücken.

»Es geht nicht anders, Annabelle Grey«, sagte Kitty, und Annabelle sah ihre grünen Augen im schwachen Licht funkeln. Kitty sah aus wie ein Mädchen, das über breite Gräben springen und auf sehr hohe Bäume klettern konnte. »Komm ... gib mir den Besen und den Zauberstab.«

Kitty nahm Annabelle beides ab, bevor diese widersprechen konnte. Über ihnen hämmerte es laut an die Falltür.

»Du schaffst das«, sagte Kitty. Sie konnte den Fluss auf eine Art hören, wie es Annabelle nicht möglich war. Mit seiner rastlosen Stimme rief er: *Fort, fort, fort!*

»Sieh mir zu.« Kitty sprang von der Leiter wie eine Katze von einer Mauer. Dabei stieß sie einen leisen Schrei aus. Es war ein wildes Geräusch und schien sie über das Wasser zu tragen. Annabelle sah, wie sie genau im Boot landete und der Kahn heftig schaukelte.

»Spring!«, rief Kitty.

»Ja«, sagte Annabelle, rührte sich jedoch nicht vom Fleck.

»Jetzt!«, schrie Kitty.

Hoch oben donnerte die Falltür.

»Ja«, sagte Annabelle wieder.

Sei tapfer. Sei gut.

Annabelle schloss die Augen und setzte zu einem Schrei an, so wie Kitty es getan hatte. Heraus kam nur ein dünnes Quietschen und Annabelle merkte schon im Sprung, wie sie fiel. Sie schrie lauter, kniff die Augen fester zusammen und hoffte darauf, jeden Moment das hölzerne Boot unter ihren Füßen zu spüren. Sie sehnte das Boot regelrecht herbei.

In diesen kurzen Sekunden, die sich wie Minuten anfühlten, schoss ihr durch den Kopf, dass sie sich vielleicht noch nie so sehr nach etwas gesehnt hatte.

Und dann spürte sie das Wasser, den unvermittelten Schreck von kaltem, stinkenden Wasser.

* * *

Der Fluss zog Annabelle hinab. Er drückte ihren Kopf unter Wasser, drang in ihren Mund, rauschte ihr in den Ohren. Er erfasste sie, schnappte sie und schleuderte sie herum. Er wollte sie für sich haben. Annabelle war noch nie geschwommen. Sie schlug wild um sich, versuchte die Arme zu heben, aber der Fluss packte sie von unten. Er riss an ihren Röcken und an ihrem Umhang, zog und zerrte an ihr und saugte sie in einem Strudel abwärts.

»Hilfe!«, rief sie und Kitty hörte es, bevor Annabelle wieder unterging.

Kitty hantierte an dem Haltestrick und verfluchte das hübsche Mädchen mit der Landkarte auf der Haut, dieses Zaubermädchen, das bereits ertrinken würde, bevor es auch nur einen Blick in ihren blöden roten Glasstein geworfen hatte. Dann löste sie den Strick und das Boot rauschte auf dem Fluss davon.

»Annabelle!«, rief sie und linste in die Dunkelheit.

Der Fluss gab Annabelle vorübergehend frei und sie schnappte nach Luft. Er warf sie gegen die Ziegelwand und hob sie plötzlich auf einen Vorsprung, wo sie nach einem Metallgitter griff, an dem sie sich festklammerte.

»Hilfe!« Sie hustete und sah Kitty im Boot an ihr vorbeifahren.

»Bleib, wo du bist!«, rief Kitty und verfluchte das Mädchen erneut. »Ich versuche anzuhalten.«

Der Fluss schoss durch den Ziegelkanal; er trug Kitty in dem kleinen Boot davon. Er schleuderte sie gegen die

Wände und wirbelte das Boot herum wie ein Blatt auf einem Bach. Kitty nahm ein Ruder und versuchte gegen die Strömung anzurudern, aber das Boot wurde nicht langsamer. Annabelles Rufe in der Dunkelheit klangen immer weiter entfernt.

»Bleib, wo du bist!«, rief Kitty noch einmal und ruderte, so fest sie konnte. Sie ruderte und ruderte, bis es ihr schließlich gelang, das Boot querzustellen. Genau in diesem Moment wurde der Tunnel glücklicherweise schmaler, und Bug und Heck des Bootes verkeilten sich mit einem so heftigen Ruck an den Wänden, dass Kitty beinahe herausfiel.

»Annabelle«, rief sie, als sie sich wieder aufgerappelt hatte. »Lass dich vom Fluss hier rübertreiben. Ich habe hier angehalten, du wirst auf das Boot treffen.«

»So ein Mumpitz«, rief Annabelle. Sie war aus dem Wasser geklettert und saß zitternd auf dem Gitter. Auf keinen Fall würde sie wieder hineinspringen.

»Du musst!«, hörte sie Kitty von weit her rufen. »Da kannst du nicht bleiben.«

Annabelle sah in das dunkle Wasser, das unter ihren Zehen rauschte.

Der Fluss, der geheime Fluss, der schon so lange unter der Stadt verborgen lag, gefiel ihr nicht. Flüsse sollten hübsch und sauber sein, mit grünem Rasen am Ufer, wie die, auf denen sie mit Isabelle Rutherford Bötchen gefahren war. Flüsse waren Orte, an denen man hinter einem Sonnenschirm kicherte und die Aussicht genoss.

Etwas so Schreckliches war ihr noch nie passiert.

Sie schloss die Augen und wünschte sich weit weg.

»Beeil dich!«, ertönte Kittys Stimme. »Das Boot fährt gleich weiter und dann bist du verloren.«

»Scheibenhonig!«, rief Annabelle und sprang wieder in das stinkende, schwarze Wasser. Sie war vermutlich noch nie wütender gewesen.

Kitty hörte das Platschen. »Gleich erreichst du das Boot!«, rief sie, um Annabelle Mut zuzusprechen, hörte jedoch nichts außer der lauten Stimme des Flusses an den Ziegelwänden. »Annabelle?«

Nichts außer dem vorbeischießenden Fluss.

»Annabelle?«

Dann ein Stoß und ein Ruck, von dem sich das kleine Boot leicht schräg legte. Annabelles Gesicht tauchte in der Dunkelheit auf.

»Komm«, sagte Kitty und zog Annabelle näher, bis sie sie unter den Achseln packen konnte. Sie hievte die schmutzige, stinkende, bis auf die Knochen durchnässte Annabelle ins Boot und lachte.

»Hör auf!«, schrie Annabelle, dann musste sie so heftig husten, dass sie über den Bootsrand spuckte.

Kitty hatte noch nie eine junge Dame in einem derart jämmerlichen Zustand gesehen. Sie betrachtete Annabelles aufgelöstes und zerzaustes blondes Haar und ihr schlammiges Rosenkleid.

Annabelle erwiderte ungläubig ihren Blick. Noch nie war

sie jemand so Unhöflichem begegnet. Sie war beinahe ertrunken und dieses schreckliche Mädchen lachte bloß!

»Tut mir leid«, sagte Kitty und ersetzte ihr Lachen durch ihren ernsten grünäugigen Blick. »Aber du siehst einfach so zerrupft aus.«

»Tja, schließlich bin ich auch fast ertrunken«, sagte Annabelle. Alles roch nach diesem schrecklichen Fluss. Der Gestank saß in ihrer Nase und ihrem Hals fest. Sie konnte ihn schmecken und allein beim Gedanken daran musste sie beinahe wieder würgen.

»Fast, aber nicht ganz«, sagte Kitty. »Ich habe dich gerettet.«

* * *

Annabelle wusste, dass sie sich eigentlich bedanken müsste, aber sie wollte nicht. Nicht bei jemandem, der sie gerettet und dann ausgelacht hatte. Das grünäugige Mädchen sah sie unverwandt an.

»Ich wäre dir sehr verbunden, wenn du mich nicht dauernd anstarren würdest«, sagte Annabelle äußerst höflich.

Kitty lachte wieder ihr leises Lachen. Sie stieß mit dem Ruder gegen die Ziegelmauer, bis sich der Bug des Bootes löste und drehte und das Boot weiterfuhr.

»Wir müssen einen Weg hier raus finden«, sagte Kitty. »Wir brauchen deine Karte.«

Annabelle blickte auf ihre Hände. Ihr Spiegelbild in Miss Estellas Frisierkommode fiel ihr wieder ein. Sie saßen aus einem bestimmten Grund in diesem Boot: um den Ewigbesten Zauberstab zu finden, ihn der Großen & Gütigen Zaubergesellschaft zu bringen und ganz London zu retten, ihr Zuhause eingeschlossen. Bei der Erinnerung stockte ihr der Atem. *Zu Hause!* Sie wollte ihr Haus und ihre Mutter wiederhaben und Mercy, die sie zum Abendessen rief. Das Boot schoss den dunklen Fluss entlang. Es entfernte sie immer weiter von allem, was sie kannte. Sie war noch nie so weit von zu Hause weg gewesen.

»A...a...aber wir müssen doch nach Unter-London«, stammelte Annabelle. »Um den Zauberstab zu suchen und Mr Angel Einhalt zu gebieten.«

»Du kannst so viel suchen und retten, wie du willst«, entgegnete Kitty. »Ich will wieder nach oben. Ich habe nur gesagt, ich würde dich zu den Zauberern und wieder zurück bringen, und jetzt bin ich hier unten, wo ich gar nicht hinwollte.«

Sie war ein Mädchen, das Luft zum Atmen und die Weite des Himmels brauchte.

»Aber weißt du nicht mehr?«, fragte Annabelle. »Weißt du nicht mehr, was die Zauberer gesagt haben? Alle gute Magie hängt von uns ab.«

»Von *dir*«, sagte Kitty.

»Aber du hast diese Wesen doch gesehen!«, rief Annabelle. Das Boot knallte gegen eine Wand, wovon sie sich einmal um sich selbst drehten und dann plötzlich an eine breitere, offenere Stelle gespült wurden. »Mr Angel will eine

Armee von ihnen heraufbeschwören und die Stadt erobern. Du musst mir helfen.«

»Musst du eigentlich ununterbrochen reden?«, fragte Kitty, als hätte Annabelle etwas vollkommen Unwichtiges gesagt.

Annabelle zitterte vor Kälte. Es war ihr noch nie so schlecht gegangen. Sie befand sich auf einem stinkenden unterirdischen Fluss zusammen mit dem schlimmsten Mädchen aller Zeiten – die sagte, sie würde ihr nicht helfen – und sie musste ganz allein einen Zauberstab finden und alle retten.

Durch die Dunkelheit spähte sie an die Stelle, wo das Wasser sich verlangsamt hatte. Sie musste einen Weg finden, das wusste sie. Sie musste einfach nur nachdenken. Annabelle versuchte, die Tasse ihres Geistes zu leeren, wie Miss Henrietta es ihr beigebracht hatte, aber dort gab es einen riesigen Gedanken, der allem im Weg stand: Sie konnte Kitty nicht leiden.

Kitty begann leise vor sich hinzusummen und davon konnte Annabelle sie noch weniger leiden. Sie blinzelte, um die Tränen zu vertreiben. Ja, sie verabscheute dieses Mädchen. Miss Henrietta und Miss Estella waren im Vergleich zu diesem Mädchen geradezu reizend. Es gefiel ihr nicht, jemanden zu verabscheuen. Sie war nicht daran gewöhnt. Sie war nur an schöne Dinge gewöhnt. Es war ein heftiges Gefühl, das an ihrem Innern nagte.

Kitty summte.

»Hör auf«, sagte Annabelle.

Aber Kitty hörte nicht auf.

Kitty summte noch eine ganze Weile weiter und wurde immer lauter, bis sie den Mund aufmachte und einen faustgroßen, blauen Lichtball hervorbrachte. Er schimmerte und glitzerte und Annabelle wich erstaunt zurück. Im Schein des Balles sah sie Kittys ernstes kleines Gesicht, den Ondona, den Besen auf dem Boden des Bootes sowie ihre Hand und ihren Arm, die von der Karte überzogen waren.

»Wie hast du das gemacht?«, flüsterte Annabelle. Jetzt konnte sie das dunkle Wasser und die gewölbte Ziegeldecke über ihnen sehen. Sie befanden sich in einer großen unterirdischen Höhle. Das Wasser tröpfelte und rieselte laut.

»Ich habe das Licht einfach mit einem selbst ausgedachten Zauberlied heraufbeschworen.«

»Wo kommt es her?«

Kitty zuckte die Achseln. »Aus meinem Herzen, glaube ich.«

Annabelle fiel wieder ein, was Miss Henrietta gesagt hatte. *Ich habe gehört, sie könne ihr Seelenlicht herbeisingen. Es gibt nicht mehr viele Mädchen wie Kitty.*

»Du kannst zaubern?«, flüsterte Annabelle.

Kitty antwortete nicht. Stattdessen räusperte sie sich geräuschvoll und spuckte über den Rand des Bootes. Annabelle schauderte. Kitty ließ das Licht auf- und abhüpfen. Ihr Gesicht verschwand in der Dunkelheit und tauchte wieder auf.

»Nun, ich werde den Zauberstab finden«, sagte Annabelle. »Das muss ich. Ich habe die Karte. Ich werde den Weg schon finden.«

Aber ihre Stimme klang schwach und leise.

Sie schaukelten auf dem Wasser und Kitty lachte wieder, aber sanft diesmal. Sie holte tief Luft und dehnte ihr Herzlicht aus, sodass sie die Stelle, an der sie gelandet waren, besser sehen konnten. Der Fluss hatte sich verbreitert und verlangsamt. Die Höhle war rund, die Decke gewölbt. Vor ihnen ragten drei Torbögen wie dunkle Mäuler auf.

Kitty dachte nach. Sie dachte an die Nacht über ihnen. Wie der Mond am Himmel emporkroch, der schmutzige Nebel sich vielleicht aufgelöst hatte und überall Londons geheime Orte erwachten. Die großen Bäume würden ihre zitternden Botschaften aussenden. Etwas Schlimmes war im Anzug, das war jetzt deutlich zu spüren. Das hatten sie gesagt. Die Wildgräser im Marschland von Hackney würden ein warnendes Lied singen. Die Wiesen, versteckt und verborgen hinter Gaswerken und Fabriken, dort, wo die Bauernhöfe an die Stadt grenzten, voller sommerlicher Glockenblumen und Heckenrosen, würden schrill aufkreischen.

Dunkelheit naht. Finsternis naht.

Die Schattenwesen machten Kitty Angst. Allein der Gedanke daran, wie sie über ihre Lieblingsplätze strichen und sie vernichteten. Sie hatte auch schon andere dunkle Dinge gesehen und tückische Orte kennengelernt, Orte voller übler Gefühle, aber nichts hatte ihr je so viel Angst eingejagt wie diese Schattenwesen.

Ohne ihre Hilfe würde Annabelle nicht weit kommen. Das wusste Kitty genauso gut, wie sie wusste, dass der Fluss sie mit seinem Lied vor Gefahr warnte. Es ärgerte sie, denn sie war hungrig und müde und hatte nicht damit gerechnet, dass ihr Tag sich so ungünstig entwickeln würde. Aber jetzt ergab das komische Gefühl des Endes und des Neuanfangs einen Sinn. Sie seufzte.

»Mit dieser Schrift haben sie dein hübsches Gesicht völlig verunstaltet«, sagte sie schließlich.

»So etwas darfst du nicht sagen«, erwiderte Annabelle.

»Stimmt aber«, sagte Kitty. »Ich habe noch nie ein Mädchen gesehen, das überall mit Wörtern und Linien bedeckt ist.«

»Hör auf!«, rief Annabelle.

»Lass mal sehen, was die Karte zeigt.« Kitty verkleinerte ihr Herzlicht und ließ es direkt über Annabelles Hand schweben.

»Hilfst du mir also?«, fragte Annabelle.

»Ich werde dir helfen, den Weg zu finden«, sagte Kitty. Ihr knurrte der Magen und sie musste an ihren verdorbenen Abend denken. »Allein schaffst du das nie.«

In Islington gab es eine Taverne, in der die Musik aufgehört hatte zu spielen. Auf den Stühlen lagen Staubhäufchen und auf dem Boden ebenfalls. Mr Angel trat mit seinem Schuh danach. Er hob den Schwarzen Zauberstab und bewunderte ihn. Jetzt war er mächtiger als je ein Mann zuvor. Davon war er überzeugt. Er war voller Dunkelheit und Zerstörung und er lachte und wischte sich entsetzliche Tränen aus den Augen.

Er wanderte durch die Straßen, die in seinem seltsamen Zaubernebel versunken waren. London war von wütenden Geräuschen angefüllt. Auf der Themse heulten Nebelhörner, und Boote, die vor Anker lagen, läuteten ihre Glocken. An den großen Kreuzungen schrien sich Männer aufgeregt an und lotsten Kutschen mit Laternen hinüber, die den Dunst kaum durchdrangen. Es war ein rußiges, schmutziges, erstickendes London.

In dunklen Gassen beschwor Mr Angel sieben Schattenwesen herauf. Dann noch mal sieben, die seit Jahrhunderten im Kreuzgang einer großen Kirche geschlafen hatten. Aus Gittern über Abwasserkanälen erweckte er sie singend zum Leben, Umbra, antumbra. Er beschwor sie herauf und sie taten ihre ersten Atemzüge. Er befahl ihnen, ihn zum Zauberladen zu bringen, und wimmelnd und sich windend wuchsen sie zu einem Wagen heran. Aus ihren Krallen bildeten sie einen Sitz, auf dem er Platz nehmen konnte. Sie trugen ihn aus der dreckigen Straße hinauf in den Himmel.

»Annabelle Grey?«, fragte er Miss Estella und Miss Henrietta in ihrem Bett. »Ich brauche sie. Wenn ich morgen bei Vollmond die Maschine mit dem Mädchen füttere, wird ihre Macht vollkommen sein. Dann werde ich meine dunkle Armee heraufbeschwören.«

Natürlich sagten sie ihm nicht, wo sie war.

Trotzdem drängten sich die Schattenwesen an der Falltür,

die zu dem geheimen Fluss hinabführte. Dort brannte immer noch das Licht des Ondona.

Mr Angel betrachtete die beiden alten Frauen traurig. Er schnalzte leise mit der Zunge.

»Sie glauben, dass sie Sie retten kann?«, fragte er sanft.

Er richtete den Schwarzen Zauberstab auf das Licht und löschte es.

»Mit der guten Magie ist es vorbei«, sagte er. Dann bückte er sich, schob den Riegel zur Seite und öffnete den Schattenwesen die Falltür.

9

»Wenn eine junge Dame sich über Passagiere mit schlechten Manieren ärgern muss, sollte sie aus dem Fenster schauen und die Aussicht genießen.«

Miss Finchs kleines blaues Buch (1855)

Das Wetter auf Kittys Gesicht wechselte ständig. Annabelle hatte den Eindruck, dass das Mittelsmädchen meistens die Stirn runzelte oder beschämt wirkte, aber gelegentlich kam die Sonne durch und dann erschien ein winziges Halblächeln, begleitet von dem kleinen, wilden Gegacker, das so freudig klang. Jetzt, als Annabelle den Lichtball betrachtete, der zwischen ihnen hing, war so ein winziges Lächeln zu sehen.

»Ich verstehe nicht, was das ist«, sagte Annabelle. »Ich meine ... wo kommt es her?«

»Hierher.« Kitty zeigte stirnrunzelnd auf ihre Brust. »Aus mir.«

»Aber wer hat dir das beigebracht?«, fragte Annabelle.

»Niemand.«

»Aber was für ein Zauber ist das?«

»Woher soll ich das wissen? *Mein* Zauber«, sagte Kitty.

Wieder erschien ein kleines Lächeln, das jedoch schnell von einem Stirnrunzeln ersetzt wurde, als Kitty sich vorbeugte und Annabelles Hand nahm. Sie fuhr mit ihren schmutzigen Fingernägeln den Weg auf ihrer Haut entlang. Die Linie begann auf Annabelles linker Handfläche und sie wussten beide, dass das der Zauberladen, die dunkle Treppe und die Leiter zum geheimen Fluss waren.

Vom Eingang aus führte ein ganzes Labyrinth aus Linien weg, winzige, eng beieinanderliegende Linien, die den unterirdischen Fluss zeigten, der sich tief unter London hindurchwand und -schlängelte. Auf dem Handballen befanden sich ein größerer Raum sowie drei von feiner Zauberhand gezeichnete Torbögen.

»Hier sind wir jetzt«, sagte Kitty und berührte die Stelle mit den drei Torbögen. »Und wir können nur einen Weg nehmen.«

Sie saßen schon seit einer ganzen Weile in dem kleinen Boot, aber die Linie hatte sich nur einmal um Annabelles Handfläche gewunden. Annabelle kannte sich aus dem Geografieunterricht mit Kartenmaßstäben aus. Die Karte erstreckte sich über ihren Unterarm und ihren Oberarm bis hin zu ihrem Hals und Gesicht. Unter-London stank nicht nur, es war auch sehr groß. Kitty fuhr mit dem Finger von dem ersten Torbogen einen Weg entlang, der an Annabelles Handgelenk endete. Eine Sackgasse. Sie fuhr den zweiten Weg entlang, der sich bis zur anderen Seite von Annabelles Handgelenk schlängelte. Dort waren Wellen eingezeichnet.

»Das Meer«, sagte Kitty und dachte an die Marsch, an kreisende Vögel und die Art, wie der Wind dort von weit entfernten Orten erzählte.

»Aber ans Meer wollen wir nicht«, sagte Annabelle.

Die dritte Linie, die Kitty mit dem Finger nachzeichnete, wand sich zwischen unzähligen anderen Linien, die an andere Orte führten, hindurch. Sie verlief über Annabelles Handgelenk bis auf ihren Unterarm.

»Was steht da?« Kitty zeigte auf einen dicken, schwarzen Strich und Wörter, die Annabelle über Kopf lesen musste.

»Das ... Singende ... Tor«, sagte sie. »Was für ein seltsamer Name.«

»Das Singende Tor«, wiederholte Kitty und fuhr mit den Fingern über die Wörter. »Davon habe ich schon mal gehört.«

»Wo?«

»Sie reden darüber«, sagte Kitty. »Das kleine Volk – sie singen und jammern immer darüber. Auch die Zauberer sprechen davon. Es schützt Unter-London. Hält jeden daraus fern, der nicht dort hineinsoll.«

Annabelle hatte noch nie davon gehört. Sie wünschte, ihre Großtanten hätten es erwähnt, wenn es etwas so Wichtiges war. Kitty wusste viel mehr als sie – Kitty, die bei den Heinzelmännchen Tee holte und mit Elfen Handel trieb. Sie wollte mit Kitty über diese Dinge sprechen, aber als könnte Kitty es spüren, ließ sie Annabelles Hand los. Sie stand auf und das Boot neigte sich zur Seite, bis sie sich neben Annabelle niederließ. Dann nahm sie die Ruder und reichte eines davon Annabelle.

»Rudern!«, sagte sie.

Kein *Bitte.*

Sie ruderten über das ruhige Wasser, bis sie die dunkle, tropfende Öffnung des dritten Torbogens erreicht hatten. Der Durchgang war so schmal, dass das kleine Boot gegen die Wände stieß. Sie schoben sich mit den Händen an der Ziegelmauer entlang.

»Was, wenn es nicht der richtige ist?«, flüsterte Annabelle, als sie hineinfuhren.

Sie hatte das Gefühl, es wissen zu müssen. Wenn sie wirklich zaubermächtig war, würde sie es wissen. Das Wissen müsste äußerst klar und deutlich sein, oder? Sie wäre nicht derart unsicher.

»Du bist die Karte«, sagte Kitty. »Du bist das zaubermächtige Mädchen, Annabelle Grey. Jetzt gibt es kein Zurück mehr.«

* * *

Annabelle hatte Angst, das ließ sich nicht leugnen. Das Boot knarrte und ächzte, als es an den engen Wänden entlangschrappte. Unsichtbare Gegenstände schlugen gegen den Rumpf. Bei jedem Geräusch zuckte Annabelle zusammen.

Jetzt war die Strömung wieder stärker und Kitty legte ihr Ruder weg und setzte sich in den Bug. Das blaue Herzlicht leuchtete zwischen ihnen. Annabelle nahm den Besen und drückte ihn an sich. Sie verstand nicht, warum, aber seine Anwesenheit gab ihr Sicherheit. Isabelle Rutherford könnte sie so etwas niemals erklären. Niemandem aus ihrem alten Leben. Sie wünschte, Miss Henrietta wäre hier und würde ihr sagen, was zu tun sei. Ihre seltsame Großtante, von der Annabelle ihr ganzes Leben lang nichts gewusst hatte. Die überhaupt nicht so war, wie eine Großtante sein sollte – freundlich, vernarrt in ihre Großnichte und voll liebenswerter Weisheiten.

Dann musste sie an ihre Mutter denken. Ihre Mutter, die Blumen gepresst und Taschentücher bestickt hatte, aber in Wirklichkeit zaubermächtig war, was sie ihr nie erzählt hatte. Ihre Mutter, die sie belogen hatte. Sie stellte sie sich in ihrer dunklen Reisekleidung auf einem Bahnsteig in Paris vor – so schön und anmutig, dass alle bei ihrem Anblick stehen blieben. Annabelle unterdrückte ein Schluchzen. Sie hoffte verzweifelt, das Mittelsmädchen würde sie nicht hören. Sie zitterte vor Kälte.

»Hier«, sagte Kitty. »Aber das geht nur kurz.«

Sie schloss die Augen und verwandelte ihr Herzlicht in ein tiefes Rot. Sie blies es zu Annabelle hinüber und seine Hitze war echt und greifbar. Es wärmte Annabelles Wangen auf angenehme, prickelnde Art, und nach kurzer Zeit waren ihr Kleid und der Umhang trocken und steif.

Aber dann stieß Kitty den Atem aus, als wäre die Anstrengung zu groß. Das Licht wurde wieder blau, viel heller jetzt, und Kitty holte es wieder zu sich.

»Danke, Kitty«, flüsterte Annabelle. *Danke für die Wärme. Danke, dass du mich gerettet hast. Dass du bei mir geblie-*

ben bist. Sie wollte erneut fragen, wo das Licht herkam, wer Kitty einen solchen Zauber beigebracht hatte und wie sie hier in der Dunkelheit, tief unter London, so ruhig bleiben konnte.

Aber sie sagte nichts.

Kitty gähnte und rollte sich am Bug des Bootes zusammen.

Was, wenn diese Wesen hier in die Dunkelheit runtergekommen sind?, wollte Annabelle fragen. *Die Schattenwesen.* Sie warf einen Blick über die Schulter in die Schwärze außerhalb von Kittys Licht. Der Besen, der ihre Furcht spürte, zitterte in ihrer Hand. Sie streckte den Arm aus und betrachtete die eigenartige Schrift der Karte darauf. Erst das Singende Tor und dann andere kleine Wörter weiter oben.

»Was steht da?«, fragte Kitty mit schläfriger Stimme.

»Ich weiß nicht genau«, sagte Annabelle. Es war schwierig, über Kopf zu lesen. Das Licht war schummrig und Kittys Herzlicht zu weit entfernt.

Annabelle hörte Kitty lachen, worüber sie sich erneut ärgerte.

»Kannst du es lesen?«, fragte Annabelle und wusste bereits beim Fragen, dass sie das wilde Mädchen nur bloßstellen wollte.

Kitty schüttelte den Kopf. »Kann nicht lesen«, sagte sie. »Aber ich weiß, dass die Sonne jeden Tag ein bisschen anders steht und ihr Sommerlicht die große, alte Hainbuchendame von den Wurzeln bis in die Wipfel wärmt, während es im Winter nur ihre linke Wange streift, und wie sich die Laune des Baums dadurch verändert. Und ich weiß, welche Vögel auf dem Friedhof von Kensal Green als Erste singen und was ihre Lieder besagen. Nicht jeder braucht kunstvolle Buchstaben, Annabelle Grey.«

Annabelle saß schweigend und beschämt da.

Kitty sah sie missmutig an. Von der Strömung getrieben, glitt das Boot durch den dunklen Tunnel. Der Fluss machte ein neues Geräusch, aber nur Kitty hörte es. Er sagte: *Kommt, kommt, kommt.*

Annabelle dachte, sie könne vielleicht in ihren Glasstein sehen. Vielleicht würde er ihr sagen, was sie tun sollte. Sie holte ihn aus ihrem Mieder, froh, dass er ihr Bad im reißenden Fluss überstanden hatte. Sie blickte hinein und versuchte die Tasse ihres Geistes zu leeren, aber da war nichts. Überhaupt nichts. Es war nur leeres, rubinrotes Glas.

Kitty runzelte die Stirn und wandte den Blick ab.

»Was ist, wenn die Schattenwesen kommen?«, flüsterte Annabelle. Da, jetzt hatte sie es doch ausgesprochen. Sie hatte Angst, Panik. Warum hatte man sie auf eine solche Reise geschickt? Ganz offensichtlich war dafür ein viel zaubermächtigeres Mädchen nötig.

»Du hast doch gesehen, was die Hexe von Vine mit ihrem Zauberstab gemacht hat«, sagte Kitty ruhig. «Das müssen wir einfach auch machen, wenn sie kommen. Du richtest den Zauberstab auf sie, lässt Feuer daraus hervorschießen und das hält sie auf Abstand.«

Annabelle sah den Zauberstab an. Sie hatte keine Ahnung, wie sie etwas daraus hervorschießen lassen sollte, und sie wusste, dass auch Kitty das wusste.

Der Tunnel weitete sich und die Strömung wurde stärker. Es fühlte sich an, als würde sich das Boot, vom Fluss getragen, anheben. Der Gestank war verschwunden. Es roch nach Regen.

Annabelle sah auf ihren Arm, nur um sicherzugehen, dass sie im richtigen Tunnel waren. Die Linie, die den Gang darstellte, in dem sie sich befanden, wand und schlängelte sich. Sie führte auf jeden Fall zum Singenden Tor und Annabelle streckte den Finger aus, um die Linie zu berühren, hielt jedoch inne. Die Stelle fühlte sich seltsam an. Schon beim Anblick der auf ihre Haut gemalten Linie spürte sie ein Zittern und eine Leichtigkeit. Sie schüttelte den Kopf. Hinter dem Singenden Tor bog die Linie seitlich ab. Sie drehte den Arm im schwachen Licht, um zu sehen, was sich über ihrem Ellbogen befand.

Es war unmöglich. Sie hätten ihr die Karte auf einem Stück Papier mitgeben sollen. Eine richtige Karte hätte Annabelle lesen können. Sie war sehr gut darin, gewöhnliche, nicht magische Karten zu lesen.

»Jetzt führt uns der Fluss«, sagte Kitty, die sich noch enger im Bug zusammenrollte. Sie hustete ihren heftigen Husten. »Ich muss mein Licht wieder runterschlucken, es kann nicht so lange außerhalb von mir bleiben.«

»Bitte«, sagte Annabelle.

»Es muss sein«, entgegnete Kitty. »Der Fluss führt uns.«

»Woher weißt du das?«

»Spürst du das nicht?«, fragte Kitty. »Spürst du denn gar nichts?«

Annabelles Wangen glühten. »Ich spüre es«, log sie.

Kitty schluckte ihr Herzlicht.

»Der Fluss singt uns etwas vor«, sagte Kitty in der Dunkelheit. »Hör doch. Und über uns schlummert London und träumt.«

»Ich weiß«, log Annabelle.

»Du weißt gar nichts, Annabelle Grey«, sagte Kitty.

Annabelle schloss die Augen und versuchte, an die smaragdgrünen Schlittschuhe zu denken, in die sie sich verguckt hatte. Sie versuchte, sie vor ihrem inneren Auge auftauchen zu lassen, aber es hatte keinen Zweck. So sehr sie es auch versuchte, immer wieder lösten sie sich auf und stattdessen sah sie Kitty, schattige Wesen in Miss Estellas Schlafzimmer und ihre Mutter auf einem weit enfernten Bahnsteig. Die Karte brannte auf ihrer Haut.

Sie fing an zu weinen.

»Hör auf zu weinen«, sagte Kitty, bevor sie einschlief. Oder zumindest dachte sie, dass sie es sagte, denn sie träumte bereits.

»Aber wir weinen doch beide«, entgegnete Annabelle Grey in ihrem Traum.

Die Schattenwesen glitten die Leiter hinab, ihre Krallen klackerten auf den Sprossen. Sie flitzten die Ziegeldecke hinauf und verwandelten sich in eine riesige, unaussprechliche Kreatur. Die Kreatur streckte ihre schattigen Tentakel durch den Tunnel aus.

Sie erreichten die Stelle, an der die drei Torbögen standen.

An jeder Öffnung machten sie die Münder auf und atmeten ein, um Annabelles Geruch aufzusaugen.

Am dritten stöhnten, murmelten und lachten sie Wange an Wange. Sie flüsterten das Wort, ein Wort, das einzige Wort.

Annabelle ...

Und sie glitten in den Tunnel wie schwarzes Wasser in ein Abflussrohr.

* * *

In Ober-London trafen die Zauberer von Finsbury, so schnell sie konnten, ihre Vorbereitungen. »So schnell sie konnten« war allerdings nicht besonders schnell. Mr Crumb musste sich auf der Hälfte der sehr langen Treppe zum Taubenschlag ausruhen, aber sie konnten ihn auch nicht einfach dort zurücklassen, da er der Herr der Tauben war.

»Jetzt ist es nicht mehr weit«, sagte Mr Bourne aufmunternd und sie alle nickten und stimmten darin überein, dass es nicht mehr weit war, nur noch drei Treppen.

Aber normalerweise saßen sie nur stundenlang da. Normalerweise verstrichen ihre Tage, ohne dass sie sich mit etwas anderem als ihren Gedanken beschäftigten. Normalerweise stiegen sie langsam die knarrenden Stufen zu ihren Betten hinauf und standen zwölf Stunden später wieder auf, um weiterzudenken. Jetzt, da der magische Nebel die Stadt verschluckt hatte, wurde ihr Haus von großen Sorgen beherrscht. Sie sahen das Ende kommen. Alle Mitglieder der Gesellschaft mussten informiert werden. Und das war äußerst anstrengend für alte Zauberer. Normalerweise würden sie genau jetzt ihren Abendtee mit Keksen einnehmen.

»Ich habe immer gewusst, dass er irgendwann so etwas tun würde«, murmelte Mr Keating, als sie sich wieder in Bewegung setzten.

»Das haben wir alle gewusst«, sagte Mr Bell. »Aber bis jetzt konnten wir nichts dagegen unternehmen.«

»Aber warum nur?«, fragte Mr Crumb, der ziemlich außer Atem war. »Warum muss er immer so schlimme Sachen machen? Erst sein Wiederauferstehungsapparat und jetzt diese Maschine, die schwarze Magie hervorbringen kann. Warum diese Bösartigkeit – wo kommt sie her?«

Sie selbst hatten es in Mr Angel entstehen und heranwachsen sehen, dieses Verlangen nach Macht, danach, dass andere sich ihm unterwarfen. Sie hatten es heranwachsen sehen und er hatte sie verwirrt. Mit seiner Schwärze. Seiner Kälte. Bis sie nichts weiter tun konnten, als ihn auszuschließen.

Hätten sie mehr tun können, um ihm Einhalt zu gebieten, ihm zu helfen, ihn zu retten? Das waren die Fragen, die sie auf der allerobersten Treppe beschäftigten. Tief in Gedanken versunken schüttelten sie die Köpfe.

»Aber ein zaubermächtiges Mädchen wird kommen«, sagte Mr Bell schließlich. »So lautet zumindest die Prophezeiung ...«

Und alle nickten und lächelten traurig.

Mr Crumb machte seine Vögel so rasch wie möglich fertig, was wiederum überhaupt nicht rasch war. Er sprach sanft mit ihnen und befestigte die winzigen Schriftrollen an ihren Hälsen. Es waren Nachrichten an die Zauberer von Kentish Town mit ihrem fürchterlichen Rheumatismus, an die dahinwelkenden, uralten Hexen von Bloomsbury in ihren vergilbten Spitzenkleidern, an Miss Broughton in St. John's Wood, Mr Hamble in Stepney, Mr Huxley in Hampstead.

Achtung, Mr Angel im Besitz des Schwarzen Zauberstabs und schwarzer Magie.
Beschwört eine Armee aus Schattenwesen herauf.
Verlangt, alle sollen ihren Zauberstab niederlegen und sich ihm unterwerfen.
Jüngstes und fähigstes Mitglied der Gesellschaft nach Unter-London geschickt, damit es mit dem Ewigbesten Zauberstab zurückkehrt. Ein zaubermächtiges Mädchen.
Unsere einzige Hoffnung.

Er schickte fünf Tauben in die Londoner Nacht hinaus, wo inzwischen der fast volle Mond aufgegangen war und schwach durch den Nebel schien. Eine Taube saß noch auf dem Fensterbrett. Mr Crumbs arthritische Hände zögerten über ihr.

»Sollen wir den Misses Vine auch eine Nachricht schicken?«, fragte er. »Um zu erfahren, ob die Mädchen sicher zurückgekehrt sind?«

Seine Stimme war alt, so unglaublich alt.

Mr Bell senkte den Kopf und schüttelte ihn langsam.

»Es wird niemand da sein, um sie entgegenzunehmen.«

10

»Eine junge Damen auf Reisen sollte Fragen höflich beantworten, aber nur wenig mit Fremden sprechen.«

Miss Finchs kleines blaues Buch (1855)

Annabelle erwachte plötzlich und richtete sich auf. Jemand hatte ihren Namen gerufen. Sie war in dem kleinen Boot eingeschlafen, aufgewacht und wieder eingeschlafen. Wie viel Zeit war vergangen? Zu Anfang hatte sich eine Ziegeldecke über ihnen gewölbt, unter der sie endlos erscheinende Minuten entlanggeglitten waren. Aber dann waren die Ziegel plötzlich weg, der Tunnel war grob gehauen und sie fuhren unter gezackten Felsen hindurch, von denen Wasser tropfte.

»Hörst du es jetzt?«, hatte Kitty, die in einem unordentlichen Haufen im Bug lag, schläfrig gefragt.

Annabelle hatte es gehört. Der Fluss sang. Er sang ein Lied von Wassertropfen und dem Plätschern des Flusses an den Felsen. Er sang ein seufzendes Lied von fallendem Wasser und geheimen Orten. Der Bug des Bootes tauchte ins Wasser und der Fluss sang sie hinab.

»Ja«, hatte Annabelle geflüstert. »Jetzt höre ich es.«

Sie hatte von Miss Henrietta geträumt, und in ihrem Traum war das Gesicht ihrer Großtante ganz hell gewesen, wie Kittys Licht. Es war über ihr geschwebt und hatte ihr ein Gefühl der Sicherheit verliehen. Doch als sie erwachte, war alles dunkel.

»Kitty«, sagte sie.

Das dunkelhaarige Mädchen rührte sich nicht.

»Kitty«, flüsterte Annabelle. »Ich glaube, ich habe etwas gehört.«

Sie nahm den Besen und stieß Kitty damit an.

»Lass mich in Ruhe«, sagte Kitty wütend und setzte sich mit finsterer Miene auf.

Da war es wieder, ein Gemurmel, ein leises Seufzen. Ein Rauschen wie von einem weit entfernten Wind.

»Ein Licht, bitte, Kitty«, flüsterte Annabelle.

Kitty fing an, ihr Herzlichtlied zu singen, aber sie hatte Angst und ihr Summen klang unsicher. Das pfeifende, rauschende Geräusch schwoll an. Annabelle nahm den Ondona und wandte sich dem Klang hinter ihr zu. Sie sah nichts weiter als Finsternis, aber sie war sicher, dass ihnen etwas durch den Tunnel folgte.

Was, wenn es die Schattenwesen waren?

Der Ondona fühlte sich an wie ein Stock – nichts als ein dünner, zerbrechlicher Stock – und Annabelle wusste nicht, wie sie Licht daraus hervorbringen sollte. Jedenfalls nicht auf die Art, wie Miss Henrietta es im Laden gemacht hatte oder auf die Art, wie Mr Bell damit das Feuer zum Auflodern gebracht hatte. Beide hatten etwas gesagt, dessen war sie sicher. Sie hatten ein Wort genannt. Wenn sie sich doch nur an dieses Wort erinnern könnte!

Das Geräusch wurde jetzt immer lauter. Es war ein wütendes Brummen, ein heftiges Zischen, das hinter ihnen her durch den Tunnel drang. Kitty summte lauter. Immer noch kein Herzlicht.

Das Wort war ...

Annabelle versuchte sich Miss Henrietta vorzustellen, wie sie den Ondona auf das Schaufenster gerichtet und das Wort gesagt hatte. Annabelle sah sie in der Küche, wie sie den Zauberstab vor der Feuerstelle gehoben hatte, und das Wort lautete ...

Der Lärm war jetzt ohrenbetäubend, ein langes Seufzen, das an ihrem Kopf vorbeistrich.

Dann herrschte Stille.

Nichts außer dem Klang ihres eigenen Atems.

Und dann ein Wort. Ein einzelnes geflüstertes Wort.

Annabelle ...

Kitty machte ein leises Geräusch und aus ihrem Mund kam ihr Herzlicht, hellrosa und schwach. Sie vergrößerte es vor sich und beleuchtete den Tunnel, woraufhin mehrere riesige schwarze Schatten mit ratschenden Krallen an der Felsendecke zurückwichen.

»Benignus!«, rief Annabelle und richtete den Zauberstab auf sie, denn ihr war das Wort wieder eingefallen.

»Benignus.« Ihre Stimme war ein Quieken, der Zauberstab ein Stock – nichts weiter.

Die Schattenwesen kamen langsam und zögerlich näher, krochen aus der Dunkelheit an den Wänden auf sie zu.

»Benignus!«, rief Annabelle erneut und hob den Zauberstab. Es war Latein, da war sie ganz sicher. Wenn sie sich nur daran erinnern könnte, was es bedeutete.

»Benignus!«

Nichts. Die Schattenwesen streckten ihre langen, hauchdünnen Arme aus und flüsterten ihren Namen.

Kittys Herzlicht flackerte und zuckte ... dann wurde es plötzlich größer.

So riesig, dass Annabelle den Blick von den entsetzlichen Kreaturen abwandte, um zu sehen, was geschehen war. Es strahlte so hell, dass sie ihre Augen beschirmen musste. Aber es war gar nicht Kittys Herzlicht. Das kleine Boot war in eine Höhle gefahren. Es war plötzlich aus dem Tunnel in eine ausladende Höhle geglitten, die erstrahlte, als sei sie vom Glanz einer Million Kronleuchter erfüllt.

* * *

Die Schattenwesen folgten ihnen zunächst nicht. Sie blieben im Tunnel zurück, zischten und krümmten sich entsetzt beim Anblick des Lichts. Annabelle und Kitty sahen sich in der Höhle um, in der sie gelandet waren. Vor ihnen schimmerte eine weitläufige Wand. Sie sang ein eigenartiges Lied, eine Ansammlung ängstlicher Harmonien und wispernd klagender Töne. Das Lied ließ das Boot schwanken; sie spürten es bis in ihre Hände und Füße, und ihre Lippen zitterten. Es war hell, so hell, dass sie sich die Augen zuhalten mussten. Kitty krabbelte rückwärts und schob sich die dunklen, zerzausten Haarsträhnen aus den Augen. Sie schluckte ihr Herzlicht.

»Das ist das Singende Tor«, flüsterte sie. Sie hatte keine Vorstellung davon gehabt, dass es so leuchten würde.

Die Schattenwesen riefen aus dem Tunnel nach ihnen, wagten sich jedoch nicht in das blendende Licht. Sie stöhnten, krümmten sich und riefen Annabelles Namen. Das kleine Boot trieb durch die Höhle und der Boden schrappte an den Untiefen über den Grund, bis die beiden Mädchen aufstanden und ins klare Wasser hinauskletterten.

»Woraus besteht es?«, fragte Annabelle, die ihre Augen immer noch vor dem Licht abschirmte. Das Tor war keine Wand aus Ziegeln, Steinen oder Erde, sondern bestand aus einem anderen, glänzenden Material. Als sie näher kamen, schwoll der Gesang der Wand an.

Annabelle drehte sich zu den Schattenwesen um. Eines streckte seinen riesigen Arm in die Höhle aus, zog ihn aber genauso schnell wieder zurück, als hätte es sich verbrannt.

»Sie können uns nicht folgen«, sagte Kitty.

»Ich traue ihnen nicht«, erklärte Annabelle. »Sie werden sich etwas ausdenken.«

Die Schattenwesen riefen Annabelles Namen durch die Höhle und die schimmernde Wand sang lauter, als gefielen ihr die Stimmen der Schattenwesen nicht. Annabelle hatte den Besen und den Ondona in der Hand und blickte an der Wand hinauf, die bis zur Höhlendecke reichte. Sie war so hoch wie ein Kirchturm, glitzerte hell und sang, als die Mädchen sich näherten.

Die Füße der beiden knirschten auf den weißen Steinchen am Ufer. Annabelle hob ein paar auf. Es waren Knochen. Bei der Erkenntnis bekam sie weiche Knie. Sie stand auf pulverisierten Fingerknochen, Zehenknochen und Oberschenkelknochen, auf Rippen, Schädeln und Armknochen. Das wollte sie Kitty sagen, aber Kitty legte einen Finger auf die Lippen, um sie am Sprechen zu hindern.

Als sie nah genug an die Wand herangekommen waren, sahen sie, dass diese aus demselben Material bestand. Millionen und Abermillionen, Milliarden und Abermilliarden winziger Knochen. Die Knochen wanden sich umeinander. Sie waren verschlungen, aufeinandergestapelt und zusammengedrückt, so eng miteinander verwoben, dass Annabelle und Kitty nicht hindurchsehen konnten. Aber gleichzeitig bewegte sich die Wand. Annabelle kam es so vor, als wölbte sie sich rhythmisch in ihre Richtung. Sie bebte und pulsierte.

Die Schattenwesen riefen nach Annabelle; sie bliesen einen trostlosen Wind durch die Höhle. Sie streckten die Arme aus, und ihre Schattenflügel öffneten und schlossen sich vor der Höhle. Sie wurden forscher. Annabelle wollte ihnen nicht den Rücken zukehren.

Kitty sah die Wand an. Zwischen den Knochen befanden sich Reste anderer Materialien, schillernde Stofffetzen und

Bänder. Sie kannte diese Sachen, hatte sie in Ober-London gesehen und mit eigenen Händen berührt. Jetzt streckte sie die Hand aus und die Wand sang ein lautes Lied und verschluckte das seltsame Material. Die Knochen klickten und knackten und schlossen sich über dem glänzenden Gewebe.

»Was für Knochen sind das?«, flüsterte Annabelle. »Kinderknochen?«

»Elfenknochen«, entgegnete Kitty ebenfalls flüsternd. »Hier werden die Elfen also offenbar bestattet, durch ein Loch irgendwo hier, und ihre Knochen bewachen Unter-London und den Zauberstab.«

Die Wand sang eine leise, muntere Melodie von kratzenden, klappernden Knochen.

»Aber wie kommen wir da durch?«, fragte Annabelle und sah sich nervös um.

Die Wand war massiv. Es gab keine Lücken, keine Türen. Sie erstreckte sich von ihren Füßen bis zur Höhlendecke. Es gab keinen Weg darunter hindurch oder darüber hinweg. Inmitten der winzigen Knochen entdeckte Annabelle jetzt an einigen Stellen größere Knochen in der Wand, Menschenknochen. Ein Oberschenkelknochen, der von den kleinen Knochen festgehalten wurde. Eine Skeletthand direkt vor ihr.

»Oh«, sagte sie und wandte den Blick ab. Sie schloss die Augen.

Grüne Schlittschuhe, dachte sie bei sich. *Grüne Schlittschuhe.*

Hinter ihnen drängten sich die Schattenwesen zusammen, flüsterten und stritten direkt am Tunneleingang.

»Kannst du deine Magie anwenden, Kitty?«, flüsterte Annabelle. Sie wusste nicht, welche Magie Kitty noch in sich trug, aber sie war sich sicher, dass da noch mehr war.

Kitty drehte sich nicht zu ihr um. Sie sah an der Wand hinauf. Sie streckte erneut die Hand aus, um etwas von dem glitzernden Material zu berühren, und die Wand schnappte laut nach ihr.

»Wir brauchen keine Magie.« Kitty machte eine Kopfbewegung hin zu den Fingerknochen, die von der Wand baumelten. »Die, die vor uns hier waren, dachten, sie bräuchten Zaubersprüche und so was, aber ich hatte oft genug mit den Elfen zu tun, ich kenne sie. Sie sind verschlagen und raffiniert, aber ihre Schwäche ist ihre Treue. Sie ertragen es nicht, voneinander getrennt zu sein. Elfen singen gemeinsam, schlafen gemeinsam, baden gemeinsam. Sie kämmen sich dauernd gegenseitig mit den Fingern die Haare. Und wenn eine besorgt ist, na ja, das ertragen die anderen nicht und schließen sich zusammen, um die Sache in Ordnung zu bringen. Das ist vielleicht immer noch so, auch wenn sie nur noch Knochen sind.«

Dem Singenden Tor gefielen Kittys Worte offenbar nicht, denn es wankte und hob die Stimme mehrere Oktaven zu einem Crescendo aus Geklingel und Geseufze. Annabelle musterte Kitty, die sehr selbstsicher wirkte. Sie hatte noch nie so viel auf einmal von sich gegeben.

Kitty drehte sich um und sah Annabelle stirnrunzelnd an.

»Ich habe recht – meinst du nicht, Annabelle Grey?«, fragte sie. »Wenn ich hier einen Knochen rausnehme, werden sich alle auf mich stürzen und der Rest wird geschwächt sein und uns durchlassen. Wir müssen uns bereit machen zum Sprung und du musst auf mein Signal achten!«

Annabelle wusste nicht recht. Sie wünschte, die Zauberer von Finsbury oder ihre Großtanten hätten erwähnt, was in einem solchen Fall zu tun war. Sie drehte sich um und sah, wie die Schattenwesen aus dem Tunnel in die Höhle geglitten kamen. Die entsetzlichen Wesen verwandelten sich in ein dunkles Netz, ein riesiges Netz unter der Höhlendecke. Annabelle sah, wie sich das Schattennetz langsam auf sie absenkte.

»Kitty!«, rief sie.

Aber Kitty war abgelenkt.

»Ich kenne die Elfen«, murmelte sie. »Und genauso gut kenne ich ihre Knochen.«

Sie streckte die Hand nach der Wand aus, die nach ihr schnappte. Kitty zuckte nicht zurück, lachte nur leise.

»Kitty!«, rief Annabelle. Das Schattennetz senkte sich immer weiter ab und warf ein Muster aufs Wasser. Die Wand sang ein furioses Lied.

»Ja, ich kenne die Elfen«, sagte Kitty. Ohne Vorwarnung streckte sie erneut die Hand aus und riss einen Knochen aus der Wand.

* * *

Die Wand kreischte. Sie stieß einen langen, panischen Ton aus. Rasend schnell wucherte die Wand auf Kittys Hand zu. Annabelle sah, wie sich vor ihr ein großes Loch auftat, und dann bildeten sich überall große Löcher in dem Netz aus Knochen, während sich die Wand um Kittys Hand schloss.

»Los jetzt!«, rief Kitty und zeigte auf die größte Lücke.

Sie rannte auf Annabelle zu, den kleinen, weißen Knochen in der Hand, während die Wand hinter ihr in einer glänzenden weißen Welle knackte und schnappte. Annabelle stürzte sich durch das Loch und Kitty kam genau in dem Augenblick hinter ihr her, als sich die Wand in ihrem Rücken mit einem gewaltigen Krachen schloss.

Die Wand sang ein zorniges Lied. Sie schrie und leuchtete weißglühend. Annabelle setzte sich auf und rutschte rückwärts auf dem Hintern von ihr weg. Kitty folgte ihr nicht. Kitty lag mit geschlossenen Augen ganz still da.

»Bist du verletzt?«, fragte Annabelle.

Kittys blasses Gesicht sah entsetzlich aus.

»Sie hat sich meinen Fuß geschnappt«, sagte sie.

»Was?«, rief Annabelle.

Sie hob Kittys Röcke und stellte fest, dass sich die Knochenmauer fest um das Fußgelenk des wilden Mädchens geschlungen hatte. Blut tropfte auf den Höhlenboden.

»Lass den Knochen los«, sagte Annabelle, doch es nützte nichts. Kitty ließ den Knochen fallen, aber die Wand hielt sie weiter fest. Sie gab Kittys Fußgelenk nicht frei.

Annabelle nahm den Knochen und warf ihn gegen die

Wand, wo er wieder einrastete, aber trotzdem ließ die Wand Kitty nicht los. Sie sang ihr ohrenbetäubendes Lied. Kittys schmerzverzerrte Miene wurde immer gequälter. Sie bedeckte das Gesicht mit den Händen und schluchzte.

»Alles wird gut – ich befreie dich«, sagte Annabelle, wusste jedoch nicht, wie.

Was konnte sie der Kraft dieser Wand schon entgegensetzen?

»Lass sie bitte los!«, schrie sie sie an, aber die Wand hielt Kittys Fußgelenk fest.

Annabelle griff nach einem Knochen aus der Wand, in der Hoffnung, sie würde erneut ein Loch entstehen lassen oder ihren Griff um Kitty lockern. Aber die Wand hielt sie nur noch fester umklammert, als hätte sie ihre Lektion gelernt. Sie waren den Schattenwesen entkommen, nur um jetzt von der Wand gefangen gehalten zu werden. Annabelle war erneut den Tränen nahe, aber stattdessen ballte sie die Fäuste und stampfte mit dem Fuß auf.

»Scheibenhonig!«, rief sie.

Sie dachte an den rubinroten Sehstein. Unnütz. Der Besen? Genauso unnütz. Sie sah den Ondona in ihrer Hand an. Als sie ihn im Boot auf die Schattenwesen gerichtet hatte, war nichts passiert. Als sie das Wort *Benignus* ausgesprochen hatte, war nichts passiert. Aber sie wusste, dass dies der Ondona war. Es musste der Ondona sein. Miss Estella hatte gewusst, dass sie ihn brauchen würden. Miss Henrietta hatte ihn ihr aus einem bestimmten Grund in die Hand gedrückt. Annabelle hatte gesehen, wie Miss Henrietta mit dem Zauberstab das Feuer geschürt und Licht angezündet hatte. Sie hatte Mr Bell dasselbe mit dem Adela machen sehen. Sie hatten das Wort *Benignus* verwendet. Dessen war sie sicher. Benignus. Das war Latein, das wusste sie bestimmt. Benignus. Benigno. Benigni. Benignum. Benignae. Es bedeutete ...

Sie musste wissen, was das Wort bedeutete.

Annabelle stand auf, aber sie war ganz wacklig auf den Beinen.

Sie richtete den Zauberstab auf die Stelle der Wand, an der Kitty schluchzend lag.

»Benignus«, sagte sie, klang jedoch sehr unsicher.

Nichts.

Ihre Stimme war nur das Summen eines winzigen Insekts, verglichen mit der Entschlossenheit der Wand, Kitty festzuhalten. Annabelle schloss die Augen, konzentrierte sich auf das Wort, auf seine Form. Es war ein eigenartiges Wort, wie ein Mund voller Steine. Das Gefühl behagte ihr gar nicht. Sie zweifelte an sich und das Wort sagte ihr nichts. Vielleicht musste man es auf eine bestimmte Art aussprechen?

»Benignus«, sagte sie streng.

»Benignus«, flehend.

Kitty lag wimmernd auf dem Boden.

Vielleicht musste sie noch etwas anderes machen? Miss Estella hatte mit ihren brüchigen Fingernägeln auf Annabelles Kopf und Herz gezeigt. Das half ihr nicht weiter. Ach, es sollte eine Gebrauchsanweisung für Magie geben! Zauberstäbe sollten eine Anleitung haben, so wie Stickmuster für Taschentücher!

Annabelle holte tief Luft. Sie musste erreichen, dass sich die Knochen um Kittys Fußgelenk lockerten. Dieser Gedanke in ihrem Kopf war ganz klar und sie beschloss, dass Klarheit genau das war, was sie jetzt brauchte. Anstatt zu versuchen, einfach mit einem Wort Magie aus dem Zauberstab hervorzubringen, sollte sie dem Zauberstab vielleicht Anweisungen geben.

Ja. Sie hatte das Gefühl, das wäre das Richtige. Sie straffte die Schultern, wie sie es in Miss Finchs Akademie für junge Damen gelernt hatte. Der Zauberstab konnte nicht wissen, was er zu tun hatte, wenn sie es ihm nicht sagte. Das Wort allein hatte nichts zu bedeuten. Man musste Zauberstäben entschlossen entgegentreten. Man konnte sie nicht einfach auf Sachen richten, ein Wort sagen und das Beste hoffen.

Das Singende Tor sollte Kittys Fuß freigeben. Kitty, die die Hände vors Gesicht geschlagen hatte und erfolglos versuchte, sich das Weinen zu verkneifen. Diese wilde, unbändigtste halbe Portion, die Annabelle je gesehen hatte. Dieses Mädchen, dessen Art Annabelles Haut zum Prickeln und Kribbeln brachte. Und das beschlossen hatte, ihr zu helfen. Annabelle wollte nicht, dass die Wand Kitty für immer festhielt. Kitty würde nicht zu einem dieser Menschenknochen werden, die in der Wand steckten. Schon der Gedanke daran machte Annabelle wütend. Sie wollte, dass die Wand Kitty freigab.

Das seltsame Gefühl, das sie auch immer vor einer ihrer Visionen verspürte, durchströmte sie. Das aufregende, erschreckende Gefühl, so als sei sie mit dem Himmel verbunden. *Ich will, dass die Wand sich um Kittys Fußgelenk löst,* dachte sie lauter. *Ich will, dass die Knochenwand sich hebt. Lass sie los, Wand.*

»Benignus!«, rief sie, diesen Gedanken ganz deutlich im Kopf.

Nichts.

Aber sie gab nicht auf. *Benignus* bedeutete ...

Benignus hieß ...

Sie versuchte sich Mr Ladgrove, ihren Lateinlehrer an Miss Finchs Akademie vorzustellen, wie er das Wort sagte. Das war schrecklich, weil er wirklich eine Stimme wie ein Schlummertrunk hatte, aber es brachte eine Erinnerung in ihr zum Klingen. *Benignus* bedeutete »gütig«!

Sie richtete sich noch weiter auf und hob den Zauberstab. *Singendes Tor, du wirst Kittys Fußgelenk freigeben, denn Kitty ist meine Freundin.* Das wünschte sie sich von ganzem Herzen. Sie wünschte es sich zehntausendmal mehr als smaragdgrüne Schlittschuhe.

»Benignus!«, rief Annabelle und die Stimme, die ertönte, klang überhaupt nicht wie die ihre. Sie klang stark und klar. Annabelle wusste, dass *Benignus* vieles bedeutete, aber in diesem Augenblick bedeutete es:

Bei edler, gütiger Magie, bei der Magie meines gütigen Herzens, gib meine Freundin frei.

Sie spürte einen Ruck in ihrer Hand.

Eine Art Strömung.

Es fühlte sich an, als wäre ihre Hand mit dem Zauberstab verschmolzen, und plötzlich erschien ein weißer Lichtbogen aus der Spitze und traf neben Kittys Fußgelenk auf die Wand.

Die Wand gab ein erschrockenes Geräusch von sich.

Sie keuchte laut auf, dann hielt sie inne.

Die Knochen um Kittys Fußgelenk klapperten, dann war das Mädchen frei.

Es war vorbei. Die Wand schloss sich wieder und ihre laute Stimme verklang. Kitty drehte sich auf die Seite und wischte sich mit den Fäusten die Tränen ab. Annabelle fiel auf die Knie und starrte staunend den Ondona sowie ihre Hände an.

* * *

»Zeig mir mal dein Bein«, sagte Annabelle, als sie sich erholt hatte.

Die große Höhle diesseits des Singenden Tors warf ihre Frage mehrfach zurück. Die Höhle war rund und leer und der Boden sauber gefegt. Das schimmernde Licht des Singenden Tors tanzte an der Decke, aber außerdem brannten Fackeln in Halterungen an den Wänden. Jemand kümmerte sich um diesen Ort.

»Geh weg«, fauchte Kitty.

Sie hatte sich aufgesetzt, hielt sich das Fußgelenk und sah wütend das Singende Tor an. *Es ist genau wie sie, wie die blöden Elfen,* dachte sie. *Immer muss es wehtun, immer streitsüchtig und gehässig, und immer sagen sie, alles gehöre ihnen: jeder stinkende Baum und Fluss.* Sie brauchte ihr Bein zum Laufen. Sie brauchte ihr Bein, um an all ihre Orte zu kommen, um all ihre Bäume und Steine berühren zu können.

»Hast du gesehen, was ich gemacht habe?«, fragte Annabelle und konnte sich ein Lächeln nicht verkneifen. »Ich habe Licht aus dem Zauberstab kommen lassen, genau wie Miss Henrietta. Ich habe es in der Hand gespürt. Es kam aus ...«

»Ist mir egal«, unterbrach Kitty sie. Sie stöhnte, hielt sich das Fußgelenk und hasste die Wand.

Annabelles Lächeln verschwand. »Aber wir haben es geschafft. Wir sind durch und die Schattenwesen sind auf der anderen Seite«, sagte sie jetzt mit sanfterer Stimme. »Ich muss mir deinen Knöchel ansehen.«

»Lass mich in Ruhe«, sagte Kitty und starrte ihren Strumpf an, der blutdurchtränkt war. »Außer du kennst auch einen Zauberspruch zum Blutstillen.«

Annabelles Hände fühlten sich immer noch magieschwer an. Angenehm schwer. Was wohl ihre Großtanten von ihr denken würden ... oder ihre Mutter? Vielleicht konnte sie irgendwann einen Zauberspruch zum Blutstillen lernen, aber was sie jetzt brauchte, war ein Verband. Der rote Umhang würde es tun. Es war ihr brandneuer Stadtumhang und der Gedanke, ihn kaputtzumachen, gefiel ihr gar nicht, aber es gelang ihr trotzdem, einen breiten Streifen vom Saum abzureißen. Sie bat Kitty, den Stiefel auszuziehen, und Kitty verfluchte sie natürlich, zog aber ihren uralten Schuh aus. Er war dreckig und voller Blätter.

»Deinen Strumpf auch«, sagte Annabelle, woraufhin Kitty nur noch stärker fluchte.

Rund um Kittys Knöchel war eine Reihe tiefer Bisswunden und Annabelle wickelte den roten Verband darum. Kittys Knöchel war dünn und blass. Kitty war nie in den Genuss eines Bettes oder süßer Nachspeisen gekommen, und das machte Annabelle dort in der Höhle hinter dem Singenden Tor sehr traurig. Sie wünschte, der Umhang hätte magische, heilende Fähigkeiten, und musste wieder an den Zauberstab und das Wort, das sie benutzt hatte, denken.

»Soll ich es versuchen?«, fragte sie. »Mit dem Zauberstab?«

»Richte bloß nicht dieses Ding auf mich! Nachher machst du einen Fehler und verzauberst meinen Fuß in ein Hühnerbein.«

Das brachte Annabelle zum Lachen, aber Kitty lächelte noch nicht einmal. Sie riss Annabelle den Stiefel aus der Hand, als diese versuchte, die Blätter auszukippen.

»Die halten meine Füße warm«, sagte sie und Annabelle schämte sich, dass sie solche Dinge nicht wusste. Wie sie da in der seltsamen Höhle hinter dem Singenden Tor saß, in sein sanfteres, jetzt nicht mehr so wütendes Licht getaucht, dachte Annabelle, dass es eine ganze Menge Dinge auf dieser Welt gab, die sie nicht wusste.

»Nun, wenn du nicht willst, dass ich es mit Zaubern versuche, müssen wir sehen, ob du laufen kannst«, sagte Annabelle.

»Natürlich kann ich laufen.« Kitty schlug Annabelles Hand aus. Sie stand alleine auf, humpelte ein paar Schritte und blieb stehen.

»Stütz dich auf mich«, sagte Annabelle.

»Warum sollte ich das tun?«, raunzte Kitty sie an, stützte sich aber trotzdem schwer auf Annabelles Arm.

»Du hast mich aus dem Fluss gerettet«, sagte Annabelle, während sie langsam die Höhle durchquerten. Sie konnte nicht anders. »Und jetzt habe ich dich auch gerettet.«

»Ach, halt die Klappe«, sagte Kitty.

Davon musste Annabelle grinsen. Zum ersten Mal, seit ihre Mutter sie zurückgelassen hatte, musste sie breit grinsen.

Auf der anderen Seite des Singenden Tors zogen sich die Schattenwesen in den dunklen Tunnel zurück. Sie konnten das Licht nicht durchqueren und mussten zurück zu ihrem Herrn. Auf ihrer Flucht weinten sie, klagten und kreischten wütend über ihr Scheitern. Sie kehrten zu Mr Angel zurück, der mit seiner wachsenden Armee aus Schattenwesen im Londoner Nebel stand.

Sie flüsterten die Worte, die sie gehört hatten. Sie flüsterten ihm die Worte ins Ohr und fuhren dabei ihre Krallen aus und ein. Nun, wenn du nicht willst, dass ich es mit Zaubern versuche die halten meine Füße warm ich kenne die Elfen und genauso gut kenne ich ihre Knochen kannst du deine Magie anwenden ein Licht, bitte, Kitty, Benignus, Benignus, Benignus, Benignus.

Mr Angel hob die Hand, um sie zum Schweigen zu bringen, und schickte sie zurück zu den anderen.

»Folgt mir«, sagte er zu seiner Armee und da stiegen sie hinter ihm auf, ein dunkler Schwarm, eine schwarze, flatternde Wolke.

»Runter!«, rief er und sie glitten hinter ihn, hundert von ihnen drängten sich ganz klein in die Falten seines Umhangs.

»Auf!«, rief er und sie tauchten aus dem Stoff auf, wurden groß und monströs.

»Zerstört!«, schrie er und zeigte auf eine Kutsche, die in die Straße eingebogen war.

Anschließend stand er zwischen den Überresten, um ihn herum segelten immer noch winzige Stofffetzen herab. Er schmeckte Holzsplitter, Staub und Pferdehaar und lächelte sein schreckliches Lächeln. Das Mädchen war in Unter-London, aber sie würde wieder heraufkommen. Dann würde er seine Maschine mit ihr füttern.

Sein Zauberstab war fast leer.

Der Mond stand hoch.

Er würde seine Maschine füttern müssen. Sie brauchte eine einsame Porzellanpuppe, von einem Mädchen achtlos fallen gelassen, oder den viel zu kurzen Mantel eines Bettlers, der keine Wärme spendete. Sie brauchte schwarze Hutnadeln vom Schleier einer Witwe. Sie brauchte Blumen von einem frischen Grab.

Aber erst würde er den Zauberern von Finsbury einen Besuch abstatten. Er wollte den Adela. Die alten Männer würden sich ihm unterwerfen oder er würde sie in Staub verwandeln. Er wollte all die niederen Zauberstäbe: Delilah, Kyle, Old Silver und Little Bear. Er wollte all die guten Zauberstäbe und würde sie einen nach dem anderen zerstören. Er würde sie zerstören, auf dass es mit der guten Magie für immer vorbei sei.

11

»Bei einem Besuch in der Stadt sollte sich eine junge Dame stets aufrecht halten und darauf achten, dass ihre Haube gerade sitzt.«

Miss Finchs kleines blaues Buch (1855)

In der Höhle hinter dem Singenden Tor gab es eine Öffnung. Es war ein ziemlich hoher und breiter Torbogen, der aussah, als führte er an einen bedeutsamen Ort.

»Die Karte«, sagte Kitty und in der ganzen Höhle hallte ihre Forderung wider.

»Sag Bitte«, entgegnete Annabelle, obwohl Kitty sich an sie lehnen musste und ihr Knöchel schwer verletzt war. Dieses Mädchen hatte einfach keine Manieren.

»Bitte, Miss Grey«, fauchte Kitty.

Annabelle lächelte.

»Verschon mich mit deinem dämlichen Grinsen«, sagte Kitty. Offenbar war Lächeln etwas, das alle reichen jungen Mädchen lernten. Lächeln, als gehörte ihnen die ganze Welt, sogar das Wetter.

Die Steinwände fingen ihren Wortwechsel auf und warfen ihn mehrfach zurück.

Annabelle streckte den linken Arm aus und bemerkte sofort, dass die Linien, die von ihrer Handfläche bis zum Singenden Tor geführt hatten, verblasst waren. Sie waren von ihrer Hand verschwunden.

»Vielleicht erlischt das, was wir hinter uns haben.« Kitty nahm Annabelles Hand.

»Darüber wäre ich sehr froh«, sagte Annabelle. Wie schön wäre es, wieder sie selbst zu sein, mit reiner, weißer, unkartierter Haut.

»Wäre aber nicht so gut, falls wir den Weg zurück finden müssen«, sagte Kitty.

Hinter der schwarzen Grenze des Singenden Tors war der große Kreis zu sehen, der die Höhle darstellte, und dahinter nur eine einzige Linie, die sauber über Annabelles Arm verlief.

»Na, das ist leicht«, sagte Annabelle fröhlich. »Wir gehen einfach diesen Gang entlang.«

Aber Kitty ließ sie nicht los. Sie fuhr mit dem Finger die Linie entlang, die seitlich zum Rand von Annabelles Arm führte. Als sie den Rand erreicht hatte, drehte sie den Arm um. Die Linie ging weiter, verlor sich aber in einem weitläufigen Netz aus Gängen, Kammern, Hohlräumen und Grotten, das Annabelles gesamten Unterarm bedeckte. Mitten in dem verzweigten Labyrinth standen vier ordentliche Wörter.

»Das Königreich der Trolle«, flüsterte Annabelle und ihr blieb die Luft weg. »Oh, verstehe.«

Sie versuchte, nicht allzu ängstlich zu klingen.

»Wir müssen durchs Trollreich«, sagte Kitty.

Auf Annabelles Oberarm befand sich ein Gewässer. Annabelle sah dort kleine Wellen und ganz oben das Wort *Tränensee*. Sie wollte den See auf ihrer Haut berühren, hielt aber inne. Die Stelle fühlte sich schrecklich an, ganz einsam und leer.

»Der Tränensee«, flüsterte sie.

»Durch das Königreich der Trolle – wenn wir da durchfinden – und irgendwie über den Tränensee«, sagte Kitty. Und dann …«

Sie betrachtete Annabelles Schulter, fuhr mit den Augen hoch bis zu Annabelles Wange und wandte den Blick ab.

»Was?«, fragte Annabelle. Es war schrecklich, eine Karte auf dem Körper zu haben an Stellen, die sie nicht sehen konnte.

»Erst durch das Königreich der Trolle«, sagte Kitty und wich Annabelles Blick aus. Als sie versuchte, einen Schritt zu machen, zuckte sie zusammen.

Annabelle betrachtete die große Öffnung vor ihnen. Das war eindeutig der Zugang zum Königreich der Trolle und dort mussten sie hin. *Ich bin die furchtlose Retterin guter Magie. Ich bin ein zaubermächtiges Mädchen.* Sie versuchte, diese Gedanken voller Überzeugung zu denken, aber sie fühlten sich in ihrem Kopf immer noch unsicher an. Annabelle betrachtete den Ondona in ihrer Hand und dachte daran, wie sie gute Magie aus seiner Spitze hervorgebracht hatte. Davon wurde ihre Haltung gleich ein wenig aufrechter.

Sei tapfer. Sei gut.

Sie mussten weiter. Den Schattenwesen musste Einhalt geboten werden. Annabelle musste einfach nur an das denken, was sie im Waschzuber gesehen hatte, an die Dunkelheit, die kurz davor stand, über London hereinzubrechen. Sie mussten weiter, bis sie den Ewigbesten Zauberstab gefunden hatten.

»Wir fliegen«, sagte Annabelle.

Den Besen hatte sie unter dem Arm. Er bebte sachte neben ihr. Sie hatte ihn bisher noch nicht als den ihren bezeichnet, aber es fühlte sich richtig an, obwohl sie sich allein beim Gedanken daran auf die Unterlippe biss. Was würde Isabelle Rutherford wohl dazu sagen?

Kitty schüttelte den Kopf. Sie nahm eine Fackel von der Wand. »Die Gänge werden nicht lange so hoch bleiben. Nicht, wenn das ein Ort für Trolle ist. Trolle sind klein, dick und krabbeln gern.«

»Na, dann«, sagte Annabelle und konnte den leichten Schauder nicht unterdrücken, der sie überkam. »Fliegen wir, solange es geht.«

* * *

Die Gänge gefielen dem Besen nicht. Die beiden Mädchen mussten feststellen, dass der Besen frische Luft und den weiten Himmel mochte. Erst rührte er sich nicht vom Fleck. Er war wie ein störrischer Esel, der sich weder von Karotten noch von Schmeicheleien in Bewegung setzen ließ. Kitty seufzte, wovon es nur noch schlimmer wurde.

»Wir müssen den Weißen Zauberstab finden«, sagte Annabelle zu dem Besen und steckte den Ondona in ihre Schärpe. »Den Ewigbesten Zauberstab. Es ist äußerst wichtig. Wir müssen London retten«, fügte sie hinzu.

»Du bist auf einer ganz besonderen Reise, mein Lieber«, sagte sie. »Bitte flieg.«

Sie versuchte es mit weiteren Ermunterungen. »Stell dir vor, wenn wir wieder zu Hause sind – dann fliegen wir zusammen durch den Himmel.«

Drohungen. »Wenn du nicht sofort losfliegst, werde ich sehr wütend.«

Was schließlich funktionierte, waren keine Worte. Annabelle stellte sich vor, mit dem Zauberstab in der Hand die Flussleiter wieder hinaufzusteigen und ihre Großtanten zu sehen. Allein der Gedanke an sie erfüllte sie mit Sehnsucht: Miss Estellas wildes Lächeln und Miss Henriettas eisige blaue Augen. Annabelle verstand nicht, wie sie zwei Menschen, die sie gerade erst kennengelernt hatte, so vermissen konnte.

Der Besen schoss so schnell durch den Torbogen in den Tunnel, dass Kitty beinahe hinunterfiel.

Aber er war nicht gerne eingezwängt. Er flog ganz nah an der steinernen Decke entlang und sie mussten sich tief bücken, um nicht mit den Köpfen anzustoßen. Der Besen war nervös. Er mochte keine Kurven und Kehren, aber der Gang war voll davon. Der Tunnel beschrieb eine scharfe Biegung, die Decke wurde niedriger, die Wände rückten enger zusammen. Eine Zeit lang begleitete sie noch der Schein des Singenden Tors, dann verschwand das Licht aus dem Tunnel. Gelegentlich flackerte eine Fackel in der Ferne und kurz darauf kamen sie an der Stelle vorbei, wo sie ihren orangefarbenen Lichtkreis auf den Boden warf.

An dunklen Stellen hielt Kitty ihre Fackel hoch.

Im schwachen Licht sahen sie schließlich, dass der Tunnel sich vor ihnen gabelte. Der Besen zögerte, stockte, hielt an.

Kitty zuckte zusammen, als sie ihr Bein belastete.

»Karte«, sagte sie. Dann fügte sie hinzu: »Bitte, Eure Königliche Hoheit.«

Sie setzten sich auf den Boden, lehnten sich an die enge Tunnelwand und betrachteten die Karte. Im Schein der Fackel waren Kittys Augen ganz grün. Sie nahm Annabelles Arm und musterte ihn. Kittys Haare waren verfilzt und sie hatte die Knie an die Brust gezogen. Sie roch nach Blut und grünem Gras.

»Ob ich wohl auch lernen könnte, ein Herzlicht hervorzusingen?«, fragte Annabelle.

Kitty antwortete nicht, sondern sah sich die Karte an.

Annabelle überlegte, was sie wohl für ein Licht in sich hätte und welches Lied sie singen müsste, um es hervorzubringen. Vielleicht würde etwas Eigenartiges passieren. Vielleicht wäre es wie mit der Tasse ihres Geistes, die gar nicht aus elegantem Porzellan, sondern aus dunklem Steingut war und keinen Boden hatte. Vielleicht käme statt eines Herzlichts Feuer aus ihrer Nase. Sie lächelte im Dunkeln.

»Ich wünschte, ich könnte es verstehen«, sagte sie. »Wie du das machst.«

»Vielleicht können bestimmte Dinge nicht verstanden werden«, entgegnete Kitty.

»Aber kennst du noch jemanden, der das kann?«, fragte Annabelle.

»Nein«, erwiderte Kitty. »Aber ich habe alle möglichen Arten von magischen Menschen kennengelernt, die die seltsamsten Dinge können. Mr Huxley, der sich direkt vor meinen Augen in einen Wolf verwandelt hat, oder Miss Henrietta, die noch halb in ihrem Krähengefieder steckte. Die Bloomsburys, die in ihre magischen Spiegel blickten und gebrochene Herzen flickten.«

»Erzähl mir mehr davon«, sagte Annabelle.

»Psst.« Kitty runzelte wieder streng die Stirn und zog Annabelles Arm näher.

Sie berührte die Linie darauf und folgte ihr bis zu der Stelle, an der sie jetzt saßen. Hier teilte sich der Weg. Die Mädchen sahen, dass sich beide Gänge in der Folge noch weiter verzweigten. Die Karte wurde zu einem dichten Netz aus kreuz und quer verlaufenden Linien. Zu einem undurchdringlichen Labyrinth. Einem unlösbaren Gewirr aus Linien und Höhlen.

»Und jetzt?«, fragte Annabelle.

»*Du* bist doch das zaubermächtige Mädchen«, entgegnete Kitty.

Annabelle wusste, dass sie irgendetwas Bestimmtes tun sollte. Irgendetwas Magisches. Das erwartete man von ihr als der furchtlosen Retterin guter Magie. Sie fühlte sich jedoch einfach nur töricht. Kitty betrachtete sie.

Annabelle legte ihren eigenen Finger dort, wo sich der Tunnel teilte, auf ihre Haut.

Sie wollte es eigentlich nicht.

Es gefiel ihr nicht, wie die Karte auf ihrer Haut brannte. Ihr Kopf sagte: *Sieh weg*, aber ihr Herz sagte: *Fass an*.

Annabelle fuhr die Linien mit der Fingerspitze nach und etwas Schreckliches geschah.

Während ihr Finger sich vorwärtsbewegte, erfüllten die Gänge, Grotten, Höhlen und Kammern ihren Kopf.

»Oh«, sagte Annabelle.

Die Orte erfüllten ihren Kopf mit Fels, Moos und Wasser, das auf Wände tropfte. Annabelles Verstand raste an diesen Orten vorbei. An Stein und Stroh und dunklen Flechten. An dreckiger Trollwäsche auf durchhängenden Leinen. Plötzlich ein Trollgesicht aus der Nähe: grobschlächtig, grau, mit einem fauligen Grinsen. Annabelle riss den Finger von ihrer Haut und sah Kitty keuchend an.

»Du siehst die Stellen, die du berührst?«, fragte Kitty. »Das ergibt Sinn, schließlich hast du das zweite Gesicht und das hier ist eine magische Karte.«

»Aber aus der Nähe. Ich sehe die Wände«, sagte Annabelle. Sie verspürte eine ruhelose Panik, als wollte die ganze Karte sich ruckartig von ihrer Haut lösen oder sich im Gegenteil tief darin eingraben – sie wusste es nicht genau. »Das ergibt keinen Sinn.«

»Dein Problem ist, dass du immer nach Sinn suchst«, sagte Kitty. »Wenn du die Stellen aus der Nähe siehst, bist du bestimmt auch in der Lage, sie aus der Ferne zu sehen. Versuch es noch mal. Beweg dich von den Wänden weg; beweg deinen Verstand.«

»Ich will nicht noch mal hinschauen«, erklärte Annabelle.

»Himmel, hilf!« Kitty stöhnte. »Schau noch mal, sonst verpasse ich dir eine Kopfnuss. Du bist keine besonders furchtlose Retterin von irgendwas, wenn du es nicht tust.«

Damit hatte Kitty recht, also berührte Annabelle erneut mit dem Finger ihren Arm und augenblicklich hatte sie die Felswand vor dem Gesicht. Wenn sie könnte, würde diese Felswand in ihren Geist eindringen und ihn ganz ausfüllen. Annabelle war die Karte und alles auf der Karte war Annabelle. Was ihre Großtanten ihr damit angetan hatten, war grauenhaft. Die Felswand voller Schlamm, Stroh und Trollspucke rauschte an ihr vorbei. Annabelles Verstand ratterte durch die Gänge, bis sie Kittys Stimme hörte.

»Langsamer, Annabelle Grey. Langsamer.«

Kittys Stimme kam von weit her, aber Annabelle hörte auf sie und verlangsamte ihre Atmung. Ihre Vision verlangsamte sich ebenfalls. Annabelle atmete tief durch und kämpfte gegen den Drang an, den Finger von ihrem Arm zu nehmen. Sie wollte keinen Troll sehen. Weder seine grauen Zähne noch seine graue Haut. Sie atmete noch tiefer, verschob ihren Verstand ein wenig. Jetzt hatte sie sich von der Wand gelöst, war aber immer noch dicht davor und nah dran.

»Höher«, sagte sie lautlos zu sich selbst.

Dann blickte sie von oben auf die Tunnel hinab, blickte hinab auf die Gänge, die sich wanden und schlängelten – leere Orte, Orte voller Echo. Sie erhaschte einen Blick auf einen Troll, der unter ihr einen Pfad entlanghuschte, und dann auf Trollhäuser – grobe Löcher, in die Erde getrieben, rundlich, plump, ohne jeglichen Komfort – und darin essende, schlafende, tanzende und weinende Trolle.

Und ziemlich unerwartet entdeckte Annabelle sich selbst und Kitty in einem solchen Haus.

Da waren sie, auf dem Boden zusammengekauert, und sahen ängstlich aus. Aber bevor Annabelle anhalten konnte, war sie schon vorbeigerauscht. Sie versuchte zurückzukehren, mit dem Finger auf der Karte in die andere Richtung zu fahren, aber sie konnte das Zimmer nicht wiederfinden. Annabelle beschloss, dass ihr Verstand ihr einen Streich gespielt haben musste. Das war die einzige Erklärung, und so oder so hatte sie jetzt das Gefühl, auf dem richtigen Weg zu sein. Die Tunnel entwirrten sich. Sie wurden luftiger. Sie wurden breiter. Vor ihr tauchte eine große, offene Höhle auf, in der sich ein weitläufiger, dunkler See befand. An seinem Ufer wartete wieder ein Boot. Annabelle wusste, dass sie dorthin mussten. Zum Tränensee. Sie nahm den Finger von ihrem Arm.

»Der linke Weg«, sagte sie.

»Bist du sicher?«, fragte Kitty.

Annabelle dachte daran, wie sie zusammengekauert in dem Trollhaus gehockt hatten. Das Boot am Ende fühlte sich gut an. Es war der richtige Weg. Das spürte sie in ihren Fingerspitzen und in ihrem Herzen. Es war ein gutes Gefühl, sich selbst zu vertrauen. Sie hatte von ihrer Vision Gebrauch gemacht und es hatte sich gelohnt. Annabelle holte tief Luft.

»Ich bin sicher«, sagte sie.

* * *

In dem gewählten Gang konnten Annabelle und Kitty sich nicht aufrecht halten. Sie mussten zunächst vornübergebeugt mit nach vorn ausgestreckten Händen laufen. Bald mussten sie sogar krabbeln.

Annabelle war noch nie mit einem Besen und einem Zauberstab auf allen vieren durch einen Trolltunnel gekrabbelt und wollte es auch nie wieder tun. Dass Kitty darauf bestand, dass Annabelle vorauskroch und sich selbst dauernd auf Annabelles Umhang und Röcke stützte, machte die Sache auch nicht besser. Annabelle war sich beinahe sicher, dass Kitty das mit Absicht tat.

»Wir müssen vorsichtig sein«, flüsterte Kitty, die die Fackel trug. »Trolle sind bösartig.«

»Bist du schon mal einem begegnet?«

»Ja. In Tottenham. Na ja, ich habe ihn von hinten gesehen, als er in seinem Loch verschwand. Das hat mir gereicht. Der Gestank hat sich in meiner Nase festgesetzt und ich bin ihn wochenlang nicht mehr losgeworden. Trolle haben kleine, spitze Zähne, mit denen sie einen zerfetzen können.«

»Halt die Flamme hoch, damit ich sehen kann, was vor uns liegt«, flüsterte Annabelle.

»Nein, ich muss sie tief halten, falls uns einer entgegenkommt«, erklärte Kitty.

Wovon Annabelle nur noch größere Angst bekam. Sie wollte keinem Troll begegnen.

»Ich habe gehört, dass sie hübsche, reiche Mädchen zum Tee verspeisen«, sagte Kitty leise von hinten.

»Hör auf«, gab Annabelle zurück.

Dafür, dass Annabelle sie aus dem Singenden Tor gerettet hatte, war Kitty ausgesprochen gemein und undankbar. Annabelle spürte erneut einen Ruck an ihrem Umhang und war kurz davor, wirklich sehr wütend zu werden, als Kitty plötzlich flüsterte: »Halt.«

Vor ihnen blitzte ein Lichtschein auf und das Geräusch barscher Stimmen ertönte. Kitty zog Annabelle an die Wand und steckte die Fackel in die Erde, sodass sie erlosch.

»Grüm hätt gern verfaulte Äpfel zum Abendbrot«, maulte eine Stimme klar und deutlich.

Annabelle sah, wie das Licht vor ihnen zum Halten kam. Eine gedrungene Silhouette wurde sichtbar, die an einer

Kreuzung zu stehen schien. Daneben tauchte der Umriss einer weiteren Gestalt auf.

»Voll saftiger Würmer«, erklärte eine zweite Stimme.

»Ja, voll Würmer«, sagte die erste. »Riecht Moffe was?«

»Was denn?«

»Grüm hat was Fremdes geschnuppert!«

Die Flamme wurde höher gehalten und das Licht kroch im Tunnel auf Kitty und Annabelle zu. Es reichte bis kurz vor die Stelle, an der sie sich zusammenkauerten.

»Is wahrscheinlich garnischt«, sagte die erste Stimme. »Aber Grüm hätt schwören können, dass da was süß riecht.«

Das Licht ruckte noch ein Stück weiter nach oben, wurde noch höher gehalten, sodass es nur Millimeter vor den Knien der Mädchen stoppte.

»Grüm hat verfaulte Äpfel im Kopf«, sagte die zweite Stimme lachend, dann gingen sie weiter, nahmen eine andere Abzweigung und entfernten sich wieder von Kitty und Annabelle, die sich in der Dunkelheit umklammert hielten.

* * *

Die beiden Mädchen krabbelten weiter und Annabelle hatte entsetzlich weiche Knie. Sie tastete im Dunkeln herum, bis es ihr gelungen war, sich den Besen mit ihrer Schärpe auf den Rücken zu binden. Oben am Kragen riss sie ein Loch in ihr Kleid und schob den Stiel hindurch, damit sie ihn direkt auf der Haut hatte. Es gefiel ihr nicht, ihr Kleid zu zerreißen, aber gleichzeitig war sie stolz auf ihre Idee. Der Besen zitterte leicht an seinem neuen Platz und das fühlte sich gut an. Sie war ein Mädchen, das einen Besen auf den Rücken gebunden und einen Zauberstab in der Schärpe stecken hatte. Ein zaubermächtiges Mädchen. Sie flüsterte diese Worte und dachte an den plötzlichen Magieschwall, der das Singende Tor bewegt hatte.

An den Stellen, wo sich die Gänge teilten, brannte immer eine Fackel an der Wand. Offenbar hatten die Trolle ein ganzes Netzwerk davon, fast wie die Gaslaternen in Ober-London. An jeder Kreuzung konsultierten die Mädchen im Schein des Feuers Annabelles Arm. Annabelle fuhr mit dem Finger über die Karte, sah Kitty und sich jedoch nicht noch einmal zusammengekauert auf dem Boden eines Trollhauses sitzen, was sie beruhigte. Der Gedanke, möglicherweise die falsche Entscheidung getroffen zu haben, wäre entsetzlich gewesen.

Manchmal führten die Tunnel fast unmerklich nach unten. Dann wieder fielen sie steil ab und Annabelle und Kitty krochen auf den Hinterteilen vorwärts, um nicht zu fallen. Manchmal hörten die Mädchen aus der Ferne Stimmen – Trollstimmen – die sich näherten. Manchmal Gelächter. Einmal auch Getrampel, dazu die Schreie und Rufe einer Feier. Aber die Karte führte sie jedes Mal in die andere Richtung. Immer tiefer und tiefer. Es wurde immer stiller und stiller.

»Das gefällt mir nicht«, flüsterte Kitty.

Sie war an das Getöse in Ober-London gewöhnt. An das Dröhnen, Donnern und Rattern der Fabriken. An die Mietshäuser, die sich drehenden Räder, die Ausrufer, die singenden Trinker und die läutenden Glocken. An die Stimmen der Bäume und des Grases. Das plötzliche Auffliegen der Vögel im Marschland. Die Stille hier unten tat ihr in den Ohren weh. Es war eine Tief-unter-der-Erde-Stille.

Schließlich kamen sie an eine höhere und breitere Stelle, an der sie sich aufrichten konnten. Es gab keine Fackel, daher summte Kitty in der Dunkelheit, bis sie ein Herzlicht hervorbrachte, das sie in die Luft warf und anwachsen ließ, sodass ihre Schatten sich vor ihnen ausstreckten.

Die Höhle war voller Kieselsteine und ein flacher Bach floss hindurch. Sie überquerten ihn so schnell wie möglich, da es dort keinerlei Deckung gab, aber ihre Schritte machten Krach. Der schmale Bach plätscherte und Kitty war froh über das Geräusch. Sie humpelte und Annabelle sah, wie sie ihre Röcke hob und den Verband begutachtete.

»Ich sollte es noch mal mit Zauberei versuchen«, schlug Annabelle vor. »Vielleicht funktioniert es ja.«

»Sie sagen, deine Mutter sei Heilerin gewesen.« Kitty setzte sich und berührte den Verband.

»Hast du sie über meine Mutter reden hören?«, flüsterte Annabelle. Allein beim Klang des Wortes *Mutter* kamen ihr bereits die Tränen.

Ich kann dich nicht länger vor deiner Bestimmung bewahren.

»Fang jetzt bloß nicht wieder an zu heulen«, sagte Kitty.

»Tu ich nicht«, sagte Annabelle. »Es ist nur ... Was sagen sie denn so?«

»Dass sie gebrochene Vogelflügel heilen konnte und andere Wildtiere sowie kleine Kinder, die im Sterben lagen – sie konnte sie pflegen und rechtzeitig heilen.«

»Lass es mich versuchen«, sagte Annabelle.

Obwohl sie flüsterten, hallten ihre Stimmen in der Höhle wider.

Kitty streckte ihr Bein aus.

Annabelle schloss die Augen und dachte daran, was sie wollte. Sie wollte, dass der Schmerz in Kittys Knöchel nachließ und dieser heilte. Es war ganz deutlich in ihrem Kopf.

»Benignus«, sagte sie langsam und fand, es klinge äußerst magisch.

»Benignus«, wiederholte sie, aber nichts geschah. Der Ondona versprühte kein Licht. Annabelles Hand fühlte sich ganz leer an. Magie war eine verwirrende Angelegenheit.

»Ich habe sowieso Durst«, sagte Kitty und zog ihr Bein weg. Sie kniete sich neben den Bach, schöpfte eine Handvoll Wasser heraus und probierte es.

»Nur zu«, ermunterte sie Annabelle. In Ober-London waren viele Bäche verseucht, aber dieser hier schmeckte sauber. Das Wasser war süß und klar. »Es ist gut. Sonst würde ich es nicht trinken.«

Aber Annabelles Gesichtsausdruck hatte sich verändert. Sie starrte in den Bach.

Direkt unter der Wasseroberfläche ruckte und zuckte etwas. Annabelle dachte, es sei ein Fisch, und beugte sich vor. Der Bach war nicht tief, aber sie hatte das Gefühl, ins Meer zu blicken. Die Tiefe wunderte sie. Sie war beunruhigt und ihr Verstand sagte: *Sieh weg*, aber ihr Herz sagte: *Sieh genauer hin*. Das schwarze Etwas zuckte erneut. Annabelle betrachtete seinen Schwanz und stellte fest, dass es gar kein Schwanz war, sondern der Teil eines Flügels, und dass der Flügel Teil eines Pferdes war, das über den nächtlichen Himmel flog. Das dunkle Pferd zog eine dunkle Kutsche.

Tief in dem flachen Bach war es finster.

Es waren die Schattenwesen und Mr Angel.

Die Schattenwesen hatten sich in einen schwarzen Wagen verwandelt und Mr Angel ritt auf ihren Krallensitzen. Er ritt durch die Londoner Morgendämmerung, die mit schwachem Glanz durch den magischen Nebel drang; der Wagen schoss durch die Straßen, auf und ab, schneller, immer schneller. Er folgte der Linie der Dächer und glitt durch die Gassen; er drückte das Gras in den Gärten platt. Der dichte Nebel öffnete sich vor ihm und schloss sich hinter ihm wieder.

Annabelle wollte den Blick abwenden, ins Wasser schreien: *Stopp!*

Aber es hatte keinen Zweck. Sie konnte nichts weiter tun, als weiter zuzusehen.

Der Wagen aus Schattenwesen verlangsamte seine Fahrt. Er hielt in einer Straße an, die sie kannte.

Mr Angel stieg aus und ging durch den herumwirbelnden Nebel zu einer Tür. Er betrachtete das Fenster darüber. Ein Fenster, das zerbrochen und wieder geflickt worden war, die Risse noch deutlich zu erkennen. Er lächelte.

Annabelle spürte Kittys Arme unter ihren Achseln. Sie schnappte nach Luft, stellte fest, dass ihr Gesicht nass war.

»Willst du dich ersäufen, du Närrin?«, fragte Kitty und zog sie vom Wasser weg. »Du bist direkt reingefallen.«

Annabelle versuchte, Kitty in den Blick zu nehmen. Sie schüttelte den Kopf.

»Ich habe etwas Entsetzliches gesehen«, sagte sie, als sich die Höhle nicht länger um sie drehte. »Ich habe Mr Angel und die Schattenwesen vor dem Haus der Zauberer von Finsbury gesehen.«

»Passiert das jetzt oder erst in der Zukunft?«

Annabelle versuchte sich daran zu erinnern, was Mr Crumb gesagt hatte. Die Vergangenheit erschien bunt und laut. Die Zukunft schwarzweiß und lautlos. »In der Zukunft.«

Kitty drehte sich um und ließ ihr Herzlicht schrumpfen, sodass Annabelle ihr Gesicht nicht sehen konnte. »Na ja, dann haben wir noch Zeit«, sagte sie.

Annabelle betrachtete die Karte auf ihrem Arm. Sie hatten erst einen winzigen Teil des Linienlabyrinths durchquert, erst die Hälfte der Strecke zu ihrem Ellbogen zurückgelegt. Und was in ihrem Gesicht stand, konnte sie noch nicht mal sehen. Hatten sie wirklich noch Zeit? Wie lange waren sie schon in Unter-London? Die ganze Dunkelheit und diese endlosen Tunnel hatten sie das Zeitgefühl verlieren lassen. Sie war müde und hungrig.

Ich bin die furchtlose Retterin guter Magie, sagte sie sich streng. Sie strich ihr schlammiges Rosenblütenkleid glatt und richtete ihren frisch zerrissenen roten Stadtumhang. Sie vergewisserte sich, dass der Besen und der Ondona sicher verstaut waren.

»Danke«, sagte sie zu Kitty. »Dass du mich gerettet hast. Ich hätte ertrinken können.«

»Ohne mich würdest du nirgendwo hinkommen«, sagte Kitty, aber ihre Stimme klang nicht wütend. Stattdessen hatte Annabelle den Eindruck, den Hauch eines Lächelns bei ihr wahrzunehmen, das kurze Auftauchen eines Sonnenstrahls in ihrem Gesicht. Aber Kitty hatte sich bereits umgedreht und ging durch die Höhle, und das einzige Geräusch war das Knirschen ihrer Füße auf dem Kies tief unten in Unter-London.

In Ober-London flogen die Tauben durch die Luft. Sie flogen durch den dichten, braunen Nebel nach Bloomsbury, nach Hampstead, nach Stepney. Nach St. John's Wood und Kentish Town. Die Zauberer ließen sich auf ihren Chesterfield-Sofas nieder und warteten. Mr Bell nahm den Adela zur Hand, der auf dem Couchtisch zwischen ihnen lag.

»Benignus«, sagte er sanft und brachte das Feuer dazu, schwächer zu brennen.

Dann wandte er sich mit dem Zauberstab dem Fenster zu und reparierte es, abgesehen von einer Glasscherbe. Er nahm diese Scherbe, die von der Nachtluft ganz kühl war, und hielt sie in der Hand. Er sah sie an und hoffte auf ein Zeichen, dass Annabelle und Kitty Unter-London betreten hatten und in Sicherheit waren. Aber die Vision stellte sich nicht ein.

Stattdessen sah er Mr Angel und die Schattenwesen. Er sah sie durch die Straßen rauschen. Die Armee wuchs – inzwischen waren es Hunderte der albtraumhaften Wesen. Sie rotteten sich hinter Mr Angel zusammen und flüsterten sich seltsame, leere Geheimnisse zu, Geschichten ohne Ende, Gesprächsfetzen, die sie aufgeschnappt hatten. Sie heulten, schrien und kicherten. Ihre Krallen kratzten über Kirchenmauern und klopften an Kinderzimmerfenster.

Mr Bell hob den Blick vom Sehstein und schüttelte den Kopf.

Also warteten die Zauberer. Sie saßen ganz ruhig auf ihren Sofas und warteten. Sie waren das Warten gewöhnt. Zauberer warten auf Zeichen und Omen. Sie warten darauf, dass die Sonne oder der Mond genau an der richtigen Stelle am Himmel stehen. Sie warten darauf, dass der Zucker bis auf den Boden der Tasse mit Heinzelmännchentee gleitet und sich auflöst. Sie warten auf ein Kribbeln in den Ohren, und sobald es sich einstellt, wissen sie, dass der Moment gekommen ist, einen Blick in ihren Sehstein zu werfen.

Aber dieses Warten war schrecklich. Die Zauberer warteten während der ersten Stunden dieses seltsamen dunklen

Tages. Der Nebel raubte den Londonern den Atem. Sie verriegelten die rußgeschwärzten Fenster, entzündeten die Feuer und drängten sich darum. Auf dem Fluss waren überall Warnglocken zu hören, Vögel flogen gegen Fensterscheiben, Männer fielen aus Versehen von Brücken, und Kutschen stießen an Straßenecken zusammen.

Die Zauberer warteten, mit ernsten Mienen und verzagten Gedanken.

Schließlich war es so weit. Es klopfte an der Tür.

Mr Bell stand auf und ging die Treppe hinunter. Vorbei an den alten Büchern und Schachteln. Vorbei an der abblätternden Tapete, mit knacksenden, knarrenden Knien. Der Schatten im Glas an der Tür war riesig, aber Mr Bell duckte sich nicht. Er öffnete dem Besucher die Tür.

»Mr Angel«, sagte er.

»Mr Bell«, sagte Mr Angel, dann fing er an zu lachen. Mr Angel lachte über die Höflichkeit und die Angst des alten Zauberers. Er lachte über den dunklen Tag, den er geschaffen hatte. Er lachte über seinen Himmelsritt. Er lachte, weil die Nacht anbrechen und der Vollmond aufgehen würde. Er hob seinen Zauberstab und richtete ihn auf Mr Bell. Die Schattenwesen drängten sich hinter ihm, um zuzusehen.

12

»Wenn sie einen Besuch
macht, wird eine junge
Dame weder Tasse noch
Untertasse anrühren,
bevor nicht der Tee
serviert ist.«

Miss Finchs kleines blaues Buch (1855)

Annabelle und Kitty stießen in einem Tunnel, der sich meilenweit zu erstrecken schien, auf eine einsame Fackel. Kitty nahm sie und schluckte ihr Herzlicht hinunter. Sie waren froh über den neuen, warmen Lichtschein. Es gab Hunderte Gänge, alle stinkend und stickig, alle leer. An jeder Abzweigung befragten sie die Karte.

»Ja, das ist der Richtige«, sagte Annabelle, sobald sie es wusste, sobald ihr Finger, ihr Herz und die Karte es ihr sagten. Sie versuchte, fröhlich zu klingen, als wäre es vollkommen normal, sich für ein schmutziges Loch zu entscheiden und nicht für ein anderes. *Weiter geht's,* sagte sie sich jedes Mal lautlos, wenn sie an den Wagen aus Schattenwesen dachte, der vor dem Haus der Zauberer von Finsbury anhielt.

Der Tunnel wurde enger und niedriger. Annabelle und Kitty gingen auf alle viere und krabbelten durch die Stille.

»Wo sind denn wohl die Trolle?«, flüsterte Annabelle.

»Vielleicht sind sie bei einer Trollhochzeit. Trolle heiraten dauernd«, gab Kitty ebenfalls flüsternd zurück.

»Woher weißt du das?«

»Das hat Miss Henrietta immer gesagt: ›Ein Durcheinander wie bei einer Trollhochzeit.‹«

Annabelle versuchte sich vorzustellen, wie Kitty und Miss Henrietta sich darüber unterhielten. Miss Henrietta wirkte immer enttäuscht, wenn sie Annabelle ansah, Kitty dagegen betrachtete sie mit einer eigenartigen Hochachtung. Genau wie die Zauberer – mit Hochachtung, aber auch Traurigkeit.

Ich habe gehört, sie könne ihr Seelenlicht herbeisingen. Es gibt nicht mehr viele Mädchen wie Kitty.

Sie krabbelten und krabbelten, immer weiter, bis ihre Knie schmerzten. Sie rutschten auf dem Hinterteil durch enge Stellen. Sie betrachten die Karte auf Annabelles Arm, bis sie alles nur noch verschwommen sahen. Stunden vergingen. Kitty hob die Fackel und leuchtete in die vielen Räume, die von den Tunneln abgingen. Jedes Mal hielten sie den Atem an, bis sie feststellten, dass der Raum leer war. Es waren grobe, kleine Erdhöhlen ohne Möbel. Sollten dies Trollhäuser sein, lebten die Trolle äußerst unbequem, dachte Annabelle.

Aber in einer der kleinen Höhlen fiel das Licht auf etwas, das mitten im Raum auf dem Boden lag. Den Mädchen stockte der Atem, weil sie dachten, es sei ein Troll, aber das Ding bewegte sich nicht und sie krochen darauf zu. Es war ein Sack, bis oben hin voll mit Äpfeln. Es waren alte Äpfel, einige davon schon ganz weich, und sie rochen streng und überreif. Annabelles Magen verkrampfte sich und ihr lief das Wasser im Mund zusammen.

Es gab noch weitere Säcke. Einer enthielt ein graues Gemüse, das nach nichts roch, wie Kartoffeln; ein anderer enthielt Steine. Ganz hinten in der Ecke stand ein Sack, in dem sich etwas befand, das aussah wie bleiche Karotten.

»Ich esse einen Apfel«, sagte Kitty und ging zu dem ersten Sack zurück. »Ich esse sie alle auf.«

»Dürfen wir das?«, flüsterte Annabelle. »Es sind schließlich nicht unsere.«

Im schwachen Licht sah sie Kittys ungläubige Miene.

Kitty war daran gewöhnt zu essen, wo sie konnte: in den Obst- und Gemüsegärten großer Häuser, an den Mülltonnen vor Bäckereien, wo sich Kinder mit ausdruckslosen Augen um harte Brotkanten stritten.

»Wenn du nicht wärst, würde ich jetzt frisches Brot essen. Wir haben schon seit Stunden nichts zwischen die Zähne bekommen«, sagte Kitty. »Wen kümmert es, wem sie gehören? Hast du auf unserer Reise irgendwo Apfelbäume gesehen, Annabelle? Diese Äpfel hier haben die Trolle aus Kellern von oben gestohlen. Wir stehlen nur etwas, das bereits gestohlen wurde. Hier.«

Sie drückte Annabelle einen Apfel in die Hand und zog sich in die hinterste Ecke der Höhle zurück, wo sie sich einen Platz zwischen zwei großen Säcken suchte.

»Falls jemand kommt«, sagte sie.

Annabelle nahm den Besen von ihrem Rücken und den Zauberstab aus ihrer Schärpe. Sie konnte nicht genau sehen, welche Teile ihres Apfels braun waren und welche noch gut. Es widerstrebte ihr, zu essen, aber ihr knurrte der Magen. Die Fackel brannte nur schwach und warf einen sanften, orangefarbenen Schein.

»Welche Farbe mein Herzlicht wohl hätte?«, fragte Annabelle und ließ sich im Schneidersitz in der Dunkelheit nieder.

»Woher soll ich das wissen?«, entgegnete Kitty. Sie aß geräuschvoll. Ihr erster Apfel war bereits weg. Sie spuckte ein verfaultes Stück aus, wovon Annabelle übel wurde. Dann sprang sie auf und kehrte mit noch mehr Äpfeln in ihrem Rock zurück. Sie gab Annabelle, die mit ihrem ersten noch gar nicht angefangen hatte, noch zwei.

»Wie hast du das gelernt?«, fragte Annabelle. »Ich meine, wie bist du auf die Idee gekommen, es überhaupt auszuprobieren?«

»Na ja, woher wusstest du, dass du etwas in Pfützen siehst?«, gab Kitty zurück. »Du hast einfach in eine reingeguckt, oder?«

Annabelle biss ein winziges Stückchen ab. Für einen verfaulten Apfel schmeckte es herrlich.

»Ich habe gar nicht richtig verstanden, was da geschah«, sagte Annabelle.

»Ich auch nicht«, sagte Kitty. »Ich wusste nur, dass ich etwas in mir habe, das nicht zu dieser äußeren Hülle gehört, und als ich noch ein kleiner Winzling war, habe ich diesem Etwas vorgesungen und das Licht erschien. Und dann habe ich einfach geübt, genau wie du immer besser darin wirst, Dinge zu sehen. Ich kann das Licht einfach herbeisingen, mehr nicht. Und wenn meine Hülle weg ist, wird das Licht weiter draußen herumwandern.«

»Oh, sprich nicht von solchen Sachen. Das macht mich traurig«, sagte Annabelle.

Kitty lachte und sprach mit vollem Mund. »Kannst du spüren, was du in dir hast, Annabelle Grey?«

»Was meinst du damit?«

»Ich meine, was hier drin ist.« Kitty berührte Annabelles Herz. »Nicht das Kleid und die schicken Schlüpfer und die Manieren, sondern hier drin.«

»Ja«, sagte Annabelle, und um überzeugt zu klingen, wiederholte sie noch mal: »Ja, kann ich.«

»Du lügst.« Kitty lachte ihr jähes fröhliches und bissiges Lachen. »Du weißt rein gar nichts, Annabelle Grey.«

Vom Essen bekam sie bessere Laune.

»Wir sollten uns ausruhen«, sagte sie. »Nur einen Moment die Augen schließen, um Kräfte zu sammeln.«

Sie rammte die Fackel in die Erde.

Annabelle musste an ihre Vision im Höhlenbach denken.

An den schrecklichen schwarzen Wagen und Mr Angel, der zum Fenster der armen Zauberer von Finsbury hinaufblickte. Sie schüttelte den Kopf. Sie sollten keine Pause machen. Aber schon beim Kopfschütteln wurde sie ganz schläfrig. Der Apfel lag schwer in ihrem Magen, halb vergoren, klebrig auf ihren Lippen. Sie rieb sich die Augen.

»Nur ein kleines bisschen«, sagte Kitty.

»Ja«, sagte Annabelle. »Ja, wahrscheinlich hast du recht.«

»Es muss sein«, fügte Kitty hinzu. »Du weißt, dass es sein muss.«

Annabelle zog ihren Umhang aus und legte ihn zwischen den beiden Säcken auf den Boden.

»Leg dich zu mir auf den Umhang«, sagte Annabelle in der Dunkelheit. Er war weicher als der blanke Boden.

Sie rechnete nicht damit, dass Kitty es tun würde, aber dann spürte sie, wie das Mädchen näher rückte. Kitty roch ziemlich wild. Sie roch nach Straßen, Blättern und dem Himmel.

»Ich frage mich, wer deine Mutter war und wieso du allein bist«, flüsterte Annabelle.

Kitty erinnerte sich an rote, verletzende Hände und in einer Reihe stehende Kinder, an dicht gedrängte Körper, die Kälte.

»Ich weiß es nicht mehr. Vielleicht bin ich entführt worden«, sagte sie nur.

Annabelle stellte sich das vor. Keine Mutter. Nicht die leiseste Erinnerung an eine Mutter.

»Meine Mutter musste weg«, sagte sie. »Auf ... eine geschäftliche Reise ins Ausland.«

»Sie musste weg, damit du deine Talente schulen kannst«, erklärte Kitty. »Sie ist zaubermächtig, so wie du. Vielleicht ist sie ihren Zauberstab zurückholen gegangen.«

Annabelle malte sich aus, wie ihre Mutter den Lydia holte, ihren Zauberstab. Sie stellte sich vor, wie sie ihn von den Hexen von Montrouge zurückholte.

Sie ist zaubermächtig, so wie du.

Annabelle lächelte in der Dunkelheit. »Sie fehlt mir«, sagte sie.

Sie sagte es zu Kitty, aber genauso gut zur Dunkelheit. Sie wollte ihre Mutter treffen, sie kennenlernen, ihre echte Mutter, die, die Annabelles ganzes Leben lang verborgen gewesen war. Annabelle hatte tausend Fragen, die sie ihr stellen wollte. Fragen, die sie einfach beantwortet haben musste.

»Du wirst sie wiedersehen«, sagte Kitty, dann bekam sie einen Hustenanfall und Annabelle spürte die fiebrige Wärme neben sich.

»Welche andere Magie trägst du in dir?«, fragte sie, als Kitty sich beruhigt hatte.

»Psst«, sagte Kitty. »Du redest ununterbrochen.« Sie gähnte mit weit offenem Mund und Apfelaroma.

»Warum wohnst du nicht bei den beiden Misses Vine?«, fragte Annabelle. »Sie könnten dich unterrichten und dir helfen, deine Talente zu entfalten.«

Kittys Antwort ließ so lange auf sich warten, dass Annabelle schon dachte, sie sei eingeschlafen.

»Das ist nicht mein Platz«, sagte Kitty schließlich.

Warum nicht?, wollte Annabelle fragen. Es lag ihr schon auf der Zunge, die ganz schwer und dick war. Warum nicht? Wo war dann ihr Platz? Aber der Schlaf überkam sie bereits. Er überkam sie beide. Er überkam sie und zog sie noch tiefer hinab, weit hinab in die Finsternis.

»Das ist nicht nötig, Mr Angel«, sagte Mr Bell und verbeugte sich bekümmert. »Wir werden den Adela vor Ihnen niederlegen. Wir haben Nachrichten an alle anderen Mitglieder der Großen & Gütigen Zaubergesellschaft geschickt und ich weiß, dass sie es uns gleichtun werden.«

»Sehr vernünftig, alter Zauberer.« Mr Angel nickte. Er hob eine Hand und die Schattenwesen hinter ihm schrumpften und verschwanden in den Falten seines Umhangs. Dann folgte er Mr Bell die Treppe hinauf.

Die Zauberer warteten im Salon, den Adela auf dem Couchtisch vor sich.

Mr Crumb nahm den Zauberstab und erhob sich langsam. Er überreichte ihn ernst Mr Angel und sah dabei überaus ängstlich aus.

»Sehr weise, meine Herren«, sagte Mr Angel. »Sobald die Uhren stehenbleiben und die Dunkelheit anbricht, werde ich

über alle Paläste und Villen verfügen, über alle Kirchen und alle Räume des Parlaments. Ich werde nach meinem Gutdünken entscheiden, wen ich behalten und wen ich vernichten werde, und wenn ihr mir zu Diensten seid, wird es nicht zu eurem Nachteil sein. Aber erst ... das Mädchen. Die Hexen von Vine haben sie nach Unter-London geschickt, um den Ewigbesten Zauberstab zu finden?«

Mr Bell nickte.

Mr Angel stieß ein kleines Lachen aus. Er hob erneut die Hand in Richtung der Schattenwesen, die aus den Falten seines Umhangs glitten und durch das Zimmer wirbelten und kreisten. Sie wisperten und weinten, sodass die alten Zauberer sich die Ohren zuhielten. Als sie fertig waren, hatte eines der schrecklichen finsteren Wesen Mr Keatings Taschentuch in seiner blinkenden Kralle.

Das Taschentuch, mit dem Annabelle sich die Tränen getrocknet hatte.

»Ich habe die Schattenwesen ausgeschickt, um das Mädchen zu holen. Sie sind ohne sie zurückgekehrt. Ist jemand bei ihr? Versucht nicht, mich zu täuschen!«

»Sie wird von einem anderen Mädchen begleitet. Einem Mittelsmädchen namens Kitty. Sie haben sicher schon von ihr gehört.«

Mr Angel dachte darüber nach.

»Und ihr glaubt, sie kann euch alle retten?«, sagte Mr Angel. Er betrachtete den Adela in seiner Hand. »Ihr glaubt, sie kann die gute Magie retten? Ihr glaubt, sie wird bis zum

Mondaufgang zurück sein und mich besiegen? Lügt mich nicht an.«

Sie konnten nichts sagen als die Wahrheit.

Die Zauberer senkten den Kopf.

»Das glauben wir«, sagten sie.

13

»Eine junge Dame darf ihrem Gastgeber beim Abendessen niemals widersprechen. Sie sollte dagegen unter allen Umständen eine liebenswürdige und anmutige Haltung an den Tag legen.«

Miss Finchs kleines blaues Buch (1855)

Annabelle träumte von Landkarten: von entrollten Karten aus Papier, die vom Himmel flatterten; den Karten aus Miss Finchs Akademie, die sie eigenhändig gezeichnet hatte; und von der magischen Landkarte auf ihrem Körper. Die Welt konnte kartiert werden – das wusste sie in ihrem Traum –, aber es gab immer Orte, die nirgendwo verzeichnet waren. In ihrem Traum wusste sie, dass sie an solche Orte reisen würde.

»Alle gute Magie hängt von dir ab«, sagten die Zauberer, genau wie Mr Bell es in Wirklichkeit getan hatte, und sie betrachteten sie mit ihren freundlichen blauen Augen in ihren müden, faltigen Gesichtern.

»Ja, ich bin die furchtlose Retterin guter Magie«, erwiderte Annabelle und ihre Stimme klang sehr selbstsicher. Aber dann spürte sie, wie sie forttrieb – wie das manchmal in Träumen geschieht –, sie stieg langsam nach oben, hinauf zur Oberfläche von allem. Dann war sie dort angelangt, schlug die Augen auf und war überrascht, die Gesichter der Zauberer immer noch über sich zu sehen.

Noch überraschter war sie, als sie feststellte, dass ihnen kleine Bärte gewachsen waren, und einen Augenblick wunderte sie sich darüber. Dann bemerkte sie die Lumpen, die sich die Zauberer in ihre langen struppigen Haare gebunden hatten, und fand das recht eigenartig. Zu guter Letzt betrachtete sie die verfaulten Zähne in ihren Mündern und gelangte schließlich zu der Erkenntnis, dass sie überhaupt nicht die Zauberer von Finsbury ansah, sondern dass drei Trollmädchen auf sie herabblickten.

»Ooh. Is die hässlich«, sagte die Trollin mit dem gelben Kleid in der Mitte. Sie hatte ein flaches, graues Gesicht und eine platte Nase. Grinsend kraulte sie sich den kleinen Bart an ihrem Kinn.

»Sehr hässlich is die«, bestätigten die Trolle neben ihr, die beide je eine flackernde Fackel in der Hand hielten. Ihre Gesichter waren ebenso grau und ihre Nasen genauso platt wie die der Ersten. Aus den Nasenlöchern der einen ragte ein Büschel Haare.

Annabelle machte den Mund auf und versuchte zu schreien, stellte jedoch fest, dass das nicht ging. Vor lauter Angst bekam sie keine Luft. Aber Kitty erhob sich, trat um sich und schrie. Das erschreckte die Trolle, aber nur kurz. Zwei von ihnen stürzten sich auf sie.

Die Trollmädchen waren klein und dick, aber das schränkte

sie nicht ein. Sie waren ausgesprochen stark und schnell. Annabelle wurde an den Haaren gezogen, bevor sie überhaupt bemerkt hatte, dass jemand sie berührte, und ein grobes Seil wurde ihr um Arme und Taille geschlungen. Kitty wollte ein Herzlicht hervorbringen, vielleicht um ihnen Angst zu machen, aber eines der Trollmädchen brachte ihr Summen mit einem Schlag zum Verstummen. Der Lichtball löste sich zischend auf, als Kitty ebenfalls gefesselt wurde.

»Die hier kann zaubern!«, rief die Trollin, die Kitty festhielt. Die drei Mädchen hoben den Besen und den Zauberstab vom Boden auf und musterten sie.

Kitty beschimpfte sie als »schmierige Schafsköpfe«, »fette Muskelprotze« und bedachte sie mit einer Reihe weiterer Schimpfwörter, denen die Trolle mit interessierter Miene lauschten.

»Wir bringen die beiden zu Tantchen«, sagte eine von ihnen, als Kitty geendet hatte.

»Was is mit dem König?«, fragte die in dem gelben Kleid, die Annabelle gefesselt hatte. Sie war die Kleinste der drei und hatte eine nachdenkliche Miene aufgesetzt, während sie sich über den kurzen dunklen Bart strich.

»Der König is mit seiner Hochzeit beschäftigt«, sagte eine der anderen. »Wir bringen sie erst zu Tantchen.«

Annabelle und Kitty wurden aneinandergebunden. Das kleine Trollmädchen ging mit einer Fackel voraus, die beiden anderen folgten und so machten sie sich auf den Weg zu Tantchen.

»Und was jetzt?«, flüsterte Annabelle.

Es lief alles verkehrt. Mr Angel war auf dem Weg zu den Zauberern von Finsbury und sie sollte den Ewigbesten Zauberstab finden – und jetzt war sie mit einem Seil verschnürt.

»Hast du das etwa auf deiner Karte gesehen?«, zischte Kitty.

»Nein«, sagte Annabelle, aber vielleicht zögerte sie eine Spur zu lange, denn Kitty blieb stehen und starrte sie an, bis sie von hinten von den beiden Trollen geschubst wurde.

Die beiden hießen Otta und Marfa. Das wusste Annabelle, weil Trolle offenbar ununterbrochen über sich selbst sprachen.

Otta sagte: »Ich kann nich glauben, dass Otta zwei Menschenkinder gefunden hat. Tantchen wird sich freuen, das wird sie.«

Marfa sagte: »Marfa hat die Menschenkinder gefunden. Marfa hat sie erschnüffelt.«

Die Trollin, die vorausging und die Gruppe anführte, warf ein: »Ich hab sie gefunden. Ihr wisst genau, dass ich das war.«

Annabelle fiel auf, dass das kleine nachdenklich wirkende Trollmädchen sich nicht selbst mit ihrem Namen bezeichnete.

»Hafwen hat gar nischt gefunden!«, rief Otta.

»Gar nischt hat Hafwen gefunden!«, rief Marfa.

Dann kicherten sie lauthals, sodass es durch die Tunnel hallte, und Annabelle sah, dass Hafwens Schultern herabsackten.

Annabelle war sehr gut erzogen und Kittys Wildheit tat ihr in der Seele weh, aber die schlechten Manieren der Trolle traf sie vollkommen unvorbereitet. Trolle sagen nicht *Bitte* oder *Danke*. Sie fragen nicht *Wie geht es dir?* oder erkundigen sich nach deiner Familie. Sie sagen nicht *Verzeihung*, wenn sie aufstoßen oder einen Wind fahren lassen. Sie stoßen erschreckend häufig auf oder lassen einen Wind fahren. Hafwen ließ vor ihnen einen Wind fahren. Einen lauten Wind. Es stank und Kitty bedachte sie mit weiteren Schimpfwörtern, die Annabelle noch nie gehört hatte. Sie dachte, sie würde ohnmächtig werden. Otta und Marfa schubsten sie von hinten.

»Lauf weiter, hässliches Mädchen«, sagten sie.

Noch nie in Annabelles ganzem Leben hatte jemand sie hässlich genannt.

Sie gingen durch Trolltunnel hinauf und hinab. Sie durchquerten Trollhöhlen. Sie liefen und krabbelten. Trolle konnten sehr gut krabbeln.

»Schnell, bevor die Hochzeitsfeier des Königs zu Ende is«, sagte Otta.

»Schnell, schnell, schnell, oder sie entdecken unseren Schatz«, sagte Marfa.

Schließlich tauchte ein schwacher Schein in der Ferne auf. Otta und Marfa riefen: »Tantchen, Tantchen«, und richteten sich auf. »Otta und Marfa haben eine Überraschung.«

Eine entfernte Stimme erklang: »Eine Überraschung! Ihr habt doch nicht Hafwen umgebracht, oder?«

»Nein!«, riefen die beiden Trollmädchen entzückt. »Warte nur, bis Tantchen es sieht!«

Sie schoben Annabelle und Kitty durch das Trollloch und steckten ihre Fackeln in Halter an der Wand. Der Raum war winzig, der Boden von Essensresten übersät. Es gab noch ein Loch, das aus dem ersten Raum weiterführte und von dort hinten ertönte jetzt erneut die Stimme. Es war eine laute, raue Stimme.

»Dann zeigt es Tantchen. Ist es der größte Wurm, den ihr je im ganzen Trollreich entdeckt habt?«

Annabelle und Kitty wurden durch das zweite Loch geschubst. Dort auf dem Boden, auf einer Pritsche aus Stroh, Haaren und dem Grün von Wurzelgemüse, lag eine äußerst fette Trollfrau. Sie war etwa genauso groß wie die anderen Trolle, aber doppelt so dick. Ihr Bauch zeichnete sich unter ihrem völlig verdreckten Nachthemd ab. Als sie sah, was ihre Nichten ihr mitgebracht hatten, bekam sie große Augen. Otta und Marfa packten sie an je einem Arm und zogen sie in eine sitzende Position hoch.

»Bei allen Trollen des Trollreichs«, keuchte Tantchen. »Ihr habt Menschenkinder gefunden.«

»Otta hat sie gefunden«, sagte Otta.

»Marfa hat sie gefunden!«, kreischte Marfa und versetzte ihrer Schwester eine Ohrfeige.

»Ich habe sie gefunden«, sagte Hafwen und musterte stirnrunzelnd ihre Gefangenen.

Annabelle sah Scharfsinn in den dunkelgrünen Augen

dieses Trollmädchens aufblitzen. Und noch etwas anderes: eine winzige Perle Traurigkeit. Aber als sie genauer hinsehen wollte, hatte die kleine Trollin schon den Blick abgewandt und starrte die Wand an.

»Bringt sie her«, sagte Tantchen. »Die Dunkelhaarige is zu knochig und taugt gar nischt, aber seht euch mal die Blonde an. Bringt sie her, damit ich sie mir anschauen kann. Tantchen wird ihren Arm befühlen und euch dann genau sagen, wie ihr sie zubereiten müsst und mit welcher Soße und welchem Nachtgemüse ihr sie servieren könnt.«

»Was is mit dem König?«, fragte Hafwen.

»Pah! Der König – was soll mit ihm sein? Er hatte doch gerade ein Hochzeitsmahl. Tantchen wird ihm die Dünne schicken und die Dicke behalten!«, rief Tantchen.

Annabelle war noch nie dick genannt worden! Niemand hatte ihr je gesagt, wie sie zubereitet werden sollte! Sie wollte etwas sagen und hob gerade an zu sprechen, als Otta sie unterbrach.

»Die hier kann zaubern.« Otta stupste Kitty mit ihrem dicken, dreckigen Finger an.

»Ach ja?«, sagte Tantchen. »Umso besser! Der König wird uns 'ne Belohnung für sie geben. Zauber mal was, Menschenkind.«

»Das geht nicht, wenn ich gefesselt bin«, sagte Kitty.

Tantchen lachte und ihr Bauch wackelte.

»Tantchen is nich blöd!«, sagte sie. »Wenn wir dich losbinden, zauberst du uns tot.«

»Und die hier lag neben diesen zwei Holzstücken«, erklärte Marfa.

»Das sind mein Besen und mein Zauberstab«, sagte Annabelle. Dann fügte sie hoffnungsvoll hinzu: »Ich kann auch zaubern.« Sie wollte nicht in einem Topf mit Nachtgemüse gekocht werden.

Marfa versetzte Annabelle einen Schlag auf den Kopf, weil sie gesprochen hatte.

»Au!«, rief Annabelle. »Bitte hör auf.«

Otta und Marfa hoben die Augenbrauen.

»Bitte«, wiederholte Annabelle. Sie war äußerst verärgert. »Wir müssen das Königreich der Trolle durchqueren und unsere Reise fortsetzen. Wir müssen den Ewigbesten Zauberstab finden. Ich bin die furchtlose Retterin guter Magie und die Jüngste und Fähigste der Großen & Gütigen Zaubergesellschaft, und ganz London hängt von mir ab.«

Otta und Marfa lachten so sehr, dass sie beide einen Wind fahren ließen.

Sie schubsten Annabelle zu Tantchen, die sie in den Arm kniff.

»Köstlich«, sagte Tantchen. »Aber seht mal – sie hat hier überall Linien. Ob das den Geschmack verdirbt? Sag Tantchen noch mal, wo du mit einem Besen und einem Zauberstab herkommst und was der Zweck deiner Reise ist.«

»Ich komme aus London«, sagte Annabelle und hätte nach oben gezeigt, wenn sie einen Arm frei gehabt hätte. »Haben Sie davon schon gehört? Und die Welt schwebt in Gefahr, müssen Sie wissen, weil es einen Herrn namens Mr Angel gibt, der eine Maschine gebaut hat, die schwarze Magie erzeugt, und er beschwört bereits Schattenwesen herauf. Das sind entsetzliche Kreaturen, denen Sie sicher ungern begegnen würden. Und wenn der Mond heute Nacht aufgeht, wird er eine ganze Armee von ihnen heraufbeschwören und alles in Staub verwandeln. Zumindest glaube ich, dass es in Ober-London heute Nacht ist.«

Oh, das klang alles ganz verkehrt. Kitty tat nichts, um ihr zu helfen. Kitty freute sich wahrscheinlich, dass sie nicht für den Topf vorgesehen war, sondern zum König gebracht werden sollte. Allein der Gedanke verärgerte Annabelle nur noch mehr. Sie stieß ein leises wütendes Geräusch aus.

»So, ja, die Welt, die ganze Welt wird in Finsternis versinken. Und ich bin die furchtlose Retterin guter Magie und ich muss den Weißen Zauberstab finden und ihn zurück zur Großen & Gütigen Zaubergesellschaft bringen, damit sie Mr Angel besiegen können. Ich bitte Sie, uns weiterziehen zu lassen!«, rief sie verzweifelt.

»Ja«, sagte Tantchen und kratzte sich an ihrem dicken Bauch und anschließend an ihrem dicken haarigen Kinn. »Natürlich.«

Annabelle atmete auf.

»Nur, dass wir Trolle die Finsternis sehr gern mögen«, fuhr Tantchen fort. »Und dieser Mr Angel will mehr davon, sagst du? Und du bist unterwegs, die Welt zu retten, und diese Dürre hier kann zaubern?«

»Ich kann auch ein bisschen zaubern«, sagte Annabelle eifrig.

Es klang, als wäre es gelogen.

»Ja, jetzt könnt ihr beide zaubern«, sagte Tantchen. »Tantchen muss nachdenken ... Die Dünne wurde beim Zaubern gesehen. Die mit den goldenen Haaren und den zwei Stöcken sagt, sie kann zaubern und sie ist die furchtlose Retterin der Magie, ist hier, um die ganze Welt zu retten, oben und unten ... Tantchen muss nachdenken.«

Otta und Marfa beugten sich vor und warteten auf die Entscheidung. Tantchen kaute auf ihrer Unterlippe wie eine riesige Kuh. Hafwen starrte ungerührt die Wand an.

»Nein«, sagte Tantchen schließlich. »Wir essen sie beide. Mit schwarzer Soße. Die Dünne wird der ganzen Sache mit ihren magischen Knochen Geschmack verleihen.«

Dann fing sie an zu lachen. Sie lachte dröhnend, sodass Lehmstücke von den Wänden des kleinen runden Raumes fielen.

»Lasst sie gefesselt, während Otta und Marfa zum Nachtgarten gehen. Hafwen kann sie bewachen«, befahl Tantchen. »Menschenkinder sind gerissen. Sie sind ziemlich gut darin, zu entkommen.«

»An mir kommen sie nicht vorbei«, sagte Hafwen.

* * *

Hafwen schob Annabelle und Kitty zurück in den ersten Raum, in dem der Besen und der Zauberstab neben der Tür lagen, und schubste sie in eine Ecke. Sie setzte sich so dicht an Kitty und Annabelle, dass ihre flachen warzigen Knie beinahe Annabelles berührten.

Annabelle dachte an ihre Vision. Genau das hatte sie gesehen, und beim Gedanken daran schauderte sie und schloss die Augen. Hafwen hatte den Blick abgewandt und starrte an die Wand. Annabelle sah Kitty an und Kitty nickte zustimmend.

»Warum kannst du nicht mit gefesselten Armen zaubern?«, fragte Hafwen an die Wand gerichtet.

»Offenbar braucht man die Arme zum Zaubern«, sagte Kitty. »Ich war noch nie gefesselt, deshalb ist mir das bisher nicht aufgefallen.«

»Tja, jetzt bist du's«, sagte Hafwen zufrieden zur Wand gerichtet.

Hafwen starrte die Wand an und Annabelle starrte Hafwens Augen an. Sie waren nicht dunkler oder heller als die Augen ihrer Trollschwestern, aber sie waren anders. In ihnen blitzte etwas. Es war ein winziges Blitzen, kaum wahrnehmbar, aber trotzdem ein Blitzen. Trolle sind nicht gerade bekannt für das Blitzen in ihren Augen.

»Und was kannst du mit diesem Zauberstab machen?«, fragte Hafwen und starrte weiter die Wand an.

»Viel zaubern. Ich habe das Singende Tor dazu gebracht, Kittys Fuß freizugeben«, sagte Annabelle. Sie machte eine

Kopfbewegung hin zu dem Verband an Kittys Knöchel. Hafwen warf einen kurzen Blick auf Kittys Bein.

»Am Singenden Tor kommen nicht viele vorbei«, erklärte Hafwen. »Tut es weh?«

»Natürlich tut es weh«, sagte Kitty.

»Gut«, sagte Hafwen.

»Gefällt es dir hier, Hafwen?«, fragte Kitty.

Hafwen ignorierte sie.

»Lebst du schon immer hier?«, fragte Annabelle. Sehr sanft. Sehr höflich.

»Ich weiß nicht, warum ihr mit mir redet«, sagte Hafwen. »Ich rede erst mit euch, wenn ihr Teil eines Eintopfs seid.«

»Das ergibt doch keinen Sinn«, erklärte Kitty.

»Halt deinen blöden Menschenschnabel«, sagte Hafwen.

Annabelle holte tief Luft und schloss die Augen. Sie wusste, dass Hafwen ihre einzige Hoffnung war. Woher sie das wusste, war ihr nicht klar, sie hatte bisher nie mit Trollen zu tun gehabt, aber sie war sich sicher.

»Ist sie immer noch fett, Hafwen?«, rief Tantchen aus ihrem Zimmer. »Vielleicht sollten wir ihr was zu essen geben.«

»Sie ist immer noch fett, aber ich gebe ihr ein paar Nachtrüben zu essen«, antwortete Hafwen.

»Gut!«, rief Tantchen. »Tantchen kann sie bis hier riechen. Sie wird schmecken wie Hochzeitstorte.«

Hafwen stand nicht auf. Sie holte keine Nachtrüben.

»Vielleicht kann ich etwas für dich zaubern, Hafwen«, sagte Annabelle.

»Was denn?«

»Vielleicht kann ich in meinen speziellen Sehstein schauen und dir deine Zukunft sagen.«

»Ich kenne meine Zukunft bereits.« Die Art, wie Hafwen das sagte, hatte etwas sehr Trauriges an sich. Ihr Trollgesicht war ganz knittrig und wütend.

Etwas in Annabelles Herz wurde weich. »Das kann man nie wissen«, entgegnete sie. »Ich zum Beispiel hätte nie gedacht, dass ich auf ein solches Abenteuer gehen würde. Mein Sehstein ist in meinem Mieder, gleich hier. Du könntest ihn herausholen und auf mein Knie legen.«

Hafwen sah unentschlossen aus. Sie wollte gern, das konnte Annabelle erkennen. In ihrem haarigen Trollhals pulsierte es. Schließlich stand Hafwen auf und holte den rubinroten Sehstein aus seinem Versteck. Sie legte ihn auf Annabelles Knie.

Annabelle blickte hinein.

»Was siehst du?«, fragte Hafwen.

»Du musst Geduld haben«, flüsterte Annabelle.

Sie hatte Angst. Was, wenn es nicht funktionierte? Sie dachte an die Teetasse ihres Geistes und machte sich daran, sie zu leeren. Was war mit ihren Großtanten passiert? Was würde Mr Angel mit den Zauberern von Finsbury machen? Würde sie den Zauberstab finden? War sie stark genug? Kitty, immer wieder Kitty – die ihr geholfen hatte, obwohl sie es nicht hätte tun müssen. Die Zeit. Der Mond. Ihre Mutter. Schließlich beruhigte sich ihr Geist.

Annabelle blickte in den Glasstein und hatte ein seltsames Gefühl im Bauch, als wäre sie mit dem Himmel verbunden – ein Gefühl, das sie gleichermaßen verabscheute und liebte. Sie verspürte das eigenartige Fallen, das Aufsteigen. *Ich würde gern die Zukunft von Hafwen, der Trollin, sehen,* sagte sie sich vorsichtig. Sie hatte bisher nie gefragt; hatte immer einfach zur Kenntnis genommen, was gekommen war. *Bitte,* fügte sie hinzu, denn sie wollte ihre Manieren nicht vergessen.

Sie sah etwas im Glas. Etwas Eigenartiges. Sie sah Gras. Langes Gras, das feucht war vom nächtlichen Tau.

Nun, das ist nicht gerade hilfreich, dachte Annabelle, aber dann wurde ihr bewusst, dass das Gras ganz grün war, und sie konnte das Gras riechen, überall roch es nach grünem Gras, und plötzlich tauchte direkt vor ihr ein Kopf auf. Es war Hafwen, die mit ihrem knittrigen, wütenden Gesicht auf allen vieren aus einem Loch gekrabbelt kam. Das Trollmädchen setzte sich, *platsch,* zerdrückte das Gras und blickte in den Himmel hinauf.

Da hörte Annabelle die Nacht. Sie hörte die Nacht um Hafwen herum, das Singen der Insekten und das Seufzen der Gräser. Sie sah den großen, klaren, funkelnden Sternenhimmel. Den schaute Hafwen sich an. Sie saß da, den Kopf auf die Knie gelegt, und blickte mit einem äußerst untrolligen Staunen nach oben. Sie betrachtete die Sterne, bewunderte sie, streckte die Hand aus, als könnte sie einen pflücken, dann wirkte sie schuldbewusst und enttäuscht, dass sie so etwas getan hatte.

»Warum dauert das so lange?«, fragte Hafwen und Annabelle rauschte plötzlich hinauf und hinaus aus ihrer Vision, sah Hafwens Kopf verschwinden und dann nichts weiter als schlichtes rotes Glas.

»Du solltest sie nicht unterbrechen, du traniger Trolltölpel«, sagte Kitty. »Sie war gerade mitten in ihrer Vision.«

»Was is los da draußen?«, rief Tantchen.

»Nichts«, sagte Hafwen. »Sie mag nur keine Rüben.«

Sie war schlau, diese kleine Trollin.

»Was hast du gesehen?«, flüsterte Hafwen und beugte sich vor.

»Na ja ...« Annabelle lächelte trotz allem. »Ich habe schöne Sterne gesehen.« Sie hörte, wie Hafwen der Atem stockte. »Ich habe einen gesehen, der dir gehörte«, fügte Annabelle hinzu.

»Mir«, flüsterte Hafwen, aber dann verhärtete sich ihre Miene. »Du lügst.«

»Würdest du nicht gerne ein Abenteuer erleben?«, fragte Annabelle. »Wenn du uns hilfst, würdest du einen Stern ganz für dich allein bekommen. Ich weiß es. Ich habe es gesehen.«

Es war nicht ganz die Wahrheit, aber sie wusste, es war ihre einzige Chance.

Keine Antwort. Aber in Hafwens Wange zuckte es leicht. »Wie kann ich denn einen Stern bekommen?«, fragte sie.

»Ich weiß, wo es frisch gepflückte gibt«, sagte Annabelle.

Kitty betrachtete sie, auf ihrem Gesicht breitete sich ein seltenes Lächeln aus.

»Wenn Annabelle es gesehen hat, ist es auch so«, sagte sie. »Glaubst du, sie würden jemanden ohne Talent auf eine so gefährliche Reise schicken?«

»Ich habe dich oben gesehen«, erklärte Annabelle.

»Natürlich gehe ich nach oben«, sagte Hafwen. »Die Trolltunnel führen überallhin, direkt in eure Keller. Was glaubst du, wo ich dieses Menschenkleid herhabe?«

Es stimmte. Hafwens gelbes Kleid hatte ganz eindeutig nicht den richtigen Schnitt und die richtige Größe für das Trollmädchen. Annabelle stellte sich Trolle in ihrem Keller vor, die vielleicht sogar ihre Treppe hinaufschlichen und ihre Schubladen durchwühlten. Oh, wie blind sie gewesen war!

»Aber ich habe dich draußen gesehen, wie du zu den Sternen hochgeschaut hast«, sagte Annabelle.

Hafwen runzelte die Stirn. »Bei den Sternen?«, fragte sie.

Die Art, wie Hafwen *Sterne* sagte, verursachte Annabelle Gänsehaut.

»Aber wie habe ich einen vom Himmel geholt?«

»Ich habe nicht gesehen, wie du einen gepflückt hast, aber ich habe dir schon gesagt, dass ich weiß, wo sie für Trolle wie dich aufbewahrt werden.«

Hafwen sah entsetzlich traurig und schuldbewusst aus. Sie schüttelte den Kopf. »Wir sollen nicht zum Himmel hinaufschauen«, flüsterte sie. »Bleibt drinnen. Bleibt unten, heißt es. Esst Würmer und heiratet; wartet nischt. Kümmert euch um euren Garten. Bekommt ein Baby. Aber ich gehe rauf zu einer Stelle, wo Gras wächst, eine ganze Wiese voll, und nischt als der Himmel voller funkelnder Juwelen.«

»Ja, das habe ich gesehen«, sagte Annabelle. »Und wenn du mit uns auf ein Abenteuer gehst, bekommst du einen.«

»Sei nicht dumm«, zischte Hafwen. Ihre Miene und das Blitzen in ihren Augen verdüsterten sich, sie wandte sich der Wand zu und sprach nicht mehr mit ihnen.

In einem anderen Leben, ihrem Leben von vor zwei Tagen, hätte Annabelle jetzt aufgegeben. Sie hätte geweint. Sie hätte gerufen: »Ich will nach Hause!« Aber hier in dieser Trollhöhle, in der die schwache Fackelflamme an der Wand flackerte, wusste sie, dass Hafwen der Ausweg aus ihrer misslichen Lage war. Es war ein guter Gedanke, der sie in Hochstimmung versetzte, wie ein Drachen, den ein Windstoß emportrug. Kitty sah sie an, nicht stirnrunzelnd, sondern aufmunternd. Der Drachen zog noch stärker an ihr.

Als Otta und Marfa wieder durch die Tür gestolpert kamen, rief Tantchen: »Ich hoffe, ihr habt die Steine und Würmer nicht vergessen.«

Otta und Marfa trugen einen großen schwarzen Topf voll mit Flusswasser und Nachtgemüse.

»Und ich hoffe, ihr habt genug Wasser!«, rief Tantchen erneut aus ihrem Zimmer. »Es kommen immerhin zwei in den Topf. Bewacht Hafwen sie noch?«

»Sie schmollt mit ihnen in der Ecke«, sagte Otta und kniff Annabelle in den Arm. »Arme, jämmerliche Hafwen«, sagte

Marfa, dann gingen sie wieder los, um Würmer und Flusssteine zu sammeln.

Annabelle wusste, dass Hafwen die am wenigsten Jämmerliche von allen war. Von Otta, Marfa, Tantchen und allen Trollen des Trollreichs. Sie hatten das große Glück gehabt, auf ein Trollmädchen mit einem Blitzen in den Augen zu treffen.

»Sag, dass du uns hilfst. Komm mit uns auf ein Abenteuer«, sagte Annabelle, sobald Otta und Marfa wieder weg waren.

»Bist du blöd«, zischte Hafwen, aber sie hatte die Stimme gesenkt, damit Tantchen sie nicht hören konnte.

»Wir werden den Ewigbesten Zauberstab finden und nach London zurückkehren und dann besorgen wir dir einen Stern.«

Hafwen starrte auf die dreckigen Handflächen ihrer dicken behaarten Hände hinab. Der kleine dunkle Bart an ihrem Kinn zuckte. Annabelle betrachtete sie. Es schien unmöglich, dass sich in der Gestalt mit dem strähnigen fettigen Haar, die dort kauerte und nach verfaulten Zwiebeln stank, etwas Kleines und Glänzendes verbarg. Aber Annabelle konnte sie spüren. Hafwens Gabe zu staunen.

»Manchmal«, flüsterte Hafwen, »wenn ich oben auf der Erde bin, singen die Gräser. Die Bäume – sie singen auch und ihr Atem ist voller Grün. Die Nacht ist ganz rein. Warum ist die Nacht so, so singend und rein, dass sie einen verzaubert?«

»Ich weiß es nicht«, entgegnete Annabelle. »Aber diese Nacht ist deine Bestimmung, Hafwen. Komm mit uns.«

Hafwen antwortete nicht. Sie starrte nur nachdenklich ihre dreckigen Trollhände an, bis Otta und Marfa zurückkehrten. Jetzt hatten sie alles Nötige mitgebracht. Tantchen rief Anweisungen von ihrem Nest aus. In der Ecke wurde ein Feuer entzündet und der Raum füllte sich mit Rauch. Annabelle und Kitty mussten husten, aber den Trollen schien das gar nichts auszumachen. Der Topf wurde aufs Feuer gestellt und mit den Flusssteinen gefüllt.

»Ihr müsst erst die magische Dünne reintun!«, brüllte Tantchen. »Sie wird dem Wasser Geschmack verleihen.«

»Mich steckt ihr nicht in einen Topf!«, rief Kitty.

Otta hatte den Ondona in der Hand und richtete ihn auf Kitty, wobei sie so tat, als zauberte sie. »Er funktioniert nicht«, sagte sie.

»Gib ihn Marfa!«, bellte Marfa, packte den Zauberstab und richtete ihn ebenfalls auf Kitty. Als er nichts bewirkte, lachte sie und warf ihn ins Feuer.

»Nein!«, schrie Annabelle, als der Zauberstab in Flammen aufging. Der Zauberstab ihrer Großtanten! Der alte Ondona. Sie krümmte sich vor Entsetzen. Oh, Miss Henrietta würde äußerst erzürnt sein.

Aber was spielte es für eine Rolle? Sie waren sowieso erledigt. Es hatte keinen Zweck. Dies war das Ende, dachte Annabelle, als Hafwen sich ein wenig vorbeugte und ihr zuflüsterte: »Sag mal.«

Der Raum wurde vom Klappern und Rasseln der Töpfe angefüllt und von einer Hitzewelle, als die Flamme aufloderte.

»Was denn, Hafwen?«, sagte Annabelle ebenfalls flüsternd.

»Würde ich meinen Stern in einer Schachtel aufbewahren?«

»Ja«, flüsterte Annabelle.

Dann waren Otta und Marfa bei ihnen und schubsten sie hier- und dorthin. Annabelle sah, wie Kitty zum Topf geschleppt wurde, ihr kleines blasses Gesicht angstverzerrt. Sie sah auch Hafwen, die ihren Arm um Kitty gelegt hatte, sie stieß und schubste, und sie war sicher, dass das Trollmädchen sie bloß ausgetrickst und nie vorgehabt hatte, ihnen zu helfen. Da hörte sie das Zischen von Wasser auf den Flammen und erkannte Hafwens Umriss neben dem Topf, bevor Dampf den Raum einhüllte.

»Hafwen?«, rief Marfa, dann ertönte ein schrecklicher Schrei und ein Schlag, als Marfa zu Boden stürzte.

»Hafwen?«, rief Otta und es folgte ein ähnlicher Schlag.

Annabelle spürte Hände auf sich, grobe Hände, die sie losbanden. Sie tastete nach Kitty und fand sie. Noch nie war sie dankbarer gewesen, die Hand eines so wilden Mädchens halten zu können.

»So, Menschenkinder aus Ober-London«, ertönte Hafwens Stimme dicht an ihrem Ohr. »Wir dürfen nicht trödeln, wir müssen rennen.«

Annabelle griff nach ihrem Besen neben der Tür und er bebte in ihrer Hand, während sie polternd und stoßend aus dem Trollloch stolperten. Die Höhle wackelte und Dreck rieselte herab, als sich Tantchen von ihrem Nest erhob, um hinter ihnen herzujagen.

Mr Angel stand auf der Schwelle einer Villa in Bloomsbury und lauschte, was in ihrem Innern vor sich ging. Die welken Hexen in ihren alten zerlumpten Kleidern riefen sich leise etwas von einem Zimmer zum anderen zu. Sie flüsterten miteinander in dem großen staubigen Haus, in dem die Möbel abgedeckt und die Besen in Schränken verstaut waren. Die Tage der großen und eindrucksvollen Magie lagen hinter ihnen. Die Schattenwesen drückten ihre dunklen Gesichter an alle Fensterscheiben.

»Er ist da, Matilda.«

»Er steht vor der Tür, Esmeralda.«

»Er wartet, Lady Pansofia.«

»Wir werden tun, was die Zauberer sagen. Unsere einzige Hoffnung ist das zaubermächtige Mädchen.«

Lady Pansofia holte den Delilah und öffnete die Tür. Mr Angel verbeugte sich äußerst höflich. Er richtete den Schwarzen Zauberstab auf sie und lächelte.

Wenig später übergaben ihm die krummen, gebeugten Zauberer von Kentish Town, die einst voll wilder Magie ge-

steckt hatten, den Kyle. Mr Angel nahm den Zauberstab entgegen und nickte den Zauberern höflich zu, dann ließ er seine Schattenwesen an ihnen schnüffeln, was die Zauberer in Angst und Schrecken versetzte.

Mr Huxley in Hampstead, in dessen Fell immer noch Stechginsterdornen steckten und dessen Klauen feucht vom Tau waren, brummte und knurrte, aber er ließ seinen Zauberstab fallen. Mr Angel hob den Little Bear auf und lachte über seine Leichtigkeit und all die sonnigen Nachmittage, die für immer vorbei waren.

Sein letzter Besuch galt Mr Hamble in Stepney. Mr Hamble nahm den Old Silver vom Kaminsims und legte ihn vor dem jungen Zauberer nieder. Mr Angel seufzte.

Er war äußerst geduldig gewesen.

Alle hatten seine Anweisungen befolgt.

Er hatte ihre entsetzten Mienen ertragen sowie ihren leisen Hoffnungsschimmer, dass das Mädchen sie retten würde, den sie so angestrengt zu verbergen versucht hatten.

Er hatte sie alle ertragen, aber jetzt konnte er nicht widerstehen, es ging einfach nicht. Er hob den Schwarzen Zauberstab und verwandelte Mr Hamble in Staub.

14

»Verbringt eine junge Dame die Nacht auf einem Dampfschiff, sollte sie sich, wenn irgend möglich, eine Erste-Klasse-Kabine sichern.«

Miss Finchs kleines blaues Buch (1855)

Hafwen war trotz ihres Umfangs sehr schnell. Sie rief über die Schulter zurück: »Folgt mir.« »Hier runter.« »Hier rauf.« »Hier abbiegen.« »Hier durch.« Sie rannte durch einen breiten Tunnel, während ihre Fackel vor ihnen über die Wände raste. Annabelle war überrascht von der Freude in der Stimme ihrer neuen Trollfreundin. Hafwen hatte großen Spaß.

Tantchen brüllte hinter ihnen her. Ihre Stimme dröhnte durch den ganzen Tunnel. »Halt, Hafwen!«, rief sie. »Hafwen darf nicht weiter.«

Die Erde bebte unter ihren stampfenden Schritten.

»Tantchen wird es dem König sagen!«, rief Tantchen.

Sie war ebenfalls sehr schnell trotz ihres Umfangs. Beim Beschleunigen verlieh ihr Umfang ihr sogar zusätzlichen Schwung. Sie war eine riesige Abrissbirne, die hinter ihnen durch den Tunnel schoss. Die Mädchen konnten sie riechen, den Gestank nach vergammeltem Gemüse und ihren fauligen Atem. Sie kamen an eine Stelle, wo der Tunnel schmaler und niedriger wurde, und gingen auf alle viere, um zu krabbeln.

»Hafwen, lauf nicht weiter«, kreischte Tantchen und stürzte hinter ihnen her. Sie krabbelte verbissen mit hängender Zunge und weit aufgerissenen Augen. Sie krabbelte so schnell, dass sie die Mädchen, als sie an eine Stelle kamen, wo sie wieder aufrecht stehen konnten, fast eingeholt hatte. Tantchen streckte eine große haarige Hand aus, packte Kitty am Knöchel und riss sie zurück.

»Lass mich los!«, schrie Kitty. »Du traniges Trampeltier!«

In Tantchens Griff wirkte Kitty wie ein Streichholz.

»Lass sie los!«, rief Annabelle. Sie wäre auf Tantchen zugerannt und selbst gefangen worden, hätte Hafwen sie nicht zurückgehalten.

»Überlass die Bohnenstange Tantchen«, sagte Hafwen. »Wir laufen weiter.«

»Nein!«, schrie Annabelle. »Sie ist meine Freundin.«

Kitty sah Annabelle an. Sie versuchte etwas zu sagen, wurde jedoch zu fest gedrückt.

»Tantchen wird sie mittendurch brechen!«, brüllte Tantchen.

»Kitty, kannst du eines deiner Lichter aufsteigen lassen?«, rief Annabelle. Sie hatte eine Idee. Der Besen zitterte in ihrer Hand, als verstünde er sie.

Kitty lief dunkelrot an, ihr traten die Augen hervor, aber Annabelle hörte, wie sie zu summen begann.

»Tantchen, sie ist viel zu dünn«, sagte Annabelle, um die große Trollfrau abzulenken. »Nimm stattdessen lieber mich.«

»Besser ein dünnes Menschlein als gar kein Menschlein«, sagte Tantchen, aber ihr Griff lockerte sich, während sie über den Tausch nachdachte.

Ein ersticktes Summen genügte. Kitty hustete ein unförmiges, schwach glänzendes Herzlicht aus, bevor Tantchens Griff sie wieder fester umschloss. Der kleine Lichtball flog zwischen ihnen durch die Luft und Annabelle rannte darauf zu, den Besen wie einen Schläger erhoben. Tantchen kreischte und drückte Kitty so fest, dass deren Gesichtsfarbe von Dunkelrot zu Blau wechselte.

Annabelle hatte im Landhaus von Isabelle Rutherfords Familie in Shropshire mit ihrer Freundin Federball gespielt. Einen Lichtball zu schlagen war bestimmt nicht anders. Sie lief einen, zwei, drei Schritte vor und hob den Reisigkopf ihres Besens. Sie zielte, schlug und der Ball schoss mit gefährlichem Tempo auf Kittys Peinigerin zu. Er klatschte der riesigen Trollfrau ins überraschte Gesicht und explodierte in einem Funkenregen.

Kitty kam frei, während Tantchen brüllte und sich die Hände vor die Augen schlug.

»Tantchen kann gar nischt sehen!«, schrie sie.

Annabelle stürzte vor und zerrte die zusammengesunkene Kitty aus Tantchens Reichweite.

»Tantchen is blind!«, brüllte Tantchen, als Kitty zu husten begann.

Die kleinen Lichtsplitter rasten zurück in Kittys Mund.

»Kannst du rennen?«, fragte Annabelle, während sie ihrer Freundin aufhalf.

»Ich denke schon«, antwortete Kitty.

»Schnell«, sagte Hafwen. »Dann nimm deine dürre Freundin eben mit.«

* * *

Sie rannten durch mehrere Tunnel, bis Tantchens Geschrei verhallte. Schließlich erreichten sie eine leere weiträumige Höhle, in der es von den Wänden tropfte. Hafwen hob ihre Fackel.

»Hier geht es nach oben«, sagte sie heftig keuchend, aber äußerst zufrieden mit sich. Sie fletschte ihre grauen Zähne zu einem breiten Trollgrinsen und zeigte auf die felsige Höhlendecke.

»Die ist verrückt«, flüsterte Kitty.

»Da oben is ein großes Haus mit Glocken«, sagte Hafwen. »Erst müsst ihr durch die Räume mit toten, aufeinandergestapelten Menschlingen, von denen wir unsere Hochzeitskleider holen.«

Es scheint zu stimmen, dass Trolle dauernd heiraten, dachte Annabelle. Beim Gedanken daran, dass sie ihre Kleider aus den Katakomben stahlen, lief es ihr eiskalt den Rücken runter.

»Aber es gibt auch andere Stellen«, sagte Hafwen. »Ich kann euch zum Gras bringen.«

Mit einem erwartungsvollen Lächeln in ihrem großen dreckigen Gesicht sah sie sie jetzt an.

»Aber wir müssen nicht nach oben«, wandte Annabelle äußerst liebenswürdig ein.

»Aber ... Sterne ... sind oben«, sagte Hafwen.

»Ja, aber erst müssen wir der Karte folgen und den Ewigbesten Zauberstab finden«, erklärte Annabelle.

»Aber ... oben sind Sterne«, sagte Hafwen ungläubig.

»Wir gehen nicht nach oben!«, rief Kitty streng. »Wir finden den Ewigbesten Zauberstab.«

Ihre Stimme hallte von den tropfenden Wänden der Höhle wider.

Hafwen schloss die Augen. Sie holte tief Luft und hielt den Atem an. Im Licht der Fackel nahm sie eine bedrohliche, stürmische Farbe an.

»Hafwen will Stern!«, kreischte sie. Ihr Atem fuhr über Annabelle und Kitty hinweg und zerzauste ihnen das Haar.

»Ich habe dir einen Stern versprochen und du sollst auch einen bekommen«, sagte Annabellele ruhig, »aber wir können nicht nach oben, bevor wir nicht den Zauberstab haben. Du musst uns helfen, den Weg zu finden.«

»Lass sie doch«, sagte Kitty. »Sie hat ihren Zweck erfüllt.«

»Hör auf, Kitty!«, rief Annabelle. »Wenn sie nicht gewesen wäre, säßen wir jetzt in einem Kochtopf.«

Hafwens Blick huschte zwischen ihnen hin und her. Sie hielt erneut den Atem an.

»Atmen, Hafwen«, sagte Annabelle. »Bald bekommst du deinen Stern. Versprochen.«

Hafwen stieß die Luft aus. »Also … ich muss euch den Weg entlangführen, den eure Karte vorgibt?«

»Ja«, sagte Annabelle. »Führ uns durchs Trollreich, du mutiges kleines Trollmädchen.«

Sie streckte den Arm aus, und Kitty und Hafwen stellten sich neben sie, um zu sehen, welchem Pfad sie als Nächstes folgen würden. Hafwen gab Kitty die Fackel und betrachtete Annabelles Arm. Sie legte einen dicken behaarten Finger in die Mitte einer runden Höhle.

»Hier is, wo wir sind«, sagte sie. Ihre massige Gestalt warf einen Schatten.

»Geh aus dem Licht, du dreckiger Tölpel«, sagte Kitty.

»Du wärst besser im Topf gelandet«, sagte Hafwen.

»Hört auf, ihr beiden!«, rief Annabelle.

Hafwen mochte Kitty nicht. Kitty mochte Hafwen nicht. Sie waren sich eigentlich ziemlich ähnlich, fand Annabelle. Kitty hustete und funkelte Hafwen an. Hafwen kniff grimmig die blitzenden Augen zu.

»Das is die äußerste Höhle, die ich kenne«, sagte Hafwen. »Aber um weiterzugehen …«

Sie zerrte grob an Annabelles Arm, weil Trolle einfach gar nichts vorsichtig tun können. Sie drehte ihn um, damit sie den fleischigen Teil oberhalb des Ellbogens sehen konnte. Ein Labyrinth aus Tunneln führte zu der weitläufigen offenen Fläche, die einen Großteil der Innenseite von Annabelles Oberarm einnahm. Der annähernd rechteckige Umriss war mit Wellen gefüllt, die Annabelle zwar gesehen, aber bisher nicht zu berühren gewagt hatte. Schon allein vom Betrachten der Stelle wurde ihr schwindlig. Der Ort war tief. Unergründlich.

Sie las das Wort, das auf dem Kopf stand. *Tränensee.*

»Hier kommen keine Trolle vorbei«, sagte Hafwen und zeigt auf die Wörter. »Nur tote Trolle auf ihren Bestattungsbooten als Futter für …«

Sie hielt inne.

»Nur tote Trolle auf ihren Bestattungsbooten«, wiederholte Kitty, »als Futter für …?«

Kitty gab Hafwen die Fackel zurück. Sie fuhr mit dem Finger über den Tränensee. Dort war das Ufer und dahinter ein einzelner Pfad, der sich zu Annabelles Schulter hinaufschlängelte. Annabelle konnte nicht sehen, wo er anschließend hinführte. Die anderen beiden folgten dem Pfad mit dem Blick. Annabelle sah, wie sie ihr Kinn, ihre Wange, ihre Stirn musterten. Schließlich ruhten ihre Augen auf Annabelles Wangenknochen. Dann wandten sie den Blick ab.

»Da is ein schreckliches Ding«, sagte Hafwen, »hinter dem Tränensee.«

»Ist das das schreckliche Ding?«, fragte Kitty und zeigte auf Annabelles Wange.

»Das Ding, über das Trolle nich reden.« Hafwen weigerte sich, dahin zu sehen, wo Kitty hinzeigte.

»Es wird alles gut, Hafwen«, sagte Annabelle freundlich.

Sie hatte festgestellt, dass sie ziemlich gut darin war, mürrische Trolle zu beruhigen. Ein Talent, das sich Miss Finch in ihrer Akademie für junge Damen sicher nie hätte träumen lassen. »Wir versuchen nur zu verstehen, was vor uns liegt. Was für ein Ding?«

Kitty betrachtete erneut Annabelles Wange.

»Kann mir bitte jemand sagen, was ich auf der Wange habe?«, fragte Annabelle angesichts der Umstände ziemlich höflich, wie sie fand.

»Es ist der Westliche Lindwurm«, brummte Hafwen.

»Der Westliche Lindwurm?«, wiederholte Kitty.

»Ja, der Westliche Lindwurm«, flüsterte Hafwen. »Er frisst alles. Am liebsten tote Trolle. Wir füttern ihn mit unseren Toten, um ihn von uns fernzuhalten. Manchmal geht er auch nach oben und frisst Menschlinge.«

»Ein Wurm?«, sagte Annabelle. »Der muss aber recht groß sein, wenn er Menschen frisst.«

Kitty sah Annabelle an, als wäre sie der dümmste Mensch auf Erden. »Eine verrückte Trollin und ein hübsches Mädchen mit ziemlich wenig Grips. Wir kommen hier nie raus! Ein Lindwurm, Annabelle Grey, ist ein Drache.«

Sie fuhr weiter mit dem Finger den Pfad entlang, von Annabelles Wange bis in die Mitte ihrer Stirn.

»Und es scheint, als führe der einzige Weg zum Ewigbesten Zauberstab durch seine Höhle.«

* * *

Annabelle wollte nicht an Drachen denken. Zumindest versuchte sie das, während sie durch einen Trollgang nach dem anderen trotteten. Stattdessen dachte sie an ihre Mutter, die zaubermächtig gewesen war, es aber nie gezeigt hatte, obwohl sie es Annabelle doch die ganze Zeit hätte beibringen können. Das brachte sie zu der Überlegung, warum. Und wie. Und was bei Mr Angel Furchtbares geschehen sein konnte, weshalb ihre Mutter der Magie für immer den Rücken gekehrt hatte. Das wiederum brachte sie dazu, über ihren Vater nachzudenken, den großen Geraldo Grey, ein Gedanke, der sie in tiefe Traurigkeit versetzte und beinahe genauso schlimm war, wie über entsetzlich große, Feuer speiende Drachen nachzudenken.

Manchmal hörten sie Trollstimmen in der Ferne und Hafwen führte sie schnell in eine andere Richtung. Annabelle hoffte, dass es die richtige Richtung sei. Sie hoffte, dass es einen Ausweg aus dem Tunnellabyrinth gab. Sie dachte daran, was sie im Wasser des Bachs gesehen hatte, und wusste, dass sie schnell vorankommen mussten.

Sei tapfer. Sei gut.

»Ich habe Hunger«, sagte Kitty.

Hafwen blieb stehen, zog einen Wurm aus der Lehmwand und reichte ihn ihr.

»Lass mich in Ruhe, du dreckiger Fettkloß«, sagte Kitty.

»Was war das für ein Licht, das aus deinem Wurmloch kam und Tantchen geblendet hat?«, fragte Hafwen.

»Das ist Kittys Herzlicht«, erklärte Annabelle.

»Es gefällt mir nicht«, sagte Hafwen. »Das ist unnatürlich.«

Sie steckte sich selbst den Wurm in den Mund und schmatzte laut.

Hafwen führte sie Tunnel hinauf und hinab, führte sie in Höhlen hinein und wieder hinaus. Manchmal blieb sie stehen, kratzte sich an ihrem Trollkopf und ging dann weiter.

»Weißt du überhaupt, wo wir hingehen?«, fragte Kitty.

»Ich bringe euch zum Tränensee«, sagte das Trollmädchen.

»Du bist sehr nett, Hafwen«, warf Annabelle ein.

Kitty seufzte.

»Ich will meinen Stern«, sagte das Trollmädchen.

»Du wirst deinen Stern bekommen, liebe Hafwen«, entgegnete Annabelle.

Annabelle hatte zwar die Ausdehnung des Tränensees auf ihrem Arm gespürt, aber nichts hätte sie auf seinen Anblick vorbereiten können. Ganz plötzlich endete der Gang und Hafwens erhobene Fackel warf Licht auf eine schier endlos scheinende, dunkle Wasseroberfläche. Die Ränder des Sees konnten sie nicht einmal erahnen.

»Und, wie wollt ihr den Tränensee überqueren?«, fragte Kitty.

»Niemand kommt über den Tränensee, Bohnenstange«, sagte Hafwen.

»Aber du hast gesagt, die Toten werden über den See geschickt.«

»Es sind nur Tote in Bestattungsbooten«, sagte Hafwen.

»Und wo finden wir ein Bestattungsboot?«, fragte Kitty.

»Da, wo sie gebaut werden«, antwortete Hafwen.

»Und ich bin sicher, du weißt, wo das ist«, sagte Kitty.

»Natürlich weiß ich das.« Hafwen drückte ihre kleine Trollbrust heraus. »Ich zeige es euch.«

Sie führte sie am Ufer entlang. Das dunkle Wasser schmatzte und klatschte gegen die Felsen. Es war ein einsames Geräusch. Ein unruhiges, ein hungriges Geräusch.

»Dieser Ort gefällt mir nicht«, sagte Annabelle.

»Psst«, machte Hafwen. »Ihr Menschlinge redet dauernd. Wir müssen leise sein, damit uns die Bootsbauer nicht hören.«

Von Bootsbauern war nichts zu sehen. Nur Felsen wurden von Hafwens kleiner Flamme angestrahlt. Große Felsen, kleine Felsen, schleimige Felsen. Die drei Mädchen rutschten, kletterten und kraxelten. Manchmal rauschte das dunkle Wasser durch einige Öffnungen im Fels und leckte an ihren Zehen. Sie liefen und liefen, bis ihnen die Beine wehtaten.

»Sie legt uns rein«, sagte Kitty.

Aber dann löschte Hafwen ihre Fackel im Wasser und es war dunkel.

»Gleich sind wir da«, sagte sie und plötzlich hörten sie ein Hämmern und leise Stimmen aus der Ferne.

Jetzt kletterten sie durch die Finsternis, stolperten und stürzten, und einmal fluchte Kitty so laut, dass Annabelle sicher war, man hätte sie gehört, aber das Hämmern brach nur kurz ab und ging dann weiter.

Es wurde lauter, die Stimmen deutlicher.

»Du musst es gut bauen und es muss gut gebaut sein«, sagte eine Stimme. »Pass auf, junger Calder.«

Man hörte ausgiebiges Klopfen und Sägen.

»Ist der Lindwurm je bis zu uns gekommen?«, fragte eine jüngere Stimme.

»O ja«, sagte der Ältere. »Er ist über den See bis ins Trollreich gekommen und hat Trolle gefressen, sie hier und da aufgesogen – sogar den damaligen König, geschniegelt, wie er war, direkt ins Maul gesteckt, *knurps, knurps* –, bis keiner mehr übrig war außer ein paar Jungen, die sich an einem geheimen Ort zusammengekauert hatten. Deshalb müssen wir die Boote bauen und ihm unsere frischen Toten schicken, die edelste Tat eines jeden Trolls, damit er nicht kommt, um uns zu jagen. Schlag hier einen Nagel ein. Das ist ein wunderbarer Menschennagel. Schau, wie er gefertigt ist. Sie sind besser gefertigt als alle anderen. Menschlinge sind für gar nischt weiter gut als zum Nägelmachen.«

Ein lauter Schlag ertönte.

»Gut gemacht, junger Calder. Calder ist schon ein richtiger Bootsbauer.«

Hafwen blieb stehen und drehte sich zu Annabelle und Kitty um. Sie legte einen behaarten Finger auf ihre behaarte Lippe. Dann zeigte sie auf das Wasser vor ihnen und Annabelle sah, dass dort viele kleine Boote lagen, einige davon in Hafwengröße, andere in Tantchengröße. Die Boote stießen im Wasser leise aneinander. Sie waren mit Tauen am felsigen Ufer festgemacht.

Hafwen kniete sich hin, löste eines der Taue und gab ihnen ein Zeichen, einzusteigen. Kitty, die Hände in die Hüften gestemmt, weigerte sich.

»Es ist zu klein«, zischte sie.

»Steig ein«, sagte Annabelle.

Annabelle kletterte ins Heck.

»Kitty – schnell«, sagte sie.

Kitty weigerte sich.

»Wir hätten ein größeres nehmen können«, sagte sie.

»Los jetzt!« Hafwen schubste Kitty ins Boot. Das Boot schaukelte. Kitty fluchte. Das Hämmern am Ufer erstarb. Erschrockene Stimmen waren zu hören. Der Schein von Fackeln flammte über die Felsen und mehrere Trolle kamen ans Ufer geeilt.

Hafwen watete neben dem Boot ins Wasser und schob sie, so schnell es ging, hinaus.

»Menschlinge!«, riefen die Trolle.

»Trollverräterin!«, schrien sie.

»Spring rein, Hafwen!«, sagte Annabelle. Hafwen stand bis zu ihrer runden Trolltaille im Wasser.

»Kein Troll überquert lebendigen Leibes den Tränensee«, sagte Hafwen, aber sie drehte sich zu den Trollen am Ufer um. Inzwischen waren noch mehr dazugekommen. Ihre wütenden Stimmen hallten von den Felsen wider.

»Bringt sie zum König!«, schrien sie.

»Er wird sie in Stücke hacken!«, schrien sie.

»Hafwen – bitte komm!«, rief Annabelle. »Du musst.«

»Kein Troll überquert den Tränensee«, sagte Hafwen, aber ihre Stimme klang nicht mehr so sicher.

»Mit ihr sinkt das stinkende Boot bloß«, sagte Kitty. »Lass sie doch.«

Aber dann war es doch die Hand des wilden Mädchens, die sich nach der Trollin ausstreckte.

Hafwen hatte bereits ein kurzes behaartes Bein im Boot und Annabelle und Kitty zogen sie an jeweils einem Arm herein. Das Boot schaukelte unter ihrem Gewicht. Sie quetschte sich zwischen Kitty und Annabelle und lächelte entschuldigend.

Annabelle erwiderte das Lächeln. Sie hielt den Besen bereit, tauchte ihn ins Wasser und begann zu paddeln. Immer weiter entfernten sie sich vom Ufer und von der Meute wütender Trolle, die ihnen hinterherbrüllten, ihnen jedoch nicht folgten. Sie hatten zu große Angst vor dem, was jenseits des Tränensees lag.

»Alles wird gut«, sagte Annabelle.

Kitty, die von Hafwen halb aus dem Boot gedrückt wurde, funkelte sie an: »Ja, wirklich ein wunderbarer Abend, um einen Lindwurm zu besuchen«, sagte sie schließlich und lachte.

* * *

Sie waren noch nicht weit gekommen, als es zu einem Platztausch im Boot kam. Kitty beklagte sich bitterlich, bis Hafwen aufstand, um sie zum Bug durchzulassen. Das

Boot neigte sich stark zu einer Seite, als Hafwen sich wieder setzte. Annabelle war sehr froh, Hafwen Schulter an Schulter neben sich zu haben. Hafwen roch nach Erde, ungewaschenen Kleidern und tiefen dunklen Orten, und aus Gründen, die Annabelle nicht verstand, fand sie das ausgesprochen tröstlich. Isabelle Rutherford hätte sie das jedenfalls nie erklären können.

Hafwen ruderte mit der hölzernen Fackel und Annabelle benutzte den Besen. Sie steuerten das kleine Boot auf das schwarze Wasser hinaus. Die Trollmenge, die stark angewachsen und mit ihrem Gebrüll und ihrem Zischen immer lauter geworden war, wurde kleiner und kleiner, bis sie nur noch eine glänzende Linie darstellte und dann völlig von der Dunkelheit verschluckt wurde.

»Kannst du ein Licht machen, Kitty?«, fragte Annabelle.

Kitty summte eine Weile und brachte einen kleinen blassgrünen Ball hervor.

»Halt mir das vom Leib!«, schrie Hafwen und schlug wild um sich, sodass das Boot heftig schwankte.

»Ruhig, Hafwen«, sagte Annabelle. »Es tut dir nichts.«

Kitty ließ ihr Herzlicht neben Annabelles Arm leuchten. Hafwen beugte sich so weit wie möglich davon weg. Im See auf Annabelles Oberarm kräuselten sich dunkle Wellen. Derselbe See, von dessen Wiegen sie jetzt ganz schläfrig wurden. Jenseits des Sees kamen weitere Höhlen, eine nach der anderen, immer kleiner und enger. Sie wanden sich ihren Hals hinauf, bis Annabelle sie aus den Augen verlor.

Ihre Gefährtinnen betrachteten schweigend ihre Haut, dann verschluckte Kitty ihr Herzlicht wieder.

»Ich muss mich ausruhen.« Kitty hustete. »Mir tut die Brust weh.«

Annabelle starrte angestrengt in die Dunkelheit.

Sie fragte sich, wie ein echter Drache aussah. Sie fragte sich, ob Drachen immer böse waren oder vielleicht auch eine gute Seite hatten, so wie Hafwen, die erst ganz böse gewirkt, sich schließlich aber als äußerst reizend entpuppt hatte. Sie war ein sehr tapferes Trollmädchen. Annabelle nahm an, dass es nie ein tapfereres gegeben hatte.

Dann dachte sie daran, dass in Ober-London alles seinen gewohnten Gang ging. All die Straßen und Spitäler, die Kirchen und Gebäude, Gasthäuser und Tavernen, das Parlament mit all den Lords in ihren Seidenroben und all die Ladys, die eine Runde durch die Parks spazierten – und niemand von ihnen, kein Einziger, war sich bewusst, was dort unten vor sich ging. Dass es dort eine Wand aus Elfenknochen gab, das Labyrinth des Trollreichs, und dass tief unter ihren Füßen ein Drache schlief.

Annabelle hörte auf zu rudern. Es schien, als bewegte sich das Boot jetzt von selbst vorwärts, ritt auf den Wellen auf und ab und lullte sie ein.

Hafwen schnarchte leise auf grollende Trollart und Kittys Kopf war weggesunken. Am Ende des Bootes zusammengerollt, wirkte sie friedlich und lieb. Annabelle spürte den Sehstein an ihrer Brust.

Sie hatte ihn gebeten, ihr Hafwen zu zeigen; vielleicht konnte er ihr jetzt sagen, wie man sich einem Drachen näherte. Annabelle holte den Stein aus ihrem Kleid und legte ihn auf ihre Handfläche. Er war natürlich unbewegt. Leer. Annabelle seufzte über ihre Dummheit. Sie brauchte Licht, um in den Stein zu blicken. Aber als sie die Glasscherbe schon wegstecken wollte, bemerkte sie ein winziges Glitzern darin. Ein Flackern. Sie blickte zur Höhlendecke hinauf, von der sie angenommen hatte, dass sie vollkommen dunkel sei, aber jetzt sah sie, dass sie von Lichtpunkten übersät war. Die Lichtpunkte sahen aus wie winzige Sterne und Annabelle fragte sich, ob es Glühwürmchen waren oder irgendwelche Edelsteine.

Da – die kleine Glasscherbe blitzte wieder auf. Annabelle hielt den rubinroten Sehstein höher, richtete ihn auf die Decke. Wenn sie mit dem Glas einen dieser Lichtpunkte einfangen könnte, würde er ihn vielleicht anstrahlen. Aber es war schwierig. Die Lichter hoch oben an der Höhlendecke schienen sich zu bewegen, weil das Boot schaukelte. Das rubinrote Glas blitzte auf, dann glitt das Boot weiter und der Lichtpunkt blieb zurück.

Annabelle probierte es eine Weile. Sie versuchte, mit dem Glas einen weit entfernten Lichtpunkt einzufangen, den fernsten, den sie entdecken konnte, und schließlich gelang es ihr. Das rubinrote Glas blitzte kräftig auf und Annabelle blickte hinein.

Sie sah nichts Nützliches.

Sie sah, wie das rubinrote Glas plötzlich leuchtete.

Es war ein Anfang.

Sie spürte, wie Hafwen neben ihr atmete, und hörte Kitty im Traum murmeln. Sie blickte tiefer in das rubinrote Glas. Dort waren jetzt Schatten zu sehen. Die Schatten bewegten sich. Einer von ihnen war groß, der andere klein. Annabelles Atem ging schneller. Ihr Kopf sagte: *Sieh weg*, so wie immer, weg von Pfützen, glänzenden Silberlöffeln und Schmuckschatullen aus lackiertem Holz, aber sie blickte in das Glas.

Die Schatten bewegten sich auf sie zu und durch das Glas wuchsen sie immer weiter an. Jetzt leuchtete die Höhlendecke rubinrot. Die Schatten zeichneten sich riesig davor ab: eine große Frau und eine kleine. Und obwohl sie ihre Gesichter nicht sehen konnte, wusste Annabelle, dass es ihre Großtanten waren, und das erfüllte sie mit Freude.

»Miss Henrietta«, wollte sie rufen, aber der Schatten ihrer Großtante an der roten Höhlendecke hob eine Schattenhand vor ihr Schattengesicht und brachte sie zum Schweigen.

»Du hast einen weiten Weg zurückgelegt, Annabelle Grey«, sagte der kleine Schatten. Oder sagten die Wellen, die Steine, die Höhlendecke.

»Aber ich weiß nicht, wo ich als Nächstes hinmuss oder wie wir ...«, hob Annabelle an. »Wissen Sie, da ist ein Drache. Sie haben mir nichts von dem Drachen gesagt!«

Der größere Schatten flackerte dunkel vor den Steinen, schwieg jedoch. Beide Schatten verschwammen an der Decke, verschwanden und formierten sich erneut zu Körpern.

»Den Drachen brauchst du nicht zu fürchten«, sagte der kleine Schatten, der Miss Estella sein musste. »Du hast doch den Besen.«

»Oh«, sagte Annabelle.

Das war leichter gesagt als getan. Sie fragte sich, ob Miss Estella oder Miss Henrietta je an einem gefährlichen Ort gewesen oder einem Drachen begegnet waren. Wie sollte sie sich mit einem Besen gegen einen Drachen zur Wehr setzen?

»Die Zeit vergeht schnell«, sagte Miss Estellas Schatten. »Die Dunkelheit sammelt sich.«

»Wir geben uns große Mühe«, flüsterte Annabelle.

Sie musste an den Ondona denken, der im Feuer gelandet war, und ihr Herzschlag beschleunigte sich.

»Mach dir deswegen keine Sorgen«, sagte der kleine Schatten.

Die Schatten lösten sich wieder auf und bildeten eine neue Form, ein Schattenbaum erschien und streckte seine Schattenäste über das Deckengewölbe, bevor er wieder verschwand.

»Alle gute Magie hängt von dir ab«, sagte Miss Estellas Schatten, als er erneut auftauchte.

Der größere Schatten trat vor. Er rückte immer näher heran wie eine Mutter, die sich über ihr Kind im Bett beugt, um ihm einen Kuss auf die Stirn zu drücken. Annabelle dachte, dass Miss Henriettas Schatten vielleicht genau das vorhatte, und wenn die echte Miss Henrietta das im Zauberladen getan hätte, wäre sie entsetzt gewesen, aber hier auf dem Tränensee freute sie sich geradezu darauf.

Der Riesenschatten kam immer näher, bis Annabelles Gesicht vollständig von Miss Henriettas samtigem Schatten bedeckt war, aber Annabelle spürte keinen Kuss. Sie spürte nichts und dann waren die Schatten weg. Annabelles Sehstein verlor den winzigen Lichtpunkt und der rubinrote Schein verschwand aus der Höhle. Jetzt waren da nur noch Dunkelheit und sie drei, die über den See trieben.

Annabelle fiel wieder ein, was die Zauberer ihr über sprechende Visionen gesagt hatten. *Wenn jemand sich in einer Vision direkt an dich wendet, dann ist diese Person tot oder dem Tod sehr nah, zwischen den Welten.* Annabelle hatte sich nicht an diese Worte erinnern wollen. Sie barg das Gesicht in den Händen und brach in Tränen aus.

Mr Angel brachte die guten Zauberstäbe in den Maschinenraum. Er fuhr mit der Hand darüber und die Schattenwesen hüpften und tanzten über die Wände. Es waren jetzt fünfhundert oder mehr. Er hatte sie aus Brunnen und hinter Gemälden heraufbeschworen. Aus Teekisten und ungeöffneten Truhen. Aus ungenutzten Ballsälen und vergessenen Treppen. Aus stillen Sakristeien.

Jetzt sahen sie ihm zu.

Als er sich vorbeugte, um den Füllstand der schwarzen Magie zu kontrollieren, ahmten sie ihn nach. Sie wurden groß und dünn und beugten sich vor, schattenhafte Monokel vor die leeren Augen gepresst. Der Zeiger war schon über die Zwei-Drittel-Anzeige hinausgerückt. Mr Angel zerbrach die Zauberstäbe wie morsche Zweige, einen nach dem anderen. Er fütterte die ächzende Maschine mit ihnen. Der Zeiger zitterte und rückte weiter vor.

Mr Angel zerstörte die guten Zauberstäbe, die Feuer in Kochstellen geschürt und tote Bäume zum Blühen gebracht hatten. Die Babys aus sterbenden Müttern hervorgeholt und Liebe an unerwarteten Orten entfacht hatten. Die guten Zauberstäbe, die geholfen hatten, missratene Kuchen aufgehen zu lassen, die nötigen Regen heraufbeschworen hatten sowie unvermittelte Nachmittage mit lange vermisstem Sonnenschein. Die Zauberstäbe, die schöne Träume geschenkt, enge Freundschaften gestiftet, trauernde Mütter getröstet und verletzte Gliedmaßen und gebrochene Flügel geheilt hatten.

Es war das Ende guter Magie, das Ende der Großen & Gütigen Zaubergesellschaft. Und die Maschine, die dieses Ende spürte, dröhnte entzückt.

15

»Vor dem Aussteigen vergewissert sich eine junge Dame stets, dass sie ihr Handgepäck mit sich führt. Es gibt nichts Ärgerlicheres, als ohne Schirm in einen Regenschauer zu geraten.«

Miss Finchs kleines blaues Buch (1855)

Fast genauso schnell, wie sie angefangen hatte zu weinen, hörte Annabelle auch wieder auf. Was würde sie mit Weinen schon erreichen? Sie beschloss, einfach nicht zu glauben, dass ihre Großtanten tot waren. Sie würde es nicht ertragen, von ihrer Mutter getrennt zu sein, herauszufinden, dass ihr Vater gar kein toter Schiffskapitän war, und dann auch noch ihre frisch gewonnenen Großtanten zu verlieren. Das war unmöglich.

Annabelle hatte eine Aufgabe zu erledigen und das würde sie tun. Sie war das zaubermächtige Mädchen und es gab Prophezeiungen über sie und ... Sie hielt inne, weil ihr das noch unmöglicher vorkam als alles andere. Aber sie wickelte sich fester in ihren Umhang, straffte die Schultern und atmete tief durch.

Smaragdgrüne Schlittschuhe, dachte sie. Die smaragdgrünen Schlittschuhe, auf die sie ein Auge geworfen hatte, bevor ihre ganze Welt aus den Fugen geraten war. Die grünen Schlittschuhe, die ihre Mutter ihr zum Geburtstag versprochen hatte.

»Nun, heute müsste mein Geburtstag sein«, sagte sie ganz leise zu sich, und Hafwen neben ihr schnarchte auf tröstliche, grollende Art. »Herzlichen Glückwunsch, Annabelle Grey.«

Schon allein es auszusprechen brachte sie zum Lächeln, weil sie jemand ganz anderes war, als sie geglaubt hatte, an ihrem dreizehnten Geburtstag zu sein. Sie war jemand vollkommen Neues und ihr neues Ich gefiel ihr. Sie war tapfer und gut und sie besaß Zauberkräfte.

Annabelles Lächeln schwand, als sie ein Licht in der Ferne sah und ihr bewusst wurde, dass es das andere Ufer des Tränensees sein musste. Aus der Ferne waren die Feuer hübsch, aber aus der Nähe war ihr Anblick furchtbar. Das felsige Ufer war übersät von Bestattungsbooten, die über Jahrhunderte hier angetrieben worden waren, Haufen um Haufen aus Latten und Holz, dazu verstreut schwelende Feuer. Es herrschte ein entsetzlich beißender Gestank nach Rauch und Tod. Annabelle weckte Kitty und Hafwen mit leiser Stimme, damit sie nicht erschraken.

Der Bootsrumpf kratzte über Felsen, und Hafwen, deren kleines, graues Trollgesicht ganz zerknittert und verwirrt war, sah erst glücklich aus, bis sie bemerkte, wo sie sich befanden.

Kitty rieb sich die Augen. »Ich habe einen Bärenhunger«, sagte sie und Annabelle konnte sehen, dass sie versuchte, sich mutig zu geben.

»Der Westliche Lindwurm sicher auch«, entgegnete sie.

Kitty und Annabelle lachten nervös. Hafwen dagegen schauderte.

Es war totenstill.

»Wir brauchen einen Plan«, sagte Annabelle mit gesenkter Stimme. Es war einer dieser Orte, an denen man am liebsten flüsterte. »Einen perfekt durchdachten Plan, wie wir dieses Lindwurmwesen entweder besiegen oder umgehen können.«

Miss Finch sagte immer, eine junge Dame solle eine Liste mit ihren täglichen Aufgaben erstellen. Aufstehen und anziehen, französische Konjugationen aufsagen, Briefe beantworten und dann etwas zum Zeitvertreib wie Zeichnen im Park. Annabelle beschloss, dass die Suche nach dem Ewigbesten Zauberstab auch nichts anderes war. Sie würden auf die Karte schauen. Sie würden den Weg zur Drachenhöhle finden. Sie würden den Drachen äußerst höflich bitten, sie vorbeizulassen.

Annabelle schüttelte den Kopf. Selbst sie wusste, dass dieser Plan undurchführbar war.

So leise sie konnten, kletterten sie aus dem Boot ins seichte Wasser. Annabelle nahm Hafwens raue Hand und Hafwen drückte ihre. Im Schein eines glimmenden Bootes studierten Hafwen und Kitty die Karte auf Annabelles Schulter. Kitty fuhr eine Linie von dort bis zu einem Punkt auf Annabelles Wangenknochen entlang.

»Hier ist ein Loch. Dann kommt Höhle um Höhle auf dem

Weg zu seinem Bau und dahinter liegt der Ewigbeste Zauberstab«, sagte sie. »Keine andere Möglichkeit.«

Sie betrachteten das schmale Felsenufer und die entsetzlichen Trümmer. Dort in der Höhlenwand war ein enger, dunkler Eingang. Hafwen wimmerte.

»Wenn es keine andere Möglichkeit gibt, gibt es keine andere Möglichkeit«, sagte Annabelle. Sie schloss die Augen. Eigentlich sollte sie doch wissen, was zu tun war. Was hatte Miss Estella gesagt? Die Antworten seien in ihrem Kopf und ihrem Herzen. *Den Drachen brauchst du nicht zu fürchten. Du hast doch den Besen.*

Sie sah den Besen an. Nun, das ergab wirklich nicht den geringsten Sinn.

Hafwen und Kitty sahen sie an. Davon wurde Annabelle unbehaglich zumute.

Den Drachen brauchst du nicht zu fürchten. Du hast doch den Besen.

Annabelle kannte sich mit vielen Dingen aus. Wie man sich die Haare aufsteckt, wie man sich auf anmutige Art bewegt, wie man Klavier spielt. Sie wusste, welches Gebirge höher war, der Vogelsberg oder die Karpaten. Sie wusste, wie man freundlich lächelte, auch wenn die Dinge alles andere als erfreulich waren. Wie man Französisch las, worin sie nicht besonders gut war, und Latein, worin sie sehr schlecht war. Aber sie wusste nicht, wie der Besen ihnen helfen sollte.

Sie spürte, wie Hafwen ihre Hand umklammerte.

»Was ist denn, Hafwen?«, fragte sie.

»Hör mal«, sagte Hafwen.

Annabelle hörte nichts.

Den Drachen brauchst du nicht zu fürchten. Du hast doch den Besen.

Hafwen krallte ihre Hände in Annabelles Ellbogen.

»Was ist denn jetzt?«

Hafwen hatte die Augen weit aufgerissen. Sie sah zu Boden und Annabelle folgte ihrem Blick. Die Holzstücke auf denen sie standen, wackelten leicht. Unter ihren Füßen war ein Beben zu spüren.

»Er kommt«, sagte Hafwen und Annabelle dachte, dass sie wohl noch nie jemanden – egal, ob Troll oder Mensch – gesehen hatte, der so verängstigt gewesen war.

»Wir müssen uns verstecken«, sagte Annabelle und machte sich auf den Weg zu dem Boot, mit dem sie hergekommen waren.

»Da nicht«, sagte Kitty. »Da sucht er doch als Erstes.«

Sie bahnten sich schnell einen Weg am Ufer entlang zwischen den Überresten der Boote hindurch, bis sie eines fanden, das nicht mehr schwelte. Es war gut abgeschirmt hinter den Wracks mehrerer anderer Boote, einem Haufen Holz und Rauch. Inzwischen vibrierte die Erde. Hafwen verzog das Gesicht und fing an zu weinen.

»Hab keine Angst, Hafwen«, sagte Annabelle. »Alles wird gut.«

Sie war überrascht, wie ruhig ihre Stimme klang.

»Schnell.« Sie löste ihren Umhang. Dann scheuchte sie Hafwen auf den Grund des Bootes und legte sich neben sie. Der Besen in ihrer Hand zitterte.

Den Drachen brauchst du nicht zu fürchten. Du hast doch den Besen.

Annabelle versuchte es mit der Stimme von Miss Estellas Schatten zu denken, aber es ergab trotzdem keinen Sinn.

»Schnell, Kitty – leg dich hin.«

Kitty ließ sich missmutig neben Hafwen nieder und Annabelle warf den Umhang über sie. Darunter wurde gestoßen und geschubst und Hafwen schrie auf. Annabelle tätschelte sanft das, was sie für Hafwens Hand hielt, aber in Wirklichkeit ihre Nase war.

»Bleibt jetzt ganz ruhig liegen. Legt eure Arme um meine Taille.«

Annabelle spürte Kittys und Hafwens Arme um sich und weiteres Gezerre.

»Es hat keinen Zweck – sie ist zu fett«, sagte Kitty.

»Wir hätten deine gute Freundin, die Bohnenstange, zurücklassen sollen«, sagte Hafwen.

Der Boden unter ihnen bebte; das Boot zitterte. Hafwen drückte Annabelle fester.

Aus dem Tunnel erklang ein tiefes leises Knurren, ein Knurren, das ihnen durch Mark und Bein ging, ein Knurren, von dem ihnen die Zähne klapperten. Sie umklammerten sich, als ein heißer Windstoß aus der Öffnung drang, gefolgt von dem Drachen.

Das Beben wurde stärker und Annabelle linste unter dem Umhang hervor. Der Westliche Lindwurm kam aus seiner Höhle. Er entrollte sich, drehte, wand und schlängelte sich. Und wie er stank! Er glitt aus dem Tunnel, warf schmutzige Schuppen ab. Und wie groß und finster er war! Er war so lang wie ein Güterzug und dunkler, viel dunkler als die Dunkelheit selbst. Er hatte grausame schwarze Augen.

Annabelle spürte Hafwens Zittern, Kittys Herzschlag, das Wackeln des Besens. Sie hoffte, dass der Umhang sie verbarg. Der Drache drängte aus dem Tunnel heraus. Seine schwarzen Schwingen entfalteten sich langsam, fast mechanisch, und klangen spröde wie tausend Schirme, die sich gleichzeitig öffnen. Er klappte sie zwei-, dreimal auf und zu, was heftige Windstöße verursachte, die auf den Umhang drückten. Dann flatterte er rasend schnell mit den Flügeln, bis ihr Geräusch die Höhle erfüllte.

Der Westliche Lindwurm flog erstaunlich anmutig. Er schwebte direkt über die Felsen, den langen Körper zusammengerollt, die winzigen Beine an den dicken Bauch gezogen. So bewegte er sich auf das Bestattungsboot zu, das Annabelle, Kitty und Hafwen über den Tränensee gebracht hatte. Er rechnete mit der Opfergabe eines toten Trolls und stieß das Boot mit der feuchten Schnauze an. Er schnüffelte und vergrub die Nase darin, und als er bemerkte, dass kein Troll darinlag, zuckte sein Körper blitzschnell und er zerschmetterte das Boot mit seinem langen, schwarzen Schwanz.

Den Drachen brauchst du nicht zu fürchten. Du hast doch den Besen.

Hafwen ließ einen Wind fahren. Kitty verfluchte sie.

Der Drache nahm Witterung auf und der Umhang raschelte. Er schob seinen Leib über die Felsen auf sie zu.

Annabelle war sich Hafwens Geruch unter dem Umhang bewusst. Die zwiebelige, rauchige, erdige Hafwen. Der Drache suchte nach dem Troll, der zu dem Bestattungsboot gehörte, und glitt schwarz und schmierig auf sie zu. Der Besen neben Annabelle ruckte heftig.

Den Drachen brauchst du nicht zu fürchten. Du hast doch den Besen.

Der Drache kam auf sie zu, immer näher und näher. Sein heißer Atem blähte den Umhang. Er war fast direkt über ihnen.

»Scheibenhonig!«, rief Annabelle.

* * *

Annabelle sprang vom Boden des Bootes auf. Jetzt wusste sie, was zu tun war. Der Besen in ihrer Hand schoss nach vorn, sie sprang auf und sie sausten davon, direkt vorbei an dem Drachen, der mit seinem schrecklichen Maul nach ihnen schnappte, direkt vorbei an seinem mörderisch funkelnden schwarzen Auge.

Der Drache schreckte zurück. Er riss sein großes dunkles Maul auf und fauchte.

In seinem Maul waren Zähne. Mehrere Reihen Zähne, in denen verdorbenes Fleisch hing.

»Annabelle!«, rief Kitty.

»Bleib unten!«, schrie Annabelle.

Sie sagte dem Besen nicht mit Worten, dass er schneller fliegen sollte. Sie schrie es mit ihrem Körper, mit jeder Faser ihres Herzens, mit ihren Zehen und Fingern, mit ihrem zusammengepressten Mund, sogar mit ihren Haarspitzen. Sie beugte sich vor und schoss neben dem Drachen in die Luft.

Der Drache schlug um sich. Er peitschte heftig mit seinem langen Schwanz, der auf Hafwen und Kitty im Boot zuraste, woraufhin sie sich wieder unter dem Umhang versteckten. Seine schwarzen Augen waren auf Annabelle gerichtet. Er entfaltete die Flügel und erhob sich mit einem entsetzlichen Kreischen in die Lüfte.

Annabelle drehte sich um und sah den Drachen kommen. Er riss sein großes Maul auf und stieß eine orangefarbene Stichflamme aus. *Runter!*, befahl ihr Körper dem Besen und sie stürzte geradewegs auf das dunkle Wasser zu, den Drachen dicht auf den Fersen. Sie glitt über die Oberfläche und riss den Besen wieder nach oben, gerade als der Drache ein weiteres Kreischen ausstieß und Feuer in ihre Richtung spuckte.

Annabelle stieg und stürzte, scherte aus und schlitterte seitwärts. In der Dunkelheit sah sie die Höhlendecke nicht, aber sie vertraute auf den Besen. *Schneller!*, dachte sie, ihre Haare wehten hinter ihr her und sie hüpfte auf und ab wie ein Stein, der über einen Tümpel geschnippt wird. Sie flog weit weg vom Ufer, wo Kitty und Hafwen kauerten. Sie flog weit hinaus auf den tiefen, tiefen See.

Der Drache war schnell. Er stürzte nach vorn, spie Feuer und brüllte.

Annabelle trieb den Besen immer weiter an. *Schneller!,* befahl sie ihm mit dem Herzen. *Schneller! Wir müssen den Drachen gegen eine Wand schmettern.* Sie flog Kurven und schlug Haken und das Biest folgte ihr so anmutig, dass sie nicht glaubte, ihn austricksen zu können. Sie spürte die Hitze der Flammen an ihren Stiefeln, sah, wie der Saum ihres Kleides Feuer fing. Der Westliche Lindwurm hatte sie beinahe eingeholt.

Schneller!, dachte Annabelle. Sie drängte den Besen weiter. *Ihren* Besen. *Schneller. Schneller. Schneller.* Sie flog so schnell, dass sie bei dem starken Luftzug kaum die Augen offen halten konnte. *Schneller. Schneller.* Sie stieß einen Schrei aus, einen langen durchdringenden Schrei, und der Besen nahm weiter an Fahrt auf und sauste vorwärts. Der Drache, der glaubte, sie würden ihm entkommen, schoss hinter ihr her auf die Höhlenwand zu.

Annabelle Grey flog, ohne zu bremsen, auf die Höhlenwand zu. Annabelle Grey, die kein einziges Mal in ihrem Leben etwas Gefährliches getan hatte, bis sie diesen Besen getroffen hatte, flog, ohne zu bremsen.

Sie stieß noch einen wilden, undamenhaften Schrei aus, von dem Miss Finch augenblicklich ergraut wäre.

Sie achtete nicht auf das felsige Ufer, bemerkte die Bootswracks und die brennenden Feuer nicht. Sie sah Kitty und Hafwen nicht, die dastanden und ihr mit offenem Mund hinterherstarrten. Ungebremst raste sie auf die Wand zu, bis diese so riesig, so dicht vor ihr war, dass Annabelle nichts weiter sah als die große steinerne Fläche, gegen die sie im nächsten Moment prallen würde. Und dann riss Annabelle den Besen herum und wendete so schnell, dass sie das Gefühl hatte, ihr Magen sei auf der Strecke geblieben. Sie flog wieder auf den See hinaus, der verglichen mit der Wand so weit und offen war, dass Annabelle lächelte und daran dachte, Luft zu holen.

Sie hörte, wie der Drache gegen die Wand krachte. Bei dem Geräusch zuckte sie zusammen. Er krachte mit einer solchen Wucht gegen die Wand, dass die ganze Höhle wackelte. Der Haufen aus Bestattungsbooten stürzte klappernd und rasselnd ein und das Wasser klatschte in einer Riesenwelle donnernd ans Ufer.

Annabelle wendete den Besen.

»Du bist wirklich ein hervorragender Besen, mein Lieber«, sagte sie und der Besen schwirrte und schlenkerte so spielerisch, dass sie beinahe herunterfiel.

Der Westliche Lindwurm lag vor dem Eingang zu seiner Höhle auf den Felsen. Sein enormer schwarzer Körper lag jedoch nicht vollkommen ruhig. Er zuckte und hob seinen riesigen Kopf, schüttelte ihn langsam mit geschlossenen Augen. Dann stöhnte er und sackte wieder zusammen.

»Wir müssen uns beeilen«, sagte Annabelle, als sie vor Kitty und Hafwen landete. »Vielleicht wacht er bald wieder auf.«

Hafwen stand immer noch der Mund offen. Kitty schüttelte den Kopf und ein kleines, bewunderndes Lächeln huschte über ihr Gesicht, bevor sie es genauso schnell wieder verbarg.

Um den Tunnel betreten zu können, mussten sie über den Schwanz des Drachen klettern. Er war schuppig, schleimig und von spitzen Stacheln bedeckt. Annabelle trug die Fackel, die sie an einem schwelenden Bestattungsboot entzündet hatten. Ihr Besen steckte wieder in ihrer Schärpe auf dem Rücken. Sie hielt Hafwen ihre Hand hin und Hafwen hielt ihre Hand Kitty hin, die sich natürlich weigerte, sie zu ergreifen. Manchmal krümmte sich der Drache unvermittelt und sie mussten sich an den Stacheln auf seinem Schwanz festklammern. Es war eine gefährliche Angelegenheit. Sie rutschten über die Seite des Drachen in den dunklen Eingang. Annabelle hielt die Flamme empor. Hafwen lächelte ihr breites grauzähniges Lächeln.

»Drachentöterin«, sagte sie.

»Ach iwo.« Annabelle errötete.

»Das wäre nicht nötig gewesen, wenn du nicht so stinken würdest«, sagte Kitty, aber Hafwen lächelte nur, als wäre das ein Kompliment.

Der Tunnel war ein schwarzes Loch. Ein fürchterliches Loch. Es war stickig und schmierig und überall lagen abgefallene Drachenschuppen. Der Anblick erfüllte Annabelle mit Angst und Schrecken, aber sie wusste, es war die einzige Möglichkeit, den Zauberstab zu finden. Wenn sie den Zauberstab fanden, konnte sie zurück nach Hause, und das war es, was sie wollte. Allerdings war es nicht mehr das Haus ihrer Mutter in Mayfair, an das sie dachte, sondern der kleine Zauberladen in Spitalfields, ihre beiden Großtanten und alles, was sie ihr beibringen konnten.

Aus dem Nebel stieg langsam der Vollmond auf. Seine ersten Strahlen trafen auf den großen Mondtrichter aus Messing, und die Maschine zur Gewinnung schwarzer Magie schaltete einen Gang hoch. Die Schattenwesen zogen sich an die Decke zurück, um ihr aus dem Weg zu gehen.

Ihre Anzahl war weiter gewachsen. Im ganzen Haus hingen sie an Decken und Treppengeländern. Sie schwankten und schaukelten an den Wänden. Sie bevölkerten den abgedunkelten Salon und flüsterten sich gegenseitig düstere Gedanken ins Ohr. Sie drückten die Gesichter an die Fensterscheiben und blickten mit leeren Augen auf die Stadt hinaus.

Das Mondlicht traf den Mondtrichter und nährte die Maschine.

Ihre Zahnräder drehten sich. Das Mondlicht wurde durch Messingrohre geleitet und verband sich in Glasbehältern mit den aufgelösten Überresten kummervoller Dinge. Den schwar-

zen Hüten und Gedenkringen, den unvollendeten Briefen und den Schühchen des toten Babys. Es vermischte sich mit den Einzelteilen stehen gebliebener Uhren, den Stiefeln des armen Mädchens und dem Riemen, mit dem die Waisenkinder im Armenhaus gezüchtigt wurden. Die Maschine leitete und verband. Sie atmete und seufzte. Mondlicht und Luft. Stoff und Papierschnipsel. Onyxsplitter und schwarze Glasscherben. Die seltsame Substanz tropfte in das kreisende schwarze Herz der Maschine, das sich immer schneller drehte, bis es schwarze Magie erzeugte.

Die Maschine brodelte und beulte sich angesichts der Füllung.

Der Füllstandzeiger der schwarzen Magie rückte immer näher auf »Voll«.

»Die Schnellsten und Stärksten von euch«, sagte Mr Angel zu den Schattenwesen. Er holte Mr Keatings Taschentuch aus der Tasche und hielt es hoch. »Da sind zwei Mädchen und wenn sie Erfolg haben, werden sie wieder nach oben kommen. Ich brauche das Mädchen namens Grey. Findet sie. Bringt sie mir unversehrt, dann füttere ich die Maschine mit ihr ... Seht, der Mond geht auf.«

16

»An ihrem Reiseziel angelangt, sollte eine junge Dame ruhig dasitzen und an einem gut einsehbaren Ort auf ihre Freundin oder ihren Gastgeber warten. Sie sollte weder den Bahnhof erkunden noch auf eigene Faust die Erfrischungsräume aufsuchen.«

Miss Finchs kleines blaues Buch (1855)

Der Gang war eng und sie mussten sich hindurchzwängen. Es war wohl der entsetzlichste Ort, an dem Annabelle je gewesen war, aber trotzdem ging sie voraus. Der Besen zitterte auf ihrem Rücken und sie streichelte ihn sanft.

»Fast geschafft, mein Lieber«, flüsterte sie. »Bald hast du den Himmel wieder.«

Annabelle wünschte, es gäbe einen angenehmeren Weg zur Kammer des Ewigbesten Zauberstabs – die ihren beiden Gefährtinnen zufolge ordentlich auf ihrer Stirn verzeichnet war. Sie hatten ihre Stirn auf eine Art gemustert, die Annabelle nicht gefallen hatte. Im Schein der Flamme hatte sie ihren Arm betrachtet, auf dem die Karte verschwand. Die Leiter zum geheimen Fluss ... das Singende Tor ... das Labyrinth des Trollreichs – alles weg. Das tiefe Wasser des Tränensees war ebenfalls fast vollkommen verschwunden, aber Annabelle konnte es noch in sich spüren. Sie spürte all diese Orte noch und fragte sich, ob sie für immer in ihr bleiben würden.

Die Karte, die auf ihre Haut gezeichnet worden war, hatte sie verändert. Davon war sie überzeugt.

»Wir sind ganz schön weit gekommen«, sagte Annabelle und gab sich große Mühe, fröhlich zu klingen. Sie war sehr müde, fühlte sich aber auch äußerst tapfer.

Hinter sich konnte sie Hafwen etwas über einen Stern murmeln hören. Annabelle mochte das Trollmädchen sehr und freute sich, dass der Drache es nicht gefressen hatte. Sie drehte sich zu ihrer Freundin um und stellte fest, dass Kitty zurückgeblieben war. Das wilde Mädchen schlotterte und ihre Wangen glühten.

»Liebe Kitty, häng dir meinen Umhang um«, sagte Annabelle. »Du wirst doch nicht krank werden?«

»Mir fehlt nichts«, erklärte Kitty. Den Umhang lehnte sie ab.

»Na ja, bald sind wir wieder zu Hause«, sagte Annabelle so beschwingt wie möglich.

Wieder musste sie an unterschiedliche Arten von »Zuhause« denken. An Hafwens, das die Trollin zurückgelassen hatte, ohne die Möglichkeit, zurückzukehren, und an Kittys, das es gar nicht gab. An ihr eigenes Zuhause und natürlich an ihre Mutter. Annabelle schüttelte den Kopf, ging jedoch weiter. Der Gang stank. Bei jedem Schritt blieb irgendetwas Furchtbares an ihren ruinierten Stiefeln kleben.

Sie zwängten sich durch, drängten sich aneinander und ließen sich auf allen vieren nieder. Der Gang weitete sich zu kleinen runden Höhlen voll eigenartiger Gegenstände. Es gab Knochen, Broschen und zerfetzte Fahnen. Trollkleider und hübsche Damenschuhe. Ganze Haufen mit Haarbüscheln. Sie bahnten sich einen Weg durch den entsetzlichen Kram.

Annabelle sprach Hafwen, die hinter ihr grummelte, Mut zu. Sie drehte sich zu Kitty um, die immer langsamer vorankam. Kittys Husten hallte um sie herum. Im Gang wurde das Durcheinander aus Drachenschätzen immer größer. Stühle und Babykörbe (bei deren Anblick Annabelle schauderte), Schilde und Pferdesättel. Bergeweise Knochen und zerfetzte Kleider. Sie traten darüber hinweg und Annabelle wiederholt ganz leise: *Sei tapfer, sei tapfer, sei tapfer.*

Schließlich betraten sie eine viel größere Höhle, in der sich noch mehr Schätze befanden. Es stank nach dem Drachen und alles war von seinem Schleim und seinen Schuppen bedeckt.

Sie rutschten auf dem Boden aus und klammerten sich aneinander, um nicht das Gleichgewicht zu verlieren. Annabelle hob die Fackel und sie sahen kleine Haufen aus Münzen und Spitzenkissen, Schilden und Schwertern und ein ganzes Pferdeskelett. Sie sahen Rüstungen, Damensonnenschirme, leere Vogelkäfige, Uhren und Spiegel. Einen Männermantel, in dessen Tasche noch immer eine Brille steckte.

Berge von Kleidern.

Berge von Haaren.

Berge von Knochen.

Plötzlich sackte Kitty mit geschlossenen Augen zusammen.

»Kitty!«, rief Annabelle. »Du wirst ja wirklich krank!«

»Mir fehlt nichts«, sagte Kitty, aber sie stöhnte und es gelang ihr nur mit Mühe, sich aufzusetzen.

Annabelle berührte die glühende Haut ihrer Freundin. »Bleib sitzen«, sagte sie. »Ist das die letzte Höhle vor der Kammer mit dem Zauberstab, Hafwen?«

Hafwen studierte die Karte in Annabelles Gesicht. Sie folgte den Gängen mit dem Blick und hielt inne. Sie zählte mit Hilfe ihrer dicken, behaarten Finger und drückte die Trollbrust in ihrem schmutzigen gelben Kleid heraus.

»Das ist die letzte Höhle vor dem Zauberstab«, sagte sie feierlich.

Annabelle sah sich um. Es schien nirgendwo einen Durchgang zu geben.

»Kannst du auf der Karte den Durchgang sehen?«, fragte sie Hafwen.

Hafwen drückte die Brust vor lauter Verantwortung noch weiter heraus. Mit ihren funkelnden Trollaugen musterte sie Annabelles Gesicht. Sie legte ihren Finger mitten auf Annabelles Stirn.

»Er is ganz hinten, gegenüber der Stelle, wo wir reingekommen sind«, sagte sie.

»Oh.« Kitty schloss erneut die Augen. Es war ein schreckliches »Oh«. Sie wirkte klein und zerbrechlich, ihr Licht war fast vollkommen erloschen.

»Bleib sitzen, Kitty. Ruh dich ein wenig aus«, sagte Annabelle und nahm ihre Hand.

Kitty hustete. Vielleicht hatte Tantchen etwas in ihr kaputt gemacht. Oder vielleicht war es die Wunde von der Knochenmauer.

Hafwen fing an, den Kram von der Stelle, wo der Durchgang sein musste, wegzuräumen. Sie war stark und schnell. Sie beklagte sich nicht. Da waren ein Stuhl und weitere Schilde, zwei ziemlich ramponierte kegelförmige Frauenhüte. Das Rad einer Kutsche.

»Ich will den Himmel sehen«, flüsterte Kitty.

»Und das wirst du«, sagte Annabelle. »Wir sind fast zu Hause. Wir treffen die beiden Misses Vine wieder. Sie werden sehr zufrieden mit uns sein.«

Kitty lächelte schwach.

»Du könntest bei uns bleiben«, sagte Annabelle. »Ich bin sicher, sie würden es erlauben. Sie würden uns das Zaubern beibringen und eines Tages würde meine Mutter nach Hause kommen.«

Kitty schüttelte den Kopf und richtete sich weiter auf. »Musst du eigentlich ununterbrochen reden?« Sie hustete erneut, wobei sie sich krümmte und die Brust hielt.

Hafwen räumte Knochen weg. Trollknochen. Trolltöpfe. Trollpfannen. Sie räumte eine Trollwäscheleine, an der noch

Trollunterwäsche hing, weg. Sie fand das Loch. Es war ein kleines Loch. Sie blickte hinein.

»Ich sehe ihn!«, rief sie.

»Brave Hafwen. Jetzt musst du mir helfen, Kitty hochzuheben«, sagte Annabelle.

»Lass mich.« Kitty stand schwankend auf, ohne ihre Hilfe in Anspruch zu nehmen.

Da hörten sie ein Geräusch. Ein schreckliches Geräusch. Es war ein so lautes Brüllen, dass die Rüstungen auf dem Boden rasselten. Die Münzen rutschten von ihren Haufen.

»Schnell – zum Loch!«, rief Annabelle und gemeinsam halfen sie Kitty hinüber.

Der Durchgang war auf Hüfthöhe, und Annabelle und Hafwen hoben Kitty hoch und schoben sie hindurch. Sie hörten sie rutschen und in die angrenzende Kammer plumpsen.

»Aua!«, sagte sie, als sie auf dem steinernen Boden aufkam. Annabelle sah Hafwen an. Sie sah Hafwens stämmige Beine und Hafwens dicken Bauch an und dann fiel ihr Blick auf das kleine Loch in der Wand.

Hafwen hob eine haarige Trollbraue. Sie stellte sich auf Annabelles gebeugtes Knie, und sobald das Trollmädchen Kopf und Schultern durch das Loch gesteckt hatte, fing Annabelle an zu drücken. Sie schob, stieß und stemmte. Sie strich Trollbauchringe glatt, damit sie durch die Öffnung passten, und presste sich mit aller Kraft gegen Hafwens Hinterteil, bis die Trollin mit einem plötzlichen »Plopp« hindurchrutschte. Annabelle reichte ihr schnell die Fackel.

Die Höhle des Westlichen Lindwurms wurde von Lärm erfüllt.

Von heftigem Fauchen und wildem Wälzen. Die Wände klapperten, die Schilde und Schwerter kippten um, die Rüstungen fielen klirrend zu Boden. Der Drache kehrte zurück.

Die Schattenwesen flogen. Kreischend kreisten sie über der Stadt. Sie stiegen in einer schwirrenden, schattigen Wolke zum Mond auf. Die Londoner, die bereits Angst vor der dunklen Nacht hatten, schauderten bei dem Geräusch. Mütter sahen nach ihren Babys, und taten es dann gleich noch einmal. Schlummernde alte Männer mit Schlafmützen schlugen bei dem Geräusch die Augen auf.

Sie atmeten, die Schattenwesen. Sie atmeten den Hauch dunkler Treppen, feuchter Keller und lange vergessener alter Truhen. Sie atmeten den Hauch leerer, abgeschlossener Orte, an denen sie jahrhundertelang geschlafen hatten. Und sie suchten.

Sie suchten nach Annabelle.

Sie öffneten ihre leeren Münder über den Gittern der Abwasserkanäle. Sie steckten ihre langen Schattenarme in Rohre. Sie flüsterten in Straßen und Gassen ihren Namen. Sie sausten über Verschiebebahnhöfe. Durch eine Kirchentür hinein und durch eine andere wieder hinaus. Sie hielten Ausschau nach Spalten, Ritzen und Löchern. Sie hielten Ausschau nach der Stelle, an der Annabelle an die Oberfläche kommen könnte. Bis sie sie schließlich witterten.

In seiner dunklen Villa drückte Mr Angel sich das Monokel aufs Auge und sah, dass der Füllstand der schwarzen Magie fast voll war. Es war nur noch eine Frage von Stunden, bis das Mädchen die Sache vollenden würde. Wenn die Schattenwesen Annabelle zu ihm brachten, würde er ihr die Geschichte ihrer Mutter erzählen und anschließend die Maschine mit ihr füttern.

Er stieg die Treppe hinauf, vorbei am Mondtrichter, der ein trauriges, einsames Lied sang, hinaus auf die Plattform, von der aus man London überblicken konnte. Er füllte seine Lungen mit dem fauligen Dunst, und von dem widerwärtigen Nebel tränten ihm die Augen. Er blickte über all das hinweg, das bald ihm gehören würde.

17

»Egal, wie heiß es ist, eine junge Dame legt im Ballsaal niemals die Handschuhe ab.«

Miss Finchs kleines blaues Buch (1855)

Annabelle kletterte durch das Loch. Erst mit einem Bein, dann mit dem anderen. Es war äußerst undamenhaft. Sie drehte sich auf den Bauch und rutschte hindurch. Dabei sah sie den Drachen kommen, sah seine schwarze Schnauze und seine schwarzen Augen. Sie sah, wie seine riesige wütende Gestalt in die Höhle glitt und sie ganz ausfüllte. Annabelle duckte sich und kauerte sich mit den anderen dicht auf den Boden.

Ein heißer Windstoß, gefolgt von einer riesigen Flamme, schoss durch das Loch. Es war eine goldene Drachenflamme, die an der Wand über ihnen hochzüngelte, während sie sich auf dem Boden zusammendrängten. Im Schein der Flamme sah Annabelle, dass die runde Wand der Kammer sich so weit nach oben erstreckte, wie das Auge reichte. Sie befanden sich am Grund eines unendlich tiefen Brunnens.

Und dort, mitten in der Kammer, auf einem kleinen erhöhten Podest, lag der Zauberstab.

Der Ewigbeste Zauberstab.

»Der Weiße Zauberstab«, sagten Annabelle und Kitty gleichzeitig.

Sie schwiegen einen Moment und in der Stille konnten sie den Drachen atmen hören. Er drückte die Schnauze gegen das Loch und schnüffelte. Es blieb keine andere Wahl. Annabelle sprang auf. So schnell sie konnte, rannte sie in die Mitte der Kammer und schnappte sich den Stab.

Es war ein Stock mit einer gezackten Krümmung an einem Ende, auf dem Tausende winziger Worte und Symbole verzeichnet waren. Er war leicht. So leicht, dass er sich anfühlte wie Luft. Annabelle flitzte zurück und warf sich auf den Boden, als ein weiterer Hitzestoß, gefolgt von einer goldenen Flamme, durch das Loch drang. Es roch nach angesengten Haaren.

»Und jetzt zu unserem Heimweg.«

Der Drache war wütend. Sehr wütend. Beim Klang ihrer Stimmen warf er sich gegen die Wand; er bohrte die Nase in das Loch. Hafwen umklammerte Annabelles Hand und stieß mehrere Trollgebete aus.

»Aber wie?«, fragte Kitty.

Die nächste Flamme loderte durch das Loch, diesmal deutlich niedriger, und die drei Mädchen rollten sich zur Seite, weiter weg von der Öffnung. Sie blickten wieder auf und sahen im Schein der Flamme die Ziegel, die sich nach oben erstreckten, bis sie sich in der Dunkelheit über ihnen verloren.

Annabelle berührte die Karte auf ihrer Stirn, aber sie wusste, dass die Linien genau in diesem Moment unter ihren Fingerspitzen verschwanden.

Eine weitere goldene Feuerzunge drang durch das Loch. Es wurde heiß in der Kammer, unerträglich heiß. Der Drache krachte gegen die Wand, woraufhin Ziegelsteine herabregneten. Ein Feuerball schoss durch die Dunkelheit. Wie sollten sie hier rauskommen? Es musste irgendetwas geben, das Annabelle tun konnte! Sie war doch das zaubermächtige Mädchen.

Sie war die furchtlose Retterin guter Magie.

Miss Estella hatte ihren Kopf und ihr Herz berührt.

Annabelles Antworten waren alle da.

Sie war nicht allein. Da wusste sie es. Sie war auf keinen Fall allein.

»Wir müssen da hoch«, sagte Annabelle bestimmt, die Schultern gestrafft, das Kinn gereckt, genau wie sie es in Miss Finchs Akademie für junge Damen gelernt hatte.

Hoch.

Weitere Ziegelsteine fielen neben ihnen herab und die Schnauze des Drachen erschien. Sie schrien.

»Aber wie?«, fragten Hafwen und Kitty gleichzeitig und blickten in den scheinbar unendlichen Tunnel hinauf.

»Ich weiß genau, wie«, sagte Annabelle.

* * *

Der Besen wackelte in Annabelles Händen. *Ihr* Besen! Der Besen, den sie selbst aus dem Haufen im magischen Lagerraum ausgesucht hatte. Der Besen, der sie in den Straßen von Ober-London und der Kitty vor Tantchen gerettet hatte.

Er ruckte in Annabelles Händen. In dem Moment, in dem sie es dachte, wollte er hoch, und sie musste ihn davon abhalten, ohne sie loszufliegen.

»Alle aufsteigen!«, rief Annabelle, als ein weiterer großer Drachenfeuerball in der Kammer explodierte und eine brennende Spur zurückließ. Die Schnauze des Drachens war jetzt bereits im Raum, der heiße Atem des Drachen direkt vor ihnen.

»Alle?«, rief Kitty.

Immer mehr Ziegelsteine brachen aus dem Durchgang, der von Minute zu Minute größer wurde.

»Wir müssen es versuchen«, sagte Annabelle. Eine weitere Flamme loderte auf und züngelte über den Boden und die Wand neben ihnen hinauf. Schnell wichen sie seitlich aus. Im Schein einer neuen Flamme, die direkt über ihre Köpfe hinwegfuhr, sah Annabelle Hafwens weit aufgerissene Augen und wusste, was sie dachte.

»Niemals«, sagte Annabelle. »Du weißt, das würde ich nie tun, Hafwen. Das weißt du.«

Sie streckte die Hand nach dem Trollmädchen aus, das hinter Annabelle auf den Besen sprang.

Kitty kletterte hinter ihr hinauf. »Du wirst uns alle umbringen!«, rief sie.

Annabelle beachtete sie nicht. Sie wartete auf das Drachenfeuer. Es schoss durch das Loch und der riesige Flammenball stieg in der Kammer empor.

Hoch, befahl Annabelle und der Besen flog hoch.

Er sauste schnell und hoch in die Luft hinauf.

Er hielt an und schwebte. Er kämpfte mit dem Gewicht der drei Mädchen und begann zu sinken.

Hoch!, rief Annabelle erneut.

Aber der Besen stürzte rückwärts.

Es war keine Zeit zum Nachdenken. Keine Zeit zum Schreien. Sie dachte an die Misses Vine, an die Zauberer von Finsbury und an ihre Mutter. Ein neuer Feuerball drang aus dem Loch in der Wand. Der Kopf des Drachen war durchgebrochen.

Hoch, befahl Annabelle ihrem Besen. Sie meinte es mit jeder Faser ihres Körpers. Sie rief es von ganzem Herzen. Nie hatte sie sicherer geklungen. Ein mächtiger Energieschub schoss durch ihre Hände in den Besen. Er fiel nicht weiter zurück. Er ruckte und sauste vorwärts, und während die Flammen bereits ihre Zehen umspielten, schossen die drei Mädchen hinauf in die Welt.

III

Füllstand der schwarzen Magie: voll

18

»Sobald sie ihr Reiseziel erreicht hat, verabschiedet sich eine junge Dame von allen Bekanntschaften, die sie unterwegs gemacht hat. Sie tut das mit Wärme, aber ohne ungebührlichen Überschwang oder Vertraulichkeit. Adressen sollten nur in gegenseitigem Einvernehmen ausgetauscht werden.«

Miss Finchs kleines blaues Buch (1855)

Keuchend lagen sie an der Stelle, an der sie gelandet waren, umgeben von Dunkelheit. Es war allerdings nicht die Dunkelheit der Höhlen und Trolllöcher Unter-Londons, sondern eine luftigere, offenere Finsternis. Annabelle sog einen tiefen Atemzug Ober-London ein und lächelte. Als ihre Augen sich an die Dunkelheit gewöhnt hatten, sah sie einen weitläufigen Marmorboden, eine breite steinerne Treppe und über ihnen eine wunderschöne Decke. Sie dachte, es sei vielleicht ein Schloss, aber dann, nachdem sie den Raum noch eine Weile betrachtet hatte, wurde ihr bewusst, dass es eigentlich nur die große Bahnhofshalle der Euston Station war. Annabelle war einmal mit ihrer Mutter hier gewesen, als sie mit dem Zug nach Birmingham gefahren waren. Durch ein hohes Fenster drang ein schwacher Lichtschein, und als Annabelle genauer hinsah, entdeckte sie die bräunlich verschwommene Scheibe des Mondes, der dort sichtbar wurde.

»Seht nur – der Mond steht schon recht hoch«, sagte sie und setzte sich schnell auf.

Sie blickte auf ihren zerrissenen Umhang und ihr schlammverschmiertes Kleid hinab. In ihren Haaren steckten Stroh und Drachenschuppen. In einer Hand hielt sie den Besen, in der anderen den Ewigbesten Zauberstab. Die Karte war von ihrem Körper verschwunden, aber ihr Gewicht spürte Annabelle noch immer in sich. Ihre Fülle. Sie trug nun ganz Unter-London in sich und würde es nie wieder loswerden.

»Und jetzt mein Stern«, sagte Hafwen und richtete sich bei dem Gedanken ebenfalls schnell auf.

»Ja, liebe Hafwen«, sagte Annabelle. »Dein Stern. Aber erst müssen wir den Zauberstab zu den Misses Vine bringen.«

Erst mussten sie Mr Angel Einhalt gebieten. Erst mussten sie ganz London retten. Irgendwie.

Annabelle dachte über die Magie des Ewigbesten Zauberstabs nach. Sie betrachtete die eigenartigen Wörter, von denen er bedeckt war. Wie funktionierte er?

Sie saßen am Rand des Loches, aus dem sie geflogen waren und das bereits wieder verschwand. Der Marmorboden, der im trüben Mondlicht schimmerte, schloss sich darüber.

»Wir hätten direkt herkommen, hinunterfliegen und das dumme Ding holen können, ohne die ganzen Schwierigkeiten«, sagte Kitty.

»Ich glaube, so funktioniert Magie nicht«, erklärte Annabelle.

Kitty lächelte, aber es war ein schwaches Lächeln und sie musste erneut husten, während sie sich aufsetzte. Ihre Wangen waren ganz rot. Sie schloss die Augen und die Hälfte ihres schmutzigen Gesichts leuchtete im Mondlicht.

Hafwen lächelte ihr breites, grauzähniges Lächeln.

»Hat dir das Abenteuer gefallen, Haffie?«, fragte Annabelle. Sie hatte beschlossen, ihre Trollfreundin in Zukunft so zu nennen.

»Nein«, entgegnete Hafwen und das Lächeln verschwand bis auf kleine Reste, die weiterhin ihre Mundwinkel umspielten.

Bald sah man nichts mehr von dem Loch, das nach Unter-London führte, nur ein Stück Marmorboden, der etwas stärker im rostroten Mondlicht leuchtete als der Rest. Annabelle tippte die Stelle mit dem Zeh an. Ja, massiver Marmor.

»Wir müssen den Zauberstab zu den Misses Vine bringen. Sie werden wissen, was zu tun ist«, sagte Annabelle. Sie wollte nicht an ihre Vision auf dem Tränensee denken. Es war überhaupt nicht gut, daran zu denken.

Annabelle stand auf, schwankend vor Hunger und Müdigkeit. Sie hielt den Ewigbesten Zauberstab in der Hand und war nach Ober-London zurückgekehrt. Eigentlich sollte es sich anfühlen wie ein Schlusspunkt, aber wie sie da in der Bahnhofshalle der Euston Station stand, fühlte sie sich erschöpft und sehr mutig, aber auch so, als wäre ihre Reise hier noch nicht zu Ende. Es war ein beunruhigendes Gefühl, wie wenn sie von Mr Ladgrove gebeten wurde, eine lateinische Passage aufzusagen, und nicht die geringste Vorstellung hatte, was sie bedeutete.

Kitty hustete und nickte, als hätte sie verstanden. Sie lehnte die Hand ab, die Annabelle ihr bot, und stand stirnrunzelnd auf.

Hafwen streckte Annabelle dagegen die Hand entgegen, um Hilfe zu bekommen, und Annabelle zog sie lachend hoch.

Ja, dies waren die besten Freundinnen, die sie je gehabt hatte. Verglichen damit wirkte Isabelle Rutherford wie eine Papierpuppe. Das hier waren ihre wahren Freundinnen. Annabelles Herz schwoll dermaßen an, dass sie eine Hand auf die Brust legen musste, um es zurückzuhalten.

»Zum Zauberladen«, sagte sie.

»Zum Zauberladen«, wiederholte Hafwen. »Damit ich meinen Stern kriege.«

* * *

Sie traten nach Ober-London hinaus. Vorbei an den dunklen Fahrkartenschaltern und Erfrischungsräumen. Vorbei an den Damen- und den Herrentoiletten, durch den großen

Portikus hinaus in die Nacht. Annabelle hätte nie gedacht, dass es sich so gut anfühlen könnte, die neblige Londoner Nachtluft einzuatmen. Aber sie hatte auch Angst. Der Nebel war dicht und die Gaslaternen leuchteten nur schwach, umkränzt von einem bleichen Lichthof. Eigenartige Geräusche waren zu hören: der langsame Herzschlag weit entfernter Pferdehufen, eine einsame Glocke, die gedämpft klang, als läutete sie unter Wasser.

Wie lange würde es noch dauern, bis der Mond den höchsten Punkt erreicht hatte? Er stand bereits hoch am Himmel, ein blasser Fleck hinter dem Nebel.

Annabelle hielt Hafwens Hand. In London gab es viele ungewöhnliche Dinge, aber die stämmige, behaarte Hafwen würde vermutlich trotzdem Aufmerksamkeit erregen. Deshalb versteckte Annabelle ihre kleine Trollfreundin hinter ihren Röcken. Ein weiteres Geräusch ertönte, ein Wispern, und ein schwacher Luftzug wirbelte den Nebel um sie herum auf.

»Das ist Euston Station«, sagte Annabelle nervös. »Aber ich bin mir ziemlich sicher, dass ich den Weg von hier aus nicht finde.«

Sie stellte sich den Zauberladen vor und wie die Misses Vine sie erwarteten.

Sie sehnte sich danach, Miss Henriettas Gesicht zu sehen, wenn sie ihr den Zauberstab zeigte.

»Hier geht's lang«, sagte Kitty und führte sie auf die Straße hinaus. »Hafwen und du werdet fliegen.«

Der Luftzug wurde stärker, wuchs zu einem Windstoß an, der mit ihren Röcken spielte und Annabelles roten Umhang anhob.

Das gefiel Hafwen nicht. »Was ist das für sprechende Luft?«, fragte sie.

Annabelle versuchte, über den Ausdruck der kleinen Trollin zu lächeln. »Aber wieso sagst du nur Hafwen und ich?«, fragte sie Kitty.

»Weil ich getan habe, was ich den Misses Vine versprochen habe, und sogar noch mehr.«

»Aber Kitty ...«, flüsterte Annabelle.

Kitty wollte Himmel. Sie wollte bis nach Highgate laufen, sich unter einem Baum zusammenrollen und von der Sonne geweckt werden. Sie hatte genug vom Reisen. Von Trollen. Von Zauberstäben. Sie wollte das enttäuschte Gesicht dieser Annabelle nicht sehen, die ihr ganzes Leben lang immer bekommen hatte, was sie wollte.

»Aber Kitty, das meinst du doch nicht so«, sagte Annabelle. »Nach allem, was wir getan haben.«

»Verräterin«, sagte Hafwen.

»Halt dein Maul«, entgegnete Kitty.

»Du könntest bei den Misses Vine bleiben. Ganz bestimmt – das weiß ich«, sagte Annabelle. »Bitte sag Ja.«

Kitty war ihre Freundin. Annabelle hatte noch nie eine Freundin wie Kitty gehabt. Es fühlte sich alles ganz verkehrt an. Wie konnte sie ohne Kitty die furchtlose Retterin guter Magie sein?

Kitty schüttelte den Kopf. In ihrem ganzen Leben hatte sie noch nie ein Mädchen wie Annabelle Grey kennengelernt. Annabelle strahlte wie ein Stern, war gut und tapfer.

»Das ist nicht der richtige Ort für mich«, sagte Kitty, aber der Wind schwoll immer weiter an und verwehte ihre Worte.

Er wurde zu einer heftigen Bö, rauschte über den Bürgersteig und wirbelte Abfall auf. Er zerrte an ihren Röcken, entriss Annabelle Zauberstab und Besen und schleuderte beides auf die Straße.

»Was um alles in der Welt ...«, hob Annabelle an, dann brach sie ab.

Der Nebel vor ihnen wurde beiseite geweht und heraus flog eine entsetzliche, monströse Erscheinung.

Aus dem Nebel kam eine riesige dunkle Kutsche, die von sechs schattenhaften Pferden gezogen wurde. Sie machte ein Geräusch wie tausend wütende Hornissen und flog direkt auf sie zu, sodass keine Zeit zum Nachdenken blieb. Sie raste auf sie zu und Annabelle wusste, sie würde sie überrollen, zerschmettern, ihnen den Garaus machen.

Aber die Kutsche fuhr durch Annabelle hindurch. Die Pferde fuhren direkt durch sie hindurch und dabei verspürte Annabelle einen heftigen Sog und wurde in die Luft gehoben.

Sie spürte, wie ihr Hafwens Hand entglitt.

Sie wurde unsanft nach oben gerissen, hinein in die Kutsche, auf einen harten Sitz, dann erhob sich das Gefährt und stieg in die Luft auf.

»Kitty!«, schrie Annabelle, während sie hochstieg. »Hafwen!«

»Annabelle!«, rief Kitty, bevor das zaubermächtige Mädchen von den Schattenwesen entführt und durch den Himmel davongetragen wurde.

Mr Angel stand auf der Plattform auf dem Dach und hielt den Schwarzen Zauberstab hoch. Er hob den Nebel an, zog ihn fort von den Mietshäusern und schmalen Gassen, von Straßen mit großen Villen. Hinweg von Kreuzungen, Kirchen und Kathedralen. Er hob ihn von den Höfen, den Beinhäusern und Fabriken. Wie eine Decke lüftete er ihn über dem Marschland, dem ruhig funkelnden Fluss, den großen Parks. Dann warf er ihn hinauf in den Himmel, wo er sich auflöste.

Der frische, klare Vollmond blickte herab. Er schien in den Mondtrichter und nährte die Maschine darunter. Sie war mit schwarzer Magie angefüllt und bereit für ihn. Im Haus wimmelte es von Schattenwesen. Sie schwärmten durch Zimmer und Treppen, bevölkerten den Ballsaal und klackerten mit den Krallen an die Fensterscheiben. Sie ahmten das Geräusch der Maschine nach, ihr lautes Sirren, Seufzen und Heulen, während sie auf ihre letzte Mahlzeit wartete.

19

»Unternimmt eine junge Dame einen Spaziergang, bleibt sie nicht stehen oder dreht sich nach anderen Passanten um. Sie hält den Blick geradeaus gerichtet und kümmert sich nicht um Dinge, die sie nichts angehen.«

Miss Finchs kleines blaues Buch (1855)

Annabelle flog auf dem Krallensitz durch die Luft, getragen von der Schattenkutsche, die raschelte und rauschte und ihren Namen flüsterte. Die Kutsche ritt auf dem Wind auf und ab, bis es Annabelle ganz schwindelig und übel war. Sie umklammerte den Sitz, obwohl allein die Berührung ihr große Angst machte, aber sie hatte keine andere Wahl. Bei jeder Welle hob sich ihr Hinterteil von der Sitzfläche und knallte anschließend wieder darauf.

»Oh«, rief sie. »Anhalten, bitte.«

Aber die Kutsche hielt nicht an. Die Schattenwesen flogen weiter. Annabelle konnte ihre offenen leeren Münder sehen und überall um sie herum atmeten sie. Durch die schmalen Abstände zwischen ihnen erhaschte Annabelle Blicke auf Parks, Kirchen und endlose Straßen, die in Mondlicht getaucht waren. Die Kutsche aus Schattenwesen flog mit ihr über London hinweg. Sie glitt über die Dächer und rauschte mit ihr durch die Nachtluft.

Als die Kutsche schließlich landete, tat sie das in einer Straße mit vornehmen Häusern und Gärten. Ohne Warnung öffneten die Schattenwesen ihre Krallen und ließen Annabelle vor einem solchen Haus ins Gras fallen.

»Au«, rief sie und starrte das hohe dunkle Gebäude an.

Sie schauderte, denn sie erkannte es sofort wieder.

Die Vorhänge waren zugezogen und die schwarzen Fenster starrten zurück. Es war das Haus aus ihren Visionen. Die Kutsche aus Schattenwesen löste sich auf und verschwand in einer Nebelwolke. Die Schattenwesen drehten und wanden sich wie ein Schwarm Stare hinauf zum Dach und hinein ins Haus.

Annabelle blieb stehen.

Instinktiv tastete sie nach ihrem Besen und dem Ewigbesten Zauberstab.

Ihre Hände waren leer.

Die Haustür schwang langsam auf und Mr Angel erschien. Er machte eine tiefe Verbeugung.

»Annabelle Grey«, sagte er. »Endlich. Wir haben auf dich gewartet.«

Seine schwarzen Haare fielen ihm über die Schultern und auf seinen Wangen lagen dunkle Schatten. Er ging entsetzlich krumm und war so boshaft vergnügt wie noch nie. Im Haus hinter ihm hörte Annabelle jetzt ein Geräusch. Es war ein Dröhnen und Hämmern. Sie bemerkte, dass der Bürgersteig neben ihr bebte, das Dach ächzte und die Wände knarrten, als könnten sie explodieren.

»Der Mond steht hoch, Annabelle«, sagte Mr Angel. »Bald ist es so weit.«

Er verbeugte sich erneut und lud sie mit einer Handbewegung ein, das Haus zu betreten.

Annabelle betrachtete das Haus und erinnerte sich an ihre Vision: an die schwarze Welle, die herausdrang, bereit, alles niederzuwalzen, was sich ihr in den Weg stellte. Hier war sie jetzt, das zaubermächtige Mädchen, und stand mit leeren Händen an ihrem Ziel. Sie hatte versagt. Sie hatte ihre Großtanten im Stich gelassen. Sie hatte die Zauberer im Stich gelassen. Sie hatte die gesamte Große & Gütige Zaubergesellschaft im Stich gelassen. Annabelle legte die Hand aufs Herz und holte tief Luft.

Sie würde nicht weinen.

»Komm rein«, sagte Mr Angel leise mit seiner einsamen Stimme. Der einsamsten Stimme, die Annabelle je gehört hatte.

Annabelle hob das Kinn. Sie straffte die Schultern. Sie lächelte genauso, wie man ihr in Miss Finchs Akademie für junge Damen beigebracht hatte, in einer fürchterlichen – oder auch nur leicht unangenehmen – Situation zu lächeln.

»Vielen Dank, Mr Angel«, sagte sie, als hätte er sie zum Tee gebeten, und folgte ihm ins Haus.

* * *

Das Problem mit Annabelle Grey war, dass sie zu viel redete, dachte Kitty, als sie den Besen und den Zauberstab aufhob. Sie plapperte wie ein Wasserfall und mochte alle, denen sie begegnete, wollte ihre Geschichte erfahren und wissen, wie sie ihnen helfen konnte – sogar Trollen –, und genau so etwas hatte dazu geführt, dass sie von einer Kutsche aus Schattenwesen gepackt und in den Himmel getragen worden war.

Kitty hatte sich hingekauert. Sie hatte das Ding kommen hören und sich hingekauert. Kitty kannte sich aus mit solchen Dingen. Sie betrachtete den Ewigbesten Zauberstab und spürte seine Leichtigkeit, obwohl sie gleichzeitig wusste, wie magisch er war. Sie drehte ihn in der Hand. Er war rundum mit Elfenmagie bedeckt.

Hafwen lag bäuchlings auf der Erde und weinte.

»Steh auf, du Riesenbaby«, sagte Kitty.

Hafwen hob ihr tränenüberströmtes Trollgesicht. »Ich will Annabelle zurück. Warum hat der Wind sie mitgenommen?«

Kitty seufzte, nahm Hafwens Hand und half ihr hoch. Sie wünschte, die Kutsche hätte das Trollmädchen ebenfalls mitgenommen.

Der Wind hatte den Nebel aus der Straße vertrieben und jetzt schien der Mond auf sie herab und ließ die Schrift auf dem Stab silbrig schimmern. Die Schattenwesenkutsche hatte die ganze Angst von hier mitgenommen, aber jetzt war sie woanders in der Stadt. Kitty musste diese Angst aufspüren. Das wusste sie. Der Weg steckte in ihren ausgetretenen kleinen Stiefeln. Sie brauchte keine Landkarte auf der Haut. Ganz London befand sich in ihrem Kopf, all die krummen Gassen und gewundenen Straßen, all die großen Plätze, verschlossenen Gärten und letzten Wiesen.

»Psst«, sagte sie jetzt recht sanft zu dem Trollmädchen. »Ich muss auf den Weg lauschen.«

Das Problem mit Annabelle Grey war, dass sie einen dazu brachte, sie zu lieben, sosehr man sich auch dagegen sträubte, und dass sie dauernd gerettet werden musste.

20

»Das beneidenswerteste Talent einer jungen Dame ist die Kunst der gepflegten Konversation.«

Miss Finchs kleines blaues Buch (1855)

Im Haus war es ganz dunkel und nach dem hellen Mondlicht draußen dauerte es, bis Annabelles Augen sich daran gewöhnt hatten. Mr Angel und sie standen in einer schwarzen Eingangshalle und überall war das Rascheln der Schattenwesen zu hören. Sie hingen kopfüber von der Decke und wisperten an den Wänden. Sie strichen Annabelle im Vorbeigehen über die Haut. Leise zischten sie ihren Namen und klackerten mit den Krallen.

Das Haus um sie herum rumpelte. Es vibrierte.

»Was ist das für ein Lärm?«, flüsterte Annabelle. Von oben ertönte ein mahlendes Geräusch. Ein rhythmisches Stampfen und Kratzen.

»Das ist die Maschine zur Gewinnung schwarzer Magie«, sagte Mr Angel.

Er führte Annabelle durch einen dunklen Flur ins Speisezimmer, in dem ein Tisch für zwei Personen gedeckt war. Als sie eintraten, stiegen die Schattenwesen von den Wänden auf. Sie schwärmten aus, bis Mr Angel seinen Zauberstab hob und ihnen befahl, sich ruhig zu verhalten. Daraufhin verschwanden sie wieder an der Decke und in den Falten der Vorhänge.

»Nimm Platz«, sagte Mr Angel. Er selbst setzte sich an ein Ende des Tisches. Annabelle musterte ihn im schwachen Licht.

»Vor dem Ende essen wir noch etwas«, sagte er und seine Stimme war so leise, dass sie ihn kaum verstehen konnte. »Deine Henkersmahlzeit sozusagen.«

Annabelle sah, wie er sein schiefes, halb melancholisches Lächeln lächelte.

»Du bist so blond, wie deine Mutter schwarzhaarig ist«, sagte er. »Aber trotzdem ähnelst du ihr sehr.«

Annabelle fand es ziemlich ungehörig, dass er über derart vertrauliche Dinge sprach. Sie antwortete nicht, sondern gab vor, sich intensiv für ihre Serviette zu interessieren, die sie sich auf den Schoß legte.

Er stieß ein leise gehauchtes, brüchiges Lachen aus. »Wir essen und dann erzähle ich dir die Geschichte deiner Mutter.«

»Mr Angel, bitte verzeihen Sie, aber ich glaube, es gibt nichts, was Sie mir über meine eigene Mutter erzählen könnten.« Annabelle war überrascht von der Kraft in ihrer Stimme.

Sie war wütend. Sie mochte Mr Angel nicht. Sie wollte seine Version überhaupt nicht hören.

»Oh doch, mein Kind«, sagte Mr Angel und lachte erneut, lauter diesmal.

Er nahm den Schwarzen Zauberstab und richtete ihn auf den Tisch, woraufhin Essen auf Annabelles Teller erschien. Es war ein Braten, von dessen Duft Annabelle unwillkürlich das Wasser im Mund zusammenlief.

»Iss, dann erzähle ich es dir«, sagte Mr Angel. »Und anschließend ist es Zeit, die Maschine mit dir zu füttern.«

* * *

Kitty stand vor Euston Station. Sie hustete und ihre Brust schmerzte. Am liebsten hätte sie sich zusammengerollt und geschlafen. Sie kannte Orte in der Nähe, das Gleis an der Säulenhalle oder den Rangierbahnhof weiter nördlich, aber jetzt war keine Zeit zum Schlafen. Sie zitterte im auffrischenden Wind, war aber froh über ihn. Mit seiner Hilfe konnte sie sich orientieren und den Weg zu Mr Angels dunkler Villa finden.

»Mach schnell.« Hafwen mochte den Wind nicht. Sie war geschlossene Tunnel und feuchte, finstere Orte gewohnt. Der Wind hatte ihre Menschenfreundin entführt.

»Sei still«, sagte Kitty.

Der Nebel war weg und das Mondlicht hatte London geweckt. Kitty lauschte auf das Gescharre und Gewimmel. Postkutschen, die aufgehalten worden waren, setzten sich wieder in Bewegung und auf dem Fluss war das Geräusch von Pfeifen und Hörnern zu hören. In Smithfield wurden Kühe gehütet und durch Covent Garden rumpelten Wagen.

Über allem hörte Kitty den plötzlich klaren Klang der Glocken im Uhrenturm, die zur Viertelstunde schlugen.

Kitty lauschte. Sie wollte, dass der Wind ihr etwas sagte. *Schnell*, sagte sie lautlos, aber sie wusste, dass das nichts nützen würde. Sie musste Geduld haben. Kitty hörte die jungen Stimmen der ängstlich raschelnden Eschen im Regent's Park; die Trompetenbäume im Inner Temple Garden, deren Kapseln rasselten; und dann, weiter weg, in großer Ferne, die alte grüne Stimme der Eiben aus Totteridge. Sie schloss die Augen.

Komm hier lang, sagte die alte Eibe, ganz ruhig über den unheimlichen Wind hinweg. *Komm jetzt.*

Kitty hatte die Stimme der Eibe bisher nie verstanden, aber heute war sie ganz deutlich zu hören.

Sie drehte sich in ihren ausgetretenen kleinen Stiefeln im Kreis, die Augen weiterhin geschlossen, und lauschte auf den Weg, den sie nehmen musste. Sie versuchte, die Stimme der Eibe aus all den anderen Geräuschen herauszuhören: den Rädern und Hörnern der Kutschen, dem Glockengeläut und dem Hundegebell, einem Drehorgelspieler, der das Auflösen des Nebels mit einer Melodie feierte. Sie drehte sich und lauschte. Sie hielt Annabelles Besen und den Ewigbesten Zauberstab in der Hand und wusste, London würde sie nicht im Stich lassen.

Komm, sagte die Eibe aus Totteridge und Kitty blieb stehen und schlug die Augen auf.

»Hier entlang«, sagte sie zu Hafwen und setzte sich in Bewegung.

21

»Eine junge Dame nimmt immer nur kleine Portionen auf die Gabel.«
Miss Finchs kleines blaues Buch (1855)

Die Maschine mit ihr füttern? Annabelle hörte sie im Obergeschoss. Die Maschine jaulte und surrte und brachte die Decke zum Erzittern. Wie konnte sie an eine Maschine verfüttert werden? Annabelle biss ein winziges Stückchen Brot ab und Mr Angel betrachtete sie vom anderen Ende des Tisches aus.

»Seien Sie herzlich bedankt für das Essen, Mr Angel«, sagte Annabelle. »Aber ich fürchte, mir ist der Appetit vergangen.«

Annabelle wusste, dass es unhöflich war, Essen abzulehnen, und dass Miss Finch darüber die Stirn runzeln würde, aber sie fühlte sich äußerst unwohl. Sie machte sich Sorgen um Kitty und Hafwen. Sie machte sich Sorgen um ihren Besen und den Zauberstab. Und dafür war sie die ganze Zeit durch schmutzige Tunnel gekrabbelt, dass der Wind ihr beides aus der Hand riss. Alle gute Magie hing von ihr ab und jetzt hatte sie alles kaputt gemacht.

Sie dachte an Miss Henrietta und Miss Estella. Sie dachte an ihre Mutter. Sie dachte an die Große & Gütige Zaubergesellschaft. Was würde aus ihnen werden? Und sie dachte an London. Das mondbeschienene London. Tausende Schornsteine, unter denen Familie um Familie schlummerten, alte Damen mit Nachthauben, Hausmädchen in Dachkammern und Babys in Wiegen. Kätzchen in Körbchen, arme Mädchen in Schlafsälen und in ihren Büros bei Kerzenschein müde Zeitungsreporter, die für die Morgenausgabe vom Ende des Nebels berichteten. Damen, die auf Gänsedaunenkissen schliefen, und Vagabunden, die mit Blättern in den Stiefeln im Freien nächtigten. Ganz London war ahnungslos.

Was blieb ihr noch?

Was konnte sie tun?

Was hatte Miss Estella gesagt? Annabelle trug alle Antworten in sich. In Kopf und Herz. Sie berührte dort am Tisch ihre Stirn und dann ihr Herz. Sie legte die Hand auf ihr dreckiges, zerlumptes Kleid und spürte ihren Sehstein. Ihr stockte der Atem.

Annabelle lächelte Mr Angel an. Mit ihrem höflichsten Lächeln. »Die Geschichte meiner Mutter, bitte, Mr Angel«, sagte sie.

* * *

Kitty und Hafwen gingen durch den Park, vorbei an den lauten Kasernen und dem zoologischen Garten. Hafwen blieb wie angewurzelt stehen, als sie die Elefanten mit den Füßen stampfen und den Mond antrompeten hörte, und Kitty bemühte sich, sie zum Weitergehen zu bewegen.

»Hafwen, du bekommst deinen Stern«, sagte sie und versuchte es zunächst mit Beschwichtigung. »Annabelle würde bei so was nicht lügen.«

Das Trollmädchen zitterte und schüttelte den Kopf.

»Es wird der hellste Stern, den du dir vorstellen kannst.«

Das Trollmädchen weigerte sich.

»Beeil dich, du Riesentrampel, oder wir kommen zu spät. Annabelle ist in Gefahr.«

Sie probierten es mit dem Besen. Kitty stieg auf und befahl ihm aufzusteigen, aber er rührte sich nicht. Hafwen schubste sie wütend weg und versuchte es selbst, aber der Besen weigerte sich abzuheben. Kitty seufzte und dachte, das hätte sie eigentlich wissen müssen; er flog nicht, weil er vollkommen von dem Mädchen abhing, das alle liebten, seien es Zauberer oder Trolle. Und dort, im mondbeschienenen Park, wurde sie nicht wütend, sondern lächelte bloß und hustete.

Die Giraffen hoben ihre schlanken Hälse und sahen ihnen nach.

Kitty und Hafwen rannten durch den Primrose Hill Park und weiter vorn riefen die älteste Weide und die älteste Esche Kittys Namen. *Hier entlang,* riefen sie. *Hier entlang.*

Manchmal blieb Kitty stehen. Das Atmen fiel ihr schwer und ihre Brust schmerzte. Sie blieb stehen und lauschte. Sie kannte diesen Weg. Sie kannte die Bahnlinie und die Grasbüschel dazwischen. Sogar die Heide in der Ferne erkannte sie und war froh darüber. All die Kreuzblumen und das Labkraut, die sie den Misses Vine gebracht hatte, der Weißdorn und Rotklee für die Zauberer von Kentish Town, die geheimen Orte, an denen die Elfen lebten – oh, heute Nacht konnte Kitty sie beinahe riechen. Die frische Luft in der Heide war sicher schwer von ihrem Honigduft. Der Wind fuhr durch sie hindurch und weit entferntes Riedgras wisperte wiederholt: *Beeil dich, Kitty.*

Die alten Eichen und die große Muttereiche riefen.

Aus der Ferne drang erneut die gleichmäßige leise Stimme der großen Eibe aus Totteridge – *Weiter, Kitty* – und Kitty steuerte durch die Straßen darauf zu wie ein Seemann, der dem Polarstern folgt.

22

»Nach dem Essen ist es durchaus angebracht, dass eine junge Dame sich an ruhigen Gesellschaftsspielen beteiligt, die jedoch nicht so übermütig sein sollten, dass sie sie aufregen und später vom erholsamen Schlaf abhalten.«

Miss Finchs kleines blaues Buch (1855)

»Ja, Annabelle«, sagte Mr Angel. »Es ist eine Geschichte, die dich zum Weinen bringen wird, liebes Kind. Eine große Tragödie. Und sobald ich sie dir erzählt habe, wirst du am Boden zerstört sein. Und genau danach sehnt sich die Maschine. Nach Verzweiflung und Kummer – schlicht und ergreifend.«

Als ob sie ihn hören könnte, schnaufte die Maschine über ihnen und das Haus wurde bis in die Grundfesten erschüttert. Es surrte und knurrte, die dunklen Gemälde an den Wänden klapperten und die dunklen Kronleuchter wackelten.

»Die erste Idee für die Maschine zur Gewinnung schwarzer Magie kam mir angesichts der kummervollen Tränen deiner Mutter auf einem Taschentuch. Dieses Taschentuch war der erste Gegenstand, mit dem ich die Maschine fütterte. Um ihre Tränen herum habe ich jetzt seit dreizehn Jahren alles aufgebaut. Dreizehn Jahre lang Vollmonde. Und heute Nacht wirst du den Kreis schließen.«

Annabelle verschränkte die Hände in ihrem Schoß, damit sie nicht zitterten. Sie reckte das Kinn.

Mr Angel betrachtete sie aufmerksam. »Deine Mutter war eine zaubermächtige junge Frau«, sagte er und stand auf.

Mit gekrümmtem Rücken ging er hinter seinem Stuhl hin und her.

»Es hieß, sie sei nur wegen eines Zaubertranks in einer einzigen Nacht auf dem Besen nach Elgin und zurück geflogen. Dadurch rettete sie ein Kind, das im Sterben lag. Sie war gut, deine Mutter, sehr gut.«

Die Art, wie Mr Angel das Wort *war* gebrauchte, gefiel Annabelle nicht. Als käme ihre Mutter nicht zurück. Als wäre sie nicht mehr gut. Das tat Annabelle im Herzen weh. Der Boden unter ihren Füßen bebte. Die Schattenwesen steckten flüsternd die Köpfe zusammen.

Mr Angel lächelte. »Sie war eine Heilerin und hatte das zweite Gesicht. Und sie war wild, jung und vielversprechend. Sie bekam sogar ihren eigenen Zauberstab, was ungewöhnlich ist für jemanden so Junges. Die gesamte Zauberwelt sprach von ihr – oh, wie sie von ihr sprachen, Annabelle. Eine solche Hexe hatte es seit mehreren Generationen nicht mehr gegeben. Aber dann verliebte sie sich.«

Mr Angel blieb einige Zeit ruhig stehen und dachte nach. Die Schattenwesen krochen aus ihren Verstecken und reckten die Hälse.

»Meiner bescheidenen Meinung nach«, sagte er schließlich, »ruiniert Liebe das meiste.«

Er machte eine Handbewegung, woraufhin die Schattenwesen herabfuhren. Innerhalb weniger Sekunden waren das Essen und das Geschirr verschwunden.

Annabelle versuchte, sich ihre Mutter statt anmutig und beherrscht wild und leidenschaftlich vorzustellen. Sie stellte sich vor, wie sie auf dem Besen den ganzen Weg nach Elgin ritt, der – wie sie aus Geografie wusste – wirklich sehr weit war. Sie musste tief Luft holen, denn die Vorstellung schockierte sie nicht, sondern machte sie unglaublich glücklich. Glücklich trotz allem. Glücklich, obwohl sie hier vor Mr Angel saß, der vorhatte, London zu vernichten. *Natürlich* sollte ihre Mutter auf einem Besen reiten, das schwarze Haar offen hinter sich herflatternd. Sie sollte in den Wind und die Wolken hinausschreien und am Morgen, bei ihrer Rückkehr, nach Regen und Himmel riechen.

Mr Angel schlug mit dem Zauberstab auf den Tisch. »Vivienne Vine verliebte sich in einen Mann namens der große Geraldo Grey. Das war sein Künstlername. Assistent des großen Horaldo. Sie waren bloß Zauberkünstler. Kartentrick-Schwindler. Nichts weiter. Aber sie liebte ihn so sehr.«

Der große Geraldo Grey, dachte Annabelle und biss sich auf die Unterlippe. Sie hob die zitternden Hände ans Gesicht und versuchte mit aller Macht, nicht traurig zu sein. *Der große Geraldo Grey.*

»Die Misses Vine verboten die Verbindung. Die Zauberer von Finsbury lehnten seinen Heiratsantrag ab. Aber Vivienne und Gerald heirateten trotzdem heimlich und kurz danach war deine Mutter schwanger mit dir.«

Annabelle hatte viele Fragen. Das ging ihr alles viel zu schnell. Gerade noch war ihre Mutter wegen eines Zaubertranks nach Elgin geflogen und jetzt plötzlich hatte sie geheiratet. Wer war Gerald Grey? Wie war er? Wo hatten sie sich kennengelernt? War er blond oder schwarzhaarig? All das musste sie ihre Mutter fragen und jetzt würde sie keine Gelegenheit mehr dazu haben. Die Maschine über ihnen stieß ein langes, dünnes Geheul aus und die Wände des Hauses wackelten. Mr Angels Augen weiteten sich entzückt.

»Nun, eines Abends kurz vor deiner Geburt hatte der große Geraldo Grey einen schrecklichen Unfall. Er verabschiedete sich von Vivienne und machte sich auf den Weg zum Theater, und vielleicht achtete er nicht auf den Weg oder vielleicht war er in Gedanken an deine bevorstehende Geburt versunken. Wir werden es nie erfahren. Aber er lief auf der Euston Road vor eine Kutsche und das war sein Ende.«

Annabelle blieb der Mund offen stehen. Ihr Herz setzte aus.

Aber das konnte doch noch nicht sein Ende sein. Sie hatte ihn in der Geschichte doch gerade erst kennengelernt.

Mr Angel lachte auf diese leise, brüchige Art über ihre Verzweiflung und die Schattenwesen ahmten ihn nach.

»Vivienne hörte den Aufruhr. Der gesamte Verkehr auf der Euston Road kam zum Erliegen. Ach, liebe Annabelle, wie sie über seinem Leichnam weinte, der dort im Dreck und Dung lag. Aber in ihrem furchtbaren Kummer fiel ihr etwas ein. Ich fiel ihr ein, Mr Angel, den die Zauberer von Finsbury wegen seiner Auferstehungsmaschine verbannt hatten. Weißt du, was das für eine Maschine ist, Annabelle?«

Annabelle schüttelte den Kopf.

»Eine Maschine, die die Toten wieder zum Leben erwecken kann. Ich hatte sie mehrmals an Kaninchen ausprobiert und ein paarmal an Katzen, aber noch nie an einer Menschenseele. Soll ich dir erklären, wie sie funktioniert?«

»Nein, danke«, sagte Annabelle.

»Es war eine einfache Angelegenheit aus dunkler Magie, Totenbeschwörung und Dampf«, sagte er, ohne sie zu beachten. »Die Seele kann zurückgerufen werden – aber sie dazu zu bringen, im Körper zu bleiben, ist etwas anderes. Das habe ich versucht, mit der Auferstehungsmaschine zu erreichen.«

Annabelle wollte wissen, wie ihr Vater sprach. Wie er ging. Wie er lachte. Zwei Tränen kullerten über ihre blassen Wangen, sosehr sie auch versuchte, sie zurückzuhalten.

Oben seufzte der Blasebalg der Maschine.

»Es klopfte an meiner Tür, Annabelle, und davor stand Vivienne Grey mit ihrem frisch verschiedenen Ehemann, dem großen Geraldo Grey. Das perfekte menschliche Versuchsobjekt für meine Maschine. Von zwei Lakaien wurde er die Treppe hinaufgetragen und in die Maschine gepackt. Soll ich dir erklären, wie sie aussah?«

»Nein, danke«, flüsterte Annabelle erneut.

»Sie war wie eine Mischung aus einem Sarg und einem Bett, und das Versuchsobjekt wurde mit Nadeln an verschiedenen Röhrchen angeschlossen. Die Röhrchen ihrerseits führten zu verschiedenen Saugglocken und das alles wurde per Dampf betrieben.«

Annabelle wünschte, sie könnte weghören. Was sie wissen wollte, war, wie ihr Vater getanzt hatte, wie er zuhören konnte, welche Tricks er meisterte. Ob er ein guter Mann gewesen war. Aber das würde sie nie erfahren.

»Dein Vater wurde angeschlossen. Der Motor gestartet. Die Kolben angetrieben. Seine Seele wurde zurückgeholt und die Auferstehung meines ersten menschlichen Versuchsobjekts war erfolgreich. Der große Geraldo Grey schlug die Augen auf, Annabelle.«

* * *

Hafwen blickte zu den Sternen hinauf, während Kitty und sie die Heide durchquerten. Sie blickte so konzentriert hinauf, dass sie häufig mit Kitty zusammenstieß, die sie jedes Mal mit neuen Schimpfwörtern verfluchte. Kitty nannte Hafwen schmuddelige Wurmfresserin, fettes Stück Drachentorte und Zwiebelkopf. Hafwen hörte zu und bei jedem neuen Namen wurde ihr grauzähniges Grinsen breiter. Kitty musste unwillkürlich lachen.

»Aber wie kommt Annabelle Grey an einen solchen Stern?«, fragt Hafwen.

»Woher soll ich das wissen?«, sagte Kitty. Vom Lachen musste sie husten.

»Wo hat sie ihn gepflückt? An welcher Stelle des Himmels?«

»Ich weiß es nicht, du fetter, schmieriger Clown«, sagte Kitty. Sie beugte sich vor und hustete, bis sie ins Gras spuckte. Der Schleim war dunkel.

Kitty schloss die Augen und ihr Herzschlag dröhnte ihr in den Ohren.

In der Heide wuchs ein Gras, das im Mondlicht auf eine bestimmte Art leuchtete, ganz silbrig an den Rändern. Seit sie klein war, hatte sie es Mondgras genannt. Sie hatte schon hundert oder mehr Vollmonde erlebt, obwohl sie sich nicht sicher war, da sie nicht wusste, wie alt sie war oder woher sie stammte.

Kitty hatte keine Mutter wie Annabelle Grey. Sie hatte keine Großtanten oder einen längst verstorbenen Vater. Aber sie hatte London. Den Schutz der Heide, wo sie oft geschlafen hatte, die unordentlichen Straßen, das wilde dunkle Herz der Mietshäuser. Ja, die Stadt war ihre Mutter, eine verwirrende, schöne Stadt mit ihren einsamen Kirchen, warmen Ställen und weitläufigen Parks.

Kitty berührte das Mondgras und hustete und hustete, bis ihr Körper sich vor lauter Husten ganz hohl anfühlte. Von hoch oben blickte sie auf die Stadt unter dem Mond zurück und war froh über ihre Mutterliebe.

Annabelle Grey, sagte sie in Gedanken.

Aber die Eibe in Totteridge rief *ihren* Namen und darüber wunderte Kitty sich. Die Stimme der Eibe war jetzt viel deutlicher. *Weiter, Kitty, weiter.* Kitty summte ihr Herzlicht herauf, nicht zuletzt, um Hafwen zu erschrecken, und als es aufstieg, war es dunkelgrün. Sie staunte darüber, wie leicht sie es hervorbringen konnte, als wäre der Käfig, in dem sie es hielt – ihr Körper –, zerbrechlicher geworden. Es rutschte einfach aus ihr heraus.

Hafwen musterte das Licht aus den Augenwinkeln und wirkte beunruhigt. »Ist es noch weit, Bohnenstange?«, fragte sie.

»Nein«, sagte Kitty. »Jetzt ist es nicht mehr weit, Hafwen.«

23

»Wenn eine junge Dame sich nicht an Gesellschaftsspielen beteiligen möchte, sollte sie sich mit einem ruhigen Zeitvertreib wie Handarbeit oder Lektüre beschäftigen.«

Miss Finchs kleines blaues Buch (1855)

Annabelle wollte nichts weiter hören. Sie versuchte an die smaragdgrünen Schlittschuhe zu denken, aber ihr Verstand kannte diesen Trick bereits. Er beschwor keine Schlittschuhe herauf. Er sagte: *Dies ist die Geschichte der letzten Minuten deines Vaters. Pass gut auf, Annabelle Grey.*

Mr Angel richtete den Zauberstab auf den langen Tisch, beschoss ihn mit einem lilafarbenen Lichtstrahl und verwandelte ihn in ein Häufchen Staub. Die Schattenwesen wanden sich amüsiert. Jetzt war nichts weiter übrig als Annabelle auf ihrem Stuhl.

Mr Angel kam langsam auf sie zu.

»Der große Geraldo Grey schlug die Augen auf, Annabelle«, sagte er. »Und sah deine Mutter an. Er war gestorben, und jetzt war er zurückgekehrt. Er sah die Röhrchen und die Kolben an und die Art, wie er an den Apparat angeschlossen war. Er sah die großen Saugglocken über sich an, die seinen Geist zurückgeholt hatten. Kannst du es dir vorstellen?«

»Ja«, flüsterte Annabelle.

»Wie entsetzlich das alles war?«, fragte Mr Angel.

»Ja«, flüsterte Annabelle.

»Er war ganz aus dieser Welt gegangen und jetzt zurückgekehrt. ›Gerald‹, sagte deine Mutter. ›Gerald.‹ Und sie klammerte sich an ihn. ›Vivienne‹, entgegnete er. ›Was hast du getan?‹

Das waren seine einzigen Worte, Annabelle. ›Vivienne, was hast du getan?‹ Die Maschine war ganz neu, noch nie an Menschen getestet. Er wirkte plötzlich verwirrt und wütend. Er versuchte sich aufzusetzen und die Nadeln glitten aus seiner Haut. ›Vivienne‹, sagte er, tastete blindlings nach ihr und sie versuchte ihn zu beruhigen. ›Vivienne!‹, rief er, weil er sie nicht mehr sehen konnte. Sie hielt seine Hände. ›Vivienne‹, sagte er, dann sackte er zusammen und war weg.«

Mr Angel betrachtete Annabelle. Er schaute den Tränen nach, die ihr über die Wangen liefen, und wie sie dabei zitterte. Dieses Kind hatte Unmengen an Tränen in sich. Tränen der Verlassenheit und der Verwirrung. Tränen des Verlusts. Tränen der Trauer. Sie versuchte das Meer der Tränen zurückzuhalten, wovon sie nur noch mitleiderregender wirkte.

»Sie haben sie betrogen«, flüsterte Annabelle. »Sie haben meine Mutter mit ihrer schrecklichen Maschine betrogen. Sie haben sie in dem Glauben gelassen, er würde so zurückkehren, wie er vorher gewesen war. Sonst hätte sie so etwas nie getan.«

»Nichts dergleichen habe ich ihr versichert«, widersprach Mr Angel. Er sah Annabelle traurig an. »Ich bot ihr meine Dienste an; ich sagte ihr, ich könne nicht garantieren, dass es funktionieren würde. Wie sie um ihn weinte, Annabelle! Um den großen Geraldo Grey – der doch nicht so groß war. Ich gab ihr natürlich mein Taschentuch, und als sie ging, als sie aus dem Zimmer rannte, ließ sie es auf dem Boden liegen. Da kam mir eine Idee. Das Taschentuch, die Glasröhrchen, die Saugglocken. Eine neue und noch fantastischere Maschine.«

Annabelle wollte nicht, dass ihr Vater, den sie nicht kannte, nicht nur einmal, sondern zweimal hatte sterben müssen. Sie wollte, dass er zu Hause war, genau in diesem Moment, und die Zeitung las oder Kartentricks übte. Ihre Tränen versiegten nicht. Sie liefen ihr über die Wangen und tropften auf die Hände in ihrem Schoß.

»Die Maschine, liebe Annabelle. Jetzt ist es so weit«, sagte Mr Angel. Dann fügte er, an die Schattenwesen gewandt, hinzu: »Bewacht sie. Ich werde die Maschine auf ihre letzte Mahlzeit vorbereiten.«

* * *

Sobald er das Zimmer verlassen hatte, drängten die Schattenwesen heran. Sie glitten von den Wänden und bildeten einen Kreis um Annabelle.

»Ich habe keine Angst vor euch«, sagte Annabelle, als die Schattenwesen um sie herum waberten, ihre Gestalt stets verändernd. Sie wurden zu Abbildern von Mr Angel, der auf sie herabblickte. »Ich habe keine Angst vor euch, habt ihr gehört?«

Aber das stimmte nicht. Die Schattenwesen hauchten Annabelle an und Annabelle zuckte zusammen. Die Schattenwesen beobachteten jede ihrer Regungen.

Annabelle holte den rubinroten Sehstein aus ihrem Mieder und legte ihn auf ihre Handfläche. Es gab kaum Licht in dem Zimmer, aber sie hoffte, es würde genügen. *Bitte,* sagte sie zu sich selbst. *Bitte. Irgendjemand soll mir bitte sagen, was ich tun soll.* Sie blickte in das Glas, aber es war alles unscharf.

Ihr Verstand raste. Die Misses Vine sollten auftauchen oder die Zauberer von Finsbury. Ach, es wäre so gut, ihren freundlichen Rat zu hören. Annabelle blickte in das dunkle Glas, aber dort war nichts zu sehen.

Ihr fiel die Tasse ihres Geistes wieder ein. Sie erforschte ihre Gedanken, von denen sie viele hatte. Die Zeit lief ihr davon. Hafwen hatte bestimmt Angst. Kitty war krank. Ihr Vater war zweimal gestorben und das war einfach nicht gerecht. Ihre Mutter hätte ihr die Wahrheit sagen sollen. Ganz London war in Gefahr. Sie war die furchtlose Retterin guter Magie, obwohl sie das gar nicht sein wollte. Jetzt hatte sie es ausgesprochen. Und sie hatte alle im Stich gelassen.

Sie blickte in ihren rubinroten Sehstein und wartete. Die Schattenwesen drängten sich um sie. Annabelle sah Dunkelheit und dann etwas Verschwommenes, das plötzlich zu silbernem Mondlicht auf langem Gras wurde.

Hafwen und Kitty wanderten durch eine Heidelandschaft. Kitty trug den Zauberstab und den Besen. Hafwen blickte staunend zu den Sternen auf.

Annabelle war noch nie glücklicher gewesen, jemanden zu sehen. »Hafwen!«, rief sie. »Kitty!«

Aber so schnell sie erschienen waren, verblassten sie auch wieder. Jetzt war dort nichts als das trübe Glas, und als Annabelle aufblickte, stand Mr Angel an der Tür, um sie nach oben zu bringen.

* * *

Kitty hörte das Rufen. Es war nicht so sehr ein Wort, sondern eher eine Veränderung in der Landschaft. Der Wind stieß einen heftigen Luftschwall aus, die Bäume raschelten mit den Blättern und das Gras senkte die Spitzen zu Boden. Hafwen blieb wie angewurzelt stehen.

»Hast du das auch gehört?«, fragte Kitty.

Hafwen nickte.

»Wir sind ganz in der Nähe«, sagte Kitty.

Sie hielt sich die schmerzende Brust und bekam einen weiteren heftigen Hustenanfall. Als sie ausspuckte, landete noch mehr dunkles Blut auf der Erde.

»Wir dürfen nicht trödeln, Bohnenstange«, sagte Hafwen. »Kannst du weitergehen?«

»Ja, Hafwen«, erwiderte Kitty. »Aber ich muss lauschen.«

Sie schloss die Augen. Ihre Rippen schmerzten und jeder Atemzug verhakte sich in ihrem Innern und blieb hängen, als hätte sie einen Stachel in sich. Sie lauschte. Sie lauschte auf die Nacht. Annabelles Ruf war verhallt, aber er hatte ein schwaches Echo hinterlassen, so wie eine Glocke einen Klang hinterlässt, nachdem sie an einem klaren, ruhigen Tag die Luft durchbrochen hat. Kitty hörte ein neues Geräusch. Ein dunkles Geräusch. Ein mahlendes Geräusch. Ein Geräusch, das nicht dort hingehörte. Es dröhnte durch die Nachtluft. Sie spürte es in ihrem Körper und wusste, es war verkehrt.

»Ja«, sagte sie, aber von diesem einen Wort musste sie husten, die Knie gaben unter ihr nach und sie sackte zu Boden.

24

»Zum Treppensteigen rafft eine junge Dame ihre Röcke dergestalt, dass es ihr die Bewegung erleichtert, aber so anmutig, dass es niemand bemerkt.«

Miss Finchs kleines blaues Buch (1855)

Mr Angel ging voran. Die Korridore ächzten und knarrten unter ihren Füßen. Hoch über ihnen rasselte und seufzte die Maschine. Mr Angel stieg vor Annabelle die Treppe hinauf und die Schattenwesen folgten ihr. Es waren Hunderte, die die Luft bevölkerten und ihr ins Ohr flüsterten. Sie nannten ihren Namen und den ihrer Mutter, zischten die Worte *der große Geraldo* und kicherten. Sie wiederholten jede Einzelheit der Geschichte, die Mr Angel erzählt hatte.

Annabelle spürte die Maschine, die das Treppengeländer und die Dielen zum Wackeln brachte. Sie sehnte sich nach Kitty und Haffie. Sie wollte nicht alleine hier sein.

Nichts hätte sie auf den Anblick der Maschine zur Gewinnung schwarzer Magie vorbereiten können. Selbst die Dunkelheit Unter-Londons war harmlos, verglichen mit der Dunkelheit dieser Maschine. Sie vibrierte und zuckte in der

Finsternis und ihr riesiger Blasebalg ging schnaufend auf und zu, als spürte er Annabelles Anwesenheit. Im Zimmer war es kalt, eiskalt.

»Sie weiß, dass du da bist«, sagte Mr Angel leise. »Siehst du, wie sie dich spürt? Sie strotzt vor schrecklicher Magie.«

Annabelle stand in der Tür und ihre Röcke wehten auf die Maschine zu; sie spürte den Sog an ihrer Haut. Was sollte sie gegen so ein Ding ausrichten? Als zaubermächtiges Mädchen musste sie doch sicher irgendetwas ausrichten können! Sie sah den riesigen Trichter an, der sich zu dem großen, gezackten Loch in der Decke ausstreckte. Reines helles Mondlicht traf auf den Messingtrichter.

»Komm und sieh auf die Stadt hinab«, sagte Mr Angel. »Ich werde dir zeigen, was alles mir gehören wird.«

Annabelle wollte sich der Maschine nicht nähern. Je näher sie ihr kam, desto stärker spürte sie ihren Sog.

Mr Angel führte sie außen am Rand des Zimmers entlang und die Maschine sang ein seltsam knirschendes, ächzendes Lied. Er führte sie die schmale Treppe hinauf, die sich um den Mondtrichter herum nach oben schraubte. Annabelle bekam weiche Knie, als sie in die Maschine hinabsah, auf all ihre funkelnden, sich drehenden Teile. Die Schattenwesen hinter ihr atmeten kaum hörbar.

Auf dem Dach standen sie oberhalb von London. Sie blickten über Straßen und Parks hinweg zum Stadtzentrum. Der Mond tauchte alles in silbernes Licht. London war Annabelle noch nie so schön vorgekommen. Der Mond beschien Mr

Angels Gesicht, wovon er noch einsamer aussah. Es musste schlimm sein, so böse zu sein.

»All die Parks und Paläste. All die Menschen«, sagte Mr Angel. Er zeigte auf die Dächer hinaus. »All das wird mir gehören.«

»Verzeihen Sie, Mr Angel, aber warum muss das alles Ihnen gehören?«

Er hörte sich an wie ein verzogener Junge. Das wollte Annabelle ihm gerade sagen, aber da hob Mr Angel den Schwarzen Zauberstab und deklamierte laut »Umbra, antumbra«, und von überall her, von Dächern und Kirchturmspitzen, tauchten Schattenwesen auf.

»Weil Dunkelheit herrschen soll, Annabelle Grey, und Dunkelheit herrschen wird«, sagte er. »Und ich der König der Dunkelheit sein werde.«

* * *

Annabelle wünschte, ihre Mutter hätte sie in Unter-London sehen können, als sie den Ondona auf die Knochenwand gerichtet hatte. Es war ein einfacher Wunsch. Dass ihre Mutter sehen konnte, was aus ihr geworden war. Jetzt stellte sich heraus, dass der Abschied von ihrer Mutter vor ihrem Haus ihre letzte Begegnung gewesen war, und Annabelle war so traurig wie noch nie. Das Herz in ihrer Brust schmerzte und es war gar nicht mal die Art Traurigkeit, bei der man weinen musste, sondern ein noch viel verzweifelterer Zustand. Das spürte die Maschine unter ihnen. Und Mr Angel ebenfalls, daher führte er Annabelle die Treppe wieder hinunter ins Haus.

Die neuen Schattenwesen, die er von den Dächern und Glockentürmen heraufbeschworen hatte, flogen hinter ihnen her.

»Hoch«, sagte er und sie flogen an den Rand des Zimmers, wo sie ihre Flügel auf- und zuklappten, und summten wie wütende Bienen.

Mr Angel hob ein kleines Paar Schuhe auf, das neben einem Stuhl stand.

»Sieh dir die Maschine an, Annabelle«, sagte er, trat vorsichtig in die Mitte des Zimmers und hielt die Schuhe hoch. »Dies sind die Schuhe eines Betteljungen, den ich letzten Winter erfroren in einer Gasse hinter Hackney Station gefunden habe. Die Maschine liebt solch kummervolle Gegenstände und die Schuhe von toten Kindern gehören zu ihren liebsten.«

Er beugte seinen gekrümmten Körper vor bis zu einer Stelle, die sich nicht von anderen Stellen zu unterscheiden schien, aber an der sein Umhang auf die Maschine zugezogen wurde. Dort ließ er die mitleiderregenden Schuhe los, die urplötzlich von einer starken Störung erfasst und rasend schnell durch einen Spalt an der Seite der Maschine angesogen wurden.

Annabelle begriff, dass die Maschine lebendig war.

»Hier bist du jetzt also, Annabelle Grey, zurückgekehrt von deiner Reise nach Unter-London auf der Suche nach dem Ewigbesten Zauberstab. Hier bist du jetzt also und hast nach all der Mühe nichts vorzuweisen«, sagte Mr Angel.

Annabelle stieß ein leises Schluchzen aus.

»Aufgewachsen in einem Haus voller Geheimnisse«, sagte er. »Bei einer Mutter, die immer nur gelogen hat.«

Er lächelte sie in der Dunkelheit an und seine weißen Zähne blitzten.

Annabelle stieß ein weiteres Schluchzen aus, aber diesmal war sie wütend.

»Annabelle Grey, das bemitleidenswerteste Geschöpf auf Erden«, sagte Mr Angel und trat einige Schritte auf sie zu. Die Maschine heulte erwartungsvoll.

Die Schattenwesen summten.

Er wollte sie packen.

Sie wollte sich nicht packen lassen.

Sie wollte nicht als bemitleidenswert bezeichnet werden.

»Ich bin tapfer«, flüsterte sie.

Das war sie. Sie war nach Unter-London und wieder zurück gereist.

»Ich bin gut«, sagte sie.

Das war sie. Sie wusste, dass sie das war.

Mr Angel kam auf sie zu, sein schreckliches Lächeln breitete sich auf seinem Gesicht aus.

»Ich bin tapfer! Ich bin gut!«, rief sie jetzt. Eine andere Waffe hatte sie nicht.

Er fing an zu lachen. Die Schattenwesen stimmten in sein Gelächter ein.

Dann hatte er Annabelle am Arm gepackt und zerrte sie in die Mitte des Zimmers vor die Maschine zur Gewinnung schwarzer Magie.

* * *

Mr Angel war stark. Annabelle wehrte sich. Sie versuchte, seine behandschuhte Hand aufzudrücken. Sie trat mit ihren Stiefeln nach ihm und versuchte, sich ihm zu entwinden. Einen Augenblick konnte sie sich befreien und rannte los, aber er packte sie am Rock, zog sie zurück, umklammerte fest ihre Taille, hob sie hoch und schleppte sie zur Maschine.

»Zuerst kamen die Tränen der Mutter!«, rief er über das Kreischen der Maschine und das Gelächter der Schattenwesen hinweg. »Und jetzt kommt die kleine, traurige Tochter!«

Und als er das sagte, traf das Mondlicht direkt in den Mondtrichter und die Maschine machte ein solches Getöse, dass seine Worte verschluckt wurden. Licht erfüllte das Zimmer.

Mr Angels Umhang wurde vom Sog der Maschine angehoben. Er drehte Annabelle an die Stelle, wo er sie loslassen würde.

Die Zeit schien sich zu verlangsamen. Annabelle lauschte auf ihren abgehackten Atem. Ihr Herzschlag dröhnte ihr in den Ohren.

Dann war da noch ein Geräusch.

Ein Knall. Ein Schlag.

Mr Angel drehte sich mit ihr in die Richtung, aus der das Geräusch kam.

In der Tür zum Ballsaal stand Hafwen.

Die stämmige, behaarte Hafwen, die den Besen wie einen Spazierstock hielt.

Die einzige Trollin im ganzen Trollreich mit einem Blitzen in den Augen.

Und auf Hafwens Rücken saß Kitty, den Ewigbesten Zauberstab in der Hand.

»Lass sie los!«, rief Hafwen. Ihre Stimme verlor sich beinahe im Lärm des Saals. »Lass Annabelle Grey los.«

»Ergreift sie!«, rief Mr Angel und löste eine Hand von Annabelle, um den Schattenwesen ein Zeichen zu geben.

Die dunklen Wesen stürzten sich von den Wänden auf die beiden, aber Kitty öffnete den Mund und brachte ein Herzlicht hervor. Es war zunächst klein und blassgrün. Dann ließ Kitty es so weit anwachsen, dass es so groß wurde wie sie, und die beiden Mädchen wurden von seinem Licht eingefasst.

Kitty rutschte von Hafwens Rücken und stand, von der Trollin gestützt, mit dem Zauberstab in der Hand da.

Die Schattenwesen wichen vor dem Licht zurück und Mr Angel wurde von ihrer Weigerung, seinem Befehl zu gehorchen, abgelenkt. Sein Griff lockerte sich lange genug, dass Annabelle sich befreien konnte. Sie riss sich genau in dem Moment los, als Kitty auf die Knie fiel und den Zauberstab über den Boden des Ballsalls schnippte.

Annabelle rollte und krabbelte, bis sie den Zauberstab in ihrer Hand spürte. Seine Leichtigkeit. Seine Luftigkeit. Seine Güte.

Aber die Maschine, der heftige Atem der Maschine, packte ihren Fuß und saugte sie an, auf ihre Dunkelheit zu. Die Maschinenschlitze klappten mit einem Geräusch wie ein vom Wind geschütteltes Zelt auf und zu.

»Hilfe!«, schrie Annabelle und Hafwen stürmte auf sie zu. Sie zerrte Annabelle an der Hand aus dem gefährlichen Bereich.

Mr Angel kam näher.

»Bleiben Sie zurück!«, rief Annabelle, während sie sich aufrappelte und Hafwen hinter sich schob. »Bleiben Sie zurück.«

Sie richtete den Ewigbesten Zauberstab auf Mr Angel und er hob im Gegenzug den Schwarzen.

»Ich bin unbesiegbar!«, rief er und aus der Spitze des Schwarzen Zauberstabs schoss ein violetter Lichtstrahl.

* * *

Anschließend konnte Annabelle nicht sagen, ob es ihr Wort allein gewesen war, das sie gerettet hatte. Das violette Licht kam auf sie zu und gleichzeitig schrie sie das Wort *Benignus*. Sie schrie das Wort so laut, dass es die Luft zu durchbrechen schien, als wäre es eine eigene Macht. Es war lauter als die entsetzliche Maschine, die ihren Kummer zerhackte und zermalmte; es war lauter als die Schattenwesen, die an der Decke und den Wänden kreischten. Es war lauter als die Stadt, die von all dem, was in der dunklen Villa vor sich ging, nicht das Geringste ahnte.

Annabelle schrie das Wort *Benignus*. Das Wort der Zauberer. Das Wort der Hexen. Das Wort der Großen & Gütigen Zaubergesellschaft.

Sie schrie es und wusste im selben Augenblick, was es bedeutete: »durch gute, edle Magie«, »durch die Magie edler alter Zauberer und edler, liebenswürdiger Hexen«, »durch die Magie der alten Bäume, Wiesen und der Heide«, »durch die Magie von Mädchen wie Kitty, den Herzlichtsängerinnen«, »durch die Magie des kleinen Volkes, das auf Friedhöfen nächtigt«, »durch die Magie alter Orte, geheimer Flüsse und heiliger Brunnen und Quellen.«

»Benignus!«, schrie sie. Ein strahlendes goldenes Licht drang aus der Spitze des Zauberstabs und begegnete der violetten Macht, die auf sie zugerast kam.

Im selben Moment warf Kitty ihr Herzlicht.

Sie warf es mit letzter Kraft vom anderen Ende des Saals aus und alle drei Mächte prallten aufeinander.

Es gab eine riesige Lichtexplosion, so hell, dass sich die Schattenwesen deutlich vor den Wänden abzeichneten. Kaum, dass sie ängstlich ihre dunklen Münder und Krallen geöffnet hatten, lösten sie sich auf. Binnen Sekunden wurden sie angestrahlt und ausgelöscht.

Und in der Helligkeit ertönte ein donnerndes Brüllen und lautes Fußgetrappel. Annabelle sah Hafwens Gestalt auf

Mr Angel zustürmen. Das Trollmädchen stürzte durch den Raum und drückte den Zauberer an der Stelle vor der Maschine zu Boden.

Die Maschine packte ihn.

Beim Einatmen saugte sie seine Knöchel an.

Mr Angel sah Annabelle an. Er scharrte über den Boden, seine Finger suchten verzweifelt nach Halt.

Annabelle wollte auf ihn zugehen, aber Hafwen hielt sie zurück. Die Maschine saugte ihn erst langsam an. Sie zerrte ihn rückwärts auf ihr entsetzliches Maul zu. Dann holte sie tief Luft, verstärkte den Sog und verschlang Mr Angel in Windeseile durch ihren Lederschlitz.

Sein Schrei war nur kurz zu hören.

Die Maschine stieß ein langes Kreischen aus.

Dann ertönte ein ohrenbetäubender Knall und mehr weißes Licht erschien, ein riesiger sich ausdehnender Kreis aus weißem Licht, das den Blasebalg erschlaffen ließ und Glassplitter, Blütenblätter sowie Armenschuhe ausspuckte. Ein Ring aus weißem Licht, das in einer Welle aus Papier, Gedenkbroschen und Schwarzstickereiarbeiten explodierte. Es prallte gegen die Wände. Es ließ die Fensterscheiben bersten. Überall im Saal regnete Schutt herab.

Dann verklang das Kreischen der Maschine. Der Ton wurde mehrere Oktaven tiefer. Die Zahnräder blieben unter knirschendem Protest stehen.

Ein dumpfer Schlag ertönte.

Die Maschine verstummte.

Annabelle lag schwer atmend auf dem Boden, den Ewigbesten Zauberstab in der Hand. Ein einzelnes weißes Taschentuch segelte, im Mondlicht glänzend, von der Decke herab und landete auf ihrem Herzen.

Sie nahm es, drückte es auf ihr Gesicht und fing an zu weinen.

25

»Eine junge Hexe wird lange vor der Morgendämmerung aufstehen. Sie wird gelben Tee zubereiten, nach dem Wetter sehen und nachspüren, welchen Einfluss es auf ihre Stimmung hat. Wenn es gut ist, sollte sie im Haus bleiben. Aber wenn es windig ist und regnet, sollte sie ihren Besen nehmen und eine Weile vergnügt umherfliegen.«

Miss Henriettas Aufzeichnungen für Annabelle Grey

Es ist einer dieser Tage, an denen sie Dinge sieht. Immer wieder gehen Regenschauer nieder und über den Himmel ziehen wilde Wolken hinweg. Sie steht bei Sonnenaufgang auf und zieht sich schnell an. Mit ihren Knöpfen kommt sie inzwischen gut zurecht. Sie bindet sich die Schürze um und steckt ihr langes, blondes Haar zu einem Dutt auf. Ihre Schritte hallen durch die Stille des Hauses. Im schwachen Licht schleicht sie auf Zehenspitzen durch die Zimmer. Fegt die Asche zusammen, macht Feuer in der kleinen Küche, bringt Wasser zum Kochen.

Sie lässt den Porridge abkühlen, damit Hafwen länger schlafen kann, weil Trolle schlechte Laune bekommen, wenn sie zu früh aufstehen müssen. Um sie zu wecken, muss sie den Laden und den magischen Lagerraum durchqueren. Sie bleibt gern einen kurzen Augenblick darin stehen und lauscht darauf, wie er vor sich hinmurmelt, die Besen rascheln, die Sehsteine klingeln und der schlammige Torf in den Gläsern blubbert.

Sie geht die dunkle Treppe hinab, durch den alten Salon bis ins Flussschlafzimmer. Sie hört den geheimen Fluss und denkt an all die Orte da unten, an denen sie war. Sie brennen immer noch auf ihrer Haut, diese Orte, obwohl die Karte verschwunden ist.

Als ihre Großtante Estella auf dem Tränensee mit ihr sprach, war sie dem Tod tatsächlich sehr nah. Die Wunden, die Mr Angels Schwarzer Zauberstab und die Schattenwesen ihr zugefügt hatten, waren zu viel für ihren alten Körper gewesen. Sie ist jetzt nicht mehr im Schlafzimmer.

Dies ist ein neuer Schmerz für Annabelle, einer von vielen, und sie sucht Trost in der Beschäftigung.

Sie muss sich um Hafwen kümmern, die sich wartend in ihrem kleinen, mit frischem Stroh aufgeschütteten Bett aufsetzt. Überall in dem vollgestellten Zimmer sind Dinge, die sie sammelt: glänzende Teelöffel und Papierschnipsel, auf denen sie zeichnen übt, alte Kleider, Bänder, grünes Gras, das sie aus der Erde gerissen hat, Marienkäfer in Gläsern.

Ihren heiß geliebten Besitz, ihren funkelnden Stern, hält Hafwen in der Hand.

»Sieh nur, wie er heute Morgen glitzert«, sagt Annabelle.

Hafwen lächelt und klappt den Deckel über der Sternbrosche zu. Sie drückt ihn an ihr Herz.

»Aber ist es ein echter Stern?«, fragt Hafwen, die Schachtel immer noch an die Brust gepresst, während sie die Treppe hinaufsteigen.

»Nein, es ist kein echter Stern«, sagt Annabelle. »Aber ich habe mich doch entschuldigt.«

Hafwen klappt in der Küche erneut die Schachtel auf und bestaunt ihr Schmuckstück. »Ja, und ich liebe ihn trotzdem.«

Das Trollmädchen steckt heute Morgen voller Fragen: Warum gibt es wohl Meere auf der Welt? Warum mögen die Menschlinge Glocken? Wo lernen Vögel die Lieder, die sie singen? Warum gibt es in Ober-London eine Königin, aber keinen König? Und würde wohl noch ein zweiter Stern in Hafwens Schachtel passen?

Annabelle kocht Tee, hört zu, hört nur noch mit einem Ohr zu, schweift ab. Drei gehäufte Teelöffel, dann dreht sie den Topf um und lässt den Tee ziehen. Sie tätschelt ihren Besen, der neben der Hintertür lehnt, und spürt seine Freude über ihre Berührung. Er will raus und durch den Himmel fliegen.

»Bald, lieber Besen«, sagt sie.

Sie wirft Brotkrumen für die Vögel hinaus auf die Gasse und betrachtet die Pfützen dort. Langsam geht sie zwischen ihnen umher, bis eine ihr Herz anspricht, dann kniet sie sich hin. Sie wünscht sich eine Vision von Kitty, nur eine Vision, aber heute Morgen zeigt ihr die gewählte Pfütze etwas Unerwartetes.

Ihre Mutter.

Ihre Mutter trägt ein blaues Kleid und steht in einem Boot. Sie hält einen Zauberstab in der Hand und wirkt sehr ernst. Ihr schwarzes Haar trägt sie offen, sie hebt langsam die Hand und Annabelle weiß augenblicklich, dass sie nach Hause kommt.

Sie schickt eine Nachricht, wie sie es versprochen hat.

Noch lange, nachdem die Vision verschwunden ist, kniet Annabelle lächelnd auf dem Boden. So lange, dass Hafwen herauskommt und missmutig nach mehr Porridge verlangt.

»Ich habe meine Mutter gesehen«, sagt Annabelle in der Küche. Ihr stockt der Atem. »Sie kommt zurück.«

Hafwen sieht sie misstrauisch an. »Hast du mich dann trotzdem noch lieb?«, fragt sie.

»Natürlich habe ich dich dann noch lieb, Haffie.«

Und dabei muss Annabelle wieder an Kitty denken und daran, wie sehr sie ihr fehlt. Das Mittelsmädchen ist einfach aus dem Ballsaal verschwunden und nur Hafwen hat sie gehen sehen. Annabelle hat sie immer wieder gebeten, ihr davon zu erzählen, und jedes Mal erzählt Hafwen es genau so: »Sie stand auf. Sie sah sich um. Sie lächelte. Und dann verschwand die Bohnenstange durch die Tür.«

»Und sie hat keine Nachricht für mich hinterlassen?«, fragt Annabelle heute Morgen in der Küche erneut. »Sie hat nichts gesagt?«

»Die Bohnenstange hat keine Nachricht hinterlassen«, sagt Hafwen.

Die Zauberer von Finsbury haben nichts von ihr gehört. Kitty hat ihnen keinen Heinzelmännchentee mehr gebracht.

»Die Zauberer haben mir gesagt, ich soll die Hoffnung nicht aufgeben«, sagt Annabelle.

Sie suchen nach Kitty – sie suchen täglich nach ihr –, und wenn sie sie gefunden haben, wird Annabelle es als Erste erfahren. Die Zauberer haben ihre Tauben zu den übrigen Mitgliedern der Großen & Gütigen Zaubergesellschaft ausgesandt. *Durchsucht alle Wälder und schattigen Haine, durchsucht alle Friedhöfe und Hecken. Informiert die Elfen darüber, dass Kitty vermisst wird und man sie schmerzlich vermisst.*

Aber Annabelle erinnert sich noch an ihre Vision in der Schmuckschatulle aus glänzendem Lack. An den kleinen Sarg, der von den uralten Männern getragen wurde.

Sie atmet tief durch und steht auf. Sonst kommt sie zu spät. Es wird Zeit, sich um Miss Henriettas Wunden zu kümmern.

Miss Henrietta ist wach und sitzt blass an ihre Kissen gelehnt. Ihr schwarzes Haar fällt ihr über die Schultern. Heute lächelt sie, ein schwaches Lächeln, als Annabelle eintritt.

»Tee und Medizin, Miss Henrietta«, sagt Annabelle.

Annabelle weiß immer noch nicht, wie es ihrer Großtante gelungen ist, Mr Angel und seine Schattenwesen zu überleben. Jedes Mal, wenn sie danach fragt, regt Miss Henrietta sich furchtbar auf. Ihre körperlichen Wunden sind genauso tief. Hässliche Wunden an Armen und Beinen und mehrere ausgefranste Schnitte auf ihren Wangen. Aber die Wunden heilen. Jeden Tag wird es etwas besser. Annabelle benutzt die Medizin und die Zaubertränke, die die Zauberer von Finsbury und die Hexen von Bloomsbury ihr schicken, darunter eine gelbe Salbe, die nach Meer riecht, und ein purpurroter Balsam, der ihre Finger verfärbt.

Miss Henrietta beklagt sich jetzt, während Annabelle ihre Wunden versorgt, also scheint sie auf dem Wege der Besserung zu sein.

»Du tust mir weh«, jammert sie und Annabelle beschwichtigt sie und reicht ihr Tee.

Miss Henrietta ist oft verwirrt.

Sie hat nach dem Mädchen gefragt, das sie nach Unter-London geschickt haben, nach ihrer Schwester Estella und nach Vivienne, die sich von der Magie abgewandt hat.

Aber heute sagt sie: »Annabelle?«

»Ja, Miss Henrietta?«

»Du bist ein gutes Mädchen. Und sehr tapfer«, dann schläft sie wieder ein.

Jetzt ist es an Annabelle, zu lächeln. Sie räumt das Zimmer auf und öffnet die Vorhänge, um das Tageslicht hereinzulassen. Endlich gibt es wieder Licht, das durch das Fenster hereindringt. Annabelle stellt sich gern vor, dass Kitty irgendwo in einem solchen Sonnenfleck liegt, von einer Astgabel gehalten, und der seltsamen Sprache der Blätter lauscht. *Es gibt nicht mehr viele Mädchen wie Kitty.*

Sie berührt den Ewigbesten Zauberstab, der an Miss Henriettas Bett lehnt. Dann betrachtet sie ihre eigene Hand. Sie weiß, dass sie mächtige Magie in sich trägt, aber noch versteht sie sie nicht. Sollte sie Miss Henrietta von ihrer heutigen Vision in der Pfütze erzählen? Dass ihre Mutter zurückkommt?

Nein. Sie muss Böden fegen und den Laden aufmachen. *Morgen,* denkt Annabelle, *morgen ist es noch früh genug.*

– ENDE –

Danksagung

Mein Herz ist voll des Dankes an meine schöne Mutter, die jetzt nicht mehr da ist. Sie war mir immer eine gute Freundin. Sie konnte wunderbar zuhören und glaubte unerschütterlich an all meine verrückten Ideen. Auch Geschichten konnte sie gut erzählen. Sie erzählte uns unsere Geschichte – die Geschichte unserer Familie –, bis wir sie so gut kannten wie Bibelverse. Sie lehrte mich Geduld und Beharrlichkeit, Freundlichkeit und Vergebung. Sie lehrte mich Liebe. Ohne ihre Lektionen hätte ich nie auch nur ein Wort zu Papier bringen können.

Vielen Dank wie immer an Catherine Drayton für ihre unschätzbare Einsicht in meine ersten chaotischen Entwürfe und dafür, dass sie immer genau weiß, was sie sagen muss. An Erin Clarke, die immer weiß, was zu tun ist, damit eine Geschichte funktioniert.

Und schließlich einen ganz besonderen Dank an meine guten Freunde und meine Familie. An Jane-Ann Boyd, die mich immer wieder aufgemuntert hat. An Rachel Paterson und Linda Porter für ihre Freundlichkeit. An Sonia Blake und Ruth Foxlee, weil sie mir immer zugehört haben. Und natürlich an Alice, weil sie das Leben schön macht.